GENTOSHA OUTLAW BUNKO

歌舞伎町の沼

草凪　優

幻冬舎アウトロー文庫

歌舞伎町の沼

目次

第一章　嬉しかったから

1

しばらくぶりに訪れた新宿歌舞伎町は、すっかりホストの街になっていた。

街中のいたるところに人気ホストをフィーチャーした巨大な看板が出ているし、ロックバンドの宣伝と見まがうばかりのアドトラックもひっきりなしに行き来している。一時期の秋葉原がアニメの美少女に乗っとられていたように、この街はホストに乗っとられている。

「しばらくぶりって、どれくらいぶりなの？」

人混みを縫うようにして歩きながら、連れの加奈子《かなこ》が訊ねてきた。

「えっ？　そうねえ……いつ以来だろう？」

しどろもどろになった瑠依《るい》は、今年二十九歳になった。

大学に進学するために岡山から上京してきたのが十一年前。花蜜の甘い匂いに誘われた蜜蜂のように、新宿だけではなく、渋谷、池袋、青山、六本木、と有名な繁華街にはひと通り足を運んだ。入学した女子大が武蔵野市にあったので、そのうちなにをするにも吉祥寺が中心になってしまったけれど、最初に新宿歌舞伎町に足を踏み入れたときの衝撃はよく覚えている。ザ・歓楽街、という雰囲気だった。街の醸しだす毒々しいムードに圧倒された。眼につくのはキャバクラや風俗店の看板ばかりで、街中がピンク色の光線に照らされているようだった。色と欲が渦巻いて腐敗していると、田舎から出てきたばかりの十八歳でも眉をひそめた。おそらく、お金を払って欲望を満たそうとしているのは男たち限定であり、綺麗に着飾った女たちは性的搾取を受けている、と短絡的に考えたのだろう。

もちろん、いまだって新宿歌舞伎町には、東京のどの繁華街にも負けないくらい、キャバクラや風俗店がひしめきあっている。

だが、目立つのはホストであり、ホストクラブだった。つまり、お金を払って欲望を満たそうとしているのが、男から女に変わったように感じられた。

瑠依には不思議でならなかった。ホストクラブという存在を知ってはいても、足を踏み入れたことがなかったからだ。これほど人気を博しているということは面白いところには違いないのだろうが、面白さをリアルに想像することができなかった。

五月の吉日――。

西新宿のホテルで大学時代の友人の結婚式があった。

疎遠になっていたダンスサークルのメンバーと久しぶりの再会を果たし、楽しい時間を過ごすことができた。青春時代、ともに汗を流した気の置けない仲間たちは、ほとんどがすでに結婚しており、子供の面倒を見なければならないなどの事情があって、二次会には参加できないようだった。

瑠依にも家庭はあるが、子供はいないし、夫は日曜日にもかかわらず休日出勤しているから、あわてて帰る必要はなかった。独身の加奈子がつまらなそうな顔をしていたので、ふたりで飲みにいくことにした。

あてもなく大ガードの下をくぐり、ふらふらと歌舞伎町方面に歩いていくと、「ホストクラブに行ってみない？」と加奈子が言いだした。

「えっ？」

瑠依はさすがに驚いて眼を丸くした。

「あんた、そういうところによく行くの？」

加奈子はネット関連の広告の仕事で成功していた。大手から独立して自分の事務所を構え、業績は右肩上がり。実際、今日再会した同窓生の中でもいちばん装いが煌びやかだった。エルメスのバッグにルブタンのハイヒール。鮮やかなブルーのドレスだって、ハイブランドのものに決まっている。一年前に派遣切りに遭って以来、不本意ながら専業主婦を決めこんでいる瑠依とはお金のかけ方が全然違う。

「ひとりじゃ行かないわよ、怖いもん」

加奈子は甘えた表情で言った。

「でも、興味あるのよねえ。初回なら、ワンセット三千円とか五千円で飲めるんだって」

「ホストがそんなに安いわけないじゃないの」

「本当だって。ほら……」

スマホを見せられた。歌舞伎町にあるというホストクラブのホームページだった。たしかに、初回限定で料金は格安なようだが……。

「誘ったからには、わたしが払うからさ。ね、お願い、付き合って。ワンセットでパッと帰ればいいじゃない。パッと……」

加奈子はますます甘えた表情になり、瑠依の腕にしがみついてきた。まったくこの子は変わらないな、と瑠依は苦虫を嚙みつぶしたような顔になる。加奈子は昔から甘えるのが上手だった。いや、彼女に限らず、瑠依のまわりにいる女友達は、おしなべて瑠依に甘えたがる傾向が強い。

一〇〇パーセント容姿のせいである。

瑠依は有り体に言って美人だった。細面で眼鼻立ちが整い、キリッとした顔をしている。美人にも種類があるが、異性にちやほやされるというより、同性にウケるタイプだ。おまけに身長が一七〇センチ。女としてはかなり長身だから、しっかりしているように見られがちなのである。

身長は子供のころからひどいコンプレックスだった。背が高い女の子は可愛くない。可愛い服が似合わないし、可愛い所作をしたところで滑稽なだけだ。しかたなく背筋を伸ばして凜としているしかなく、そうするとますますしっかり者に見られる悪循環。べつにしっかりなんてしていないのに……。

「絶対ワンセットだけだからね。それに、感じ悪かったら、わたしすぐ帰るから」

瑠依は何度も念を押してから、ホストクラブに行くことを承諾した。加奈子の案内で〈スターランド〉という店の扉を開いた。

なにかを期待していたわけではなかった。

スーツ姿のイケメンが鍛え抜かれた笑顔で迎えてくれたのも、巨大なシャンデリアが飾られているゴージャスな内装も、想定内と言えば想定内であり、とくに驚きはしなかった。

驚いたことは別にある。

まず、まわりの席にいる客層だ。自分よりずっと年下の若い女の子ばかりだった。装いや声が幼く、下手をすれば十代の子までいそうである。ホストクラブの客なんて、年配の女ばかりだと思っていたのに……。

さらに、席に着いてくれたホストも、みんな若かった。いや、若すぎた。瑠依は啞然としてしまった。あっちもこっちも肌がつるんつるんで、おまけにひとりの例外もなく薄化粧をしている。

「うちら今日ね、友達の結婚式だったの。大学の同期の中でも、もう独身はわたしだけ。やんなっちゃうよ、もう。出したご祝儀回収したくても、結婚の予定なんてないし。まあ、結婚なんてしたくないんだけど……」

加奈子は相手の若さに臆することなく、身を乗りだしてしゃべっている。楽しんでやるぞ、という強い意気込みが伝わってくる。お金を払ったぶん楽しもうとするのは、消費者として真っ当な態度かもしれない。しかし、いったいなにを楽しむのだろう？

（つまんない……）

さしておいしくもない焼酎の緑茶割りを口に運びながら、瑠依の心は一秒ごとに冷えていった。考えてみれば、人見知りの自分に、こういう席を楽しむなんて無理だったのだ。学生時代から合コンが苦手で、盛りあがった記憶なんてほとんどないのに……。

「あのう……」

相対しているホストに声をかけられた。

「お名前、うかがってもいいですか？」

「あっ……瑠依です……」

名字は「沼《ぬま》」という。夫の姓だが、ちょっと変わっている。こういう席ではいじられるのがオチなので名乗る気にはなれない。瑠依としては、旧姓の「藤川《ふじかわ》」のほうがよほど気に入っている。

それはともかく、自己紹介をしてもすぐに人が入れ替わってしまうことに辟易した。テーブルの上で、やたらと華やかなデザインの名刺が渋滞している。

「瑠依ちゃん、瑠依ちゃん」

加奈子が耳を貸してと手招きしてくる。

「気に入った子がいたら、指名してもいいんだよ。そうしたら、前じゃなくて横に座ってくれるからさ。初回は場内指名も無料だから……」

彼女はとっくに、気に入ったホストを隣にはべらせていた。焼酎の烏龍茶割りをぐびぐび飲んでは、酔った勢いでしなだれかかって太腿を撫でまわしている。まるでキャバクラでセクハラしている中年男のようだったが、ホストは嫌な顔ひとつせず、楽しげにあしらう余裕を見せる。

(この女、ワンセットで帰るつもりないな……)

文句を言うより先に、適応能力の高さに舌を巻かずにいられない。

瑠依だって本当は、酔っ払って楽しくやりたかった。独身の加奈子と違い、こちらは夫がいる身ではある。しかし、だからこそ溜まっている鬱憤だってあるのだ。せっかくの機会なのだから思いきりはっちゃけてストレスを解消すればいいのに、格好をつけてクールを装い、緑茶割りをチビチビ飲んでいるだけの自分が腹立たしい。

「失礼しまーす、ユーセイでーす」

やってきた新しいホストが隣に腰をおろしたので、瑠依はビクッとした。

「おいっ!」

と言いながら加奈子の隣のホストが彼を睨みつけたので、二重に身構えてしまう。

「いきなり隣に座るやつがあるかよ。指名もされてないのに、なに考えてんだ」

「すっ、すいません……」

ユーセイと名乗った若いホストは、しまったという顔で立ちあがった。入店したばかりなのか、見るからに慣れていない様子だった。みんなの前で教師に叱られた男子生徒のように、いまにも泣きだしそうである。

「いいわよ」

瑠依は反射的に声をかけた。

「指名するから、ここにいて」

「本当ですか？」

ユーセイにすがるような眼を向けられ、瑠依はうなずいた。

自分でもなぜそんなことを言ってしまったのか、よくわからなかった。

偉そうにしている先輩ホストの鼻を明かしてやりたかっただけのような気もするが、それが瑠依とユーセイの運命の出会いとなったのだから、人生というのは本当になにが起こるかわからないものである。

2

瑠依が夫と暮らしているマンションは、世田谷区の二子玉川にあった。
帰宅したのは午後九時過ぎ——調子に乗っているように見えて、加奈子はきっちりワンセットでチェックをしたから、それほど帰りは遅くならなかった。

「ただいま……」

鍵を開けて玄関で靴を脱ぎ、リビングに入っていく。

「おかえり……」

テーブルでノートパソコンをひろげていた夫の隆博《たかひろ》が、顔をあげた。同い年の二十九歳。今日も疲れた顔をしている。休日出勤のうえに仕事を家に持ち帰ってきているのだから、疲れていないほうがおかしいが……。

夕食はコンビニ弁当だったようで、テーブルに残骸が置いてあった。おいしくなかったのか、半分以上残されている。てっきり外で食べてくると思っていたので、瑠依の胸は少し痛んだ。

「楽しかったかい？」

「うん」

「花嫁さん、綺麗だった？」

「そりゃもう」

空疎な会話から逃れるように、瑠依はバスルームに向かった。盛り場の匂いのついたドレスを脱ぎ、熱いシャワーを浴びる。「ふううっ……」と深い溜息がもれる。

友人に誘われてホストクラブで酒を飲んだことに、罪悪感はなかった。下心があるわけではなし、アラサーにもなればその程度の社交は許されてもいいだろう。

ただ、もうずいぶんと長い間、夫とぎくしゃくした関係が続いていた。結婚して三年、愛情が消えてなくなったわけではないのに、なにもかもうまくいかない。とくに、瑠依が派遣切りに遭ってからのこの一年は、同じ空気を吸っているだけで叫び声をあげてしまいたくなるときがある。

「しばらく仕事は休めばいいじゃないか。子づくりを真剣に考えたほうがいい。子供ができたら、どうせ産休に育休だろうし」

夫にそう言われたとき、瑠依は涙が出そうなほど嬉しかった。是が非でも子供が欲しかったわけではない。そうではなく、理不尽な派遣切りで居場所を奪われたと感じていたときだったから、やさしさが身にしみたのだ。

しかし、あれから一年経っても子供はできていない。

するべきことをしていないのだから、子供なんてできるわけがない。

夫は結婚相手としてベストの相手だと思われた。大酒を飲むわけではないし、ギャンブルや女遊びにはいっさい興味がない。趣味は仕事と断言し、生きる情熱のほとんどすべてを仕事に注ぎこんでいる。

瑠依は彼の勤めているＩＴ系コンサルティング会社に派遣されていたので、勤勉で真面目な性格であることは知っていた。会社からの評価も高く、将来の幹部候補と噂され、けれどもいつだって謙虚な姿勢を崩さない人格者でもあった。

そんな彼に、瑠依はある日突然、求婚された。同じフロアで働いていても、直接仕事で関わるわけではなく、アフター5の付き合いなどもない会社だった。

「あのう……」

会社から駅に向かう帰路で声をかけられた。

「あっ、沼さん。お疲れさまです」

ペコリと頭をさげた瑠依は、微笑んでいたはずだ。「沼」という珍しい姓は、口に出すとインパクトが倍増だなと思ったからだった。

「急いでなければ、ちょっとお話できませんか？　そのへんでお茶でも……」

べつに急いでいなかったので、ふたりでスターバックスに入った。ソイラテに手をつける前に、「結婚を前提に交際していただけませんか？」と言われた。

あまりに唐突すぎて、にわかに言葉を返すことができなかった。隆博はたしか、どういうふうに瑠依を見初《みそ》めて、なぜ結婚したいと思うに至ったのかを説明してくれたと思うが、混乱していたので記憶は曖昧だ。

瑠依は当時、結婚がしたかった。キャリアもロクに積めない派遣社員でいたずらに歳を重ねているくらいなら、家庭に入ってしまったほうがよほど明るい未来が望めるのではないかと、切実に考えていたところだった。

普通に交際を求められたなら断っていたかもしれないが、結婚とセットになった隆博は、後光が差しそうなほど魅力的に見えた。予想通りというべきか、隆博は恋愛に不器用な男だったが、逆にそこに好感がもてた。瑠依もまた、恋愛に不器用な女だった。おかげでデートはいつだって盛りあがらなかったけれど、似た者同士のシンパシーが芽生えると、結婚が具体性を帯びていくのに時間はかからなかった。

とはいえ、ゴールインまでなにもかも順調だったわけではない。

彼を岡山の実家に連れていくと、母に泣かれた。「お願いじゃけぇ、他の男にしときられー」と涙ながらに訴えられ、瑠依は呆然としてしまった。

隆博は高学歴で高収入、性格的にも欠点を探すほうが難しい男だったが、背が低かったのである。

身長一六四センチ。なるほど男としては低い部類に入るだろうが、娘の身長が一七〇センチもなければ、母も泣きながら結婚に反対したりはしなかっただろう。

父が間に入ってくれて大事には至らなかったが、瑠依は母に対して憤った。人を見かけで判断するなんて——それもほんのちょっと背が高いか低いかで人生を左右する決断を迫るなんて、馬鹿げているとしか言い様がない。

瑠依は隆博の身長について、なるべく気にしないように努めていた。よけいに身長差がつくのに、デートのときは意地でもお気に入りのハイヒールを履いていった。

瑠依もまた、女にしては高身長のせいで長年つらい思いをしてきた。気を遣うとよけいに気まずくなることを知っていたし、隆博自身の口から「背の高い女の人って格好いいよね。僕のことなら全然気にしないで」と言われたからだ。

高身長の女を褒めるのに、「格好いい」という言葉はよく使われる。しかし、一〇センチのハイヒールを履いた瑠依を見上げながら、そんなことを言う男はいない。いるとすれば異性としてまったく意識していない場合だが、隆博は瑠依を異性として意識してなお、自分より背が高いことを受け入れてくれたのである。

運命なのかもしれない、と思った。

大恋愛と呼べるほど、情熱的な関係だったわけではない。はっきり言って、瑠依は誰と付き合ってもそれほど熱くなるタイプではないのだが、隆博とふたりで歩む未来には、付き合ってわりとすぐの段階から、たしかな手応えを感じていた。この人についていけば、きっと幸せになれるはずだと……。

隆博はセックスに積極的なタイプではなかった。

いわゆる草食系男子というやつであるが、それについてもべつに気にしていなかった。むしろ、毎晩のように求められるほうが大変そうだと思っていた。しかし、結婚してしばらくすると、隆博がただの草食系でないことがわかった。

「僕、瑠依のどこにいちばん惹かれたか知ってる？」

ある日、そんなことを訊ねられた。就寝前、部屋を暗くしてからだった。ふたりは寝室にシングルベッドをふたつ並べて眠っていた。ベッド同士はくっついていない。五〇センチほどの隙間があり、ホテルのツインルームのようなレイアウトである。

「わかんない。教えて」

瑠依は背中を向けたまま言った。なんとなくセックスが始まりそうなムードを察し、ドキドキしていた。

「背が高いところ」

隆博が言った。

「僕、昔から自分より背が高い女の人が好きなんだ。あっ、もちろん、美人じゃなきゃダメだよ。顔が小さくて、手脚が長くて、堂々と胸を張っている女の人が好きなんだよね」

「……そう」

瑠依は戸惑った。隆博の口から、そこまではっきりと身長差について話を聞かされたのは初めてだった。

「瑠依はどう？　自分より背が小さい男のこと、どう思ってた？」

「男は見てくれよりも中身じゃない？　あなたの真面目な性格は尊敬しているし、愛されてるって実感もあるから、わたしいま、とっても幸せよ」

「いや、その、そういうんじゃなくて……」

隆博は口ごもりながら言った。

「背の低い男に対して、純粋にどう思う？」

瑠依は寝返りを打った。枕元のスタンドライトに照らされた、隆博の顔が見えた。困ったような表情をしていた。

「僕はその……背の高い女の人にものすごく興奮するんだ」

瑠依はどんな言葉を返していいかわからなかった。それは光栄です、とも思ったし、いつもそんなに興奮してましたっけ？　とも思った。ベッドの中の隆博は、普段にも増して紳士だった。

「なにが言いたいのかしら？」

瑠依は体を起こし、隆博のほうを向いてベッドに腰かける体勢になった。ラベンダーカラーのキャミソールを着ていた。ブラジャーはしていないから、薄手の生地の中でふたつの胸のふくらみが揺れる。ひとり暮らしのときはTシャツ一枚で寝ていたのだが、新妻がそれではあんまりだろうと思い、キャミソールにしたのだった。

「わたしたちもう夫婦なんだし、言いたいことがあるならはっきり言えばいいじゃない。してほしいこととかあるなら、わたし、なんでもしてあげるよ」

隆博との夜の生活に、とりたてて不満はなかった。濡れないわけでもないし、気持ちがよくないわけでもない。ただ、不満がないかわりに、我を忘れるような熱狂もなかった。

世の中には、愛する人をしたたかに裏切ったり、代々の家を傾けてまで夢中になってしまうセックスがあるという。瑠依にはまったくピンとこない。相手が誰であれ、そんなセックスをしたことがない。

だが、結婚を意識した男は隆博が初めてで、ということは自分は隆博を愛しているということになるはずだった。そういう相手とするセックスは、いままでとはひと味もふた味も違うものかもしれないという淡い期待がなくもなかったが、べつに普通だった。こんなものか、と思ったし、そう思ったことに対して、特別に落胆したりもしなかった。端的に言って、瑠依はセックスに対するプライオリティが、それほど高くないのである。

「本当になんでもしてくれるの？」

隆博もベッドの上で体を起こし、もじもじしはじめた。

「どうしてほしいのよ？」

瑠依は口許《くちもと》に笑みを浮かべた——つもりだったが、うまく笑えなかった。隆博から、いままで感じたことのない牡の匂いが漂ってきたからだ。布団にくるまってもじもじしている姿は、いい歳してチェリーボーイみたいなのに、漂ってくる牡の匂いだけは成熟した大人の男のものだった。

「リードしてほしいっていうか……」

上目遣いでこちらの顔色をうかがってくる。

「こっちはなにもしないで、手とか口とかでイカせてもらうって……ハハッ、無理だよね、そんなの」

隆博は笑って誤魔化そうとしたが、瑠依は笑わなかった。なるほどね、と胸底でつぶやいた。以前付き合っていた男にも、そういうことを求められたことがあった。「仕事で疲れているから、今夜はフェラで抜いてくれ」と直截的に言われた。さすがに不快な気分になったが、男の体は疲れているとよけいに射精がしたくなるメカニズムになっているらしく、それを俗に「疲れ魔羅」と呼ぶらしい。

仕事で疲れているというなら、その男よりも隆博のほうがよほど疲れていそうだった。疲れ魔羅の法則により、射精がしたいというなら、ひと肌脱ぐのはやぶさかではなかった。なんだか可愛らしい、とさえ思った。顔には出さなかったけれど、わたしは本当にこの男が好きなのかもしれない、と胸が熱くなった。

「なによ……それくらい、いつでもやってあげるから、遠慮しないで言えばよかったじゃないの」

瑠依は立ちあがり、隆博を見下ろした。ラベンダーカラーのキャミソールはウエストまでしかないから、下半身は同色のショーツ一枚。剝きだしの太腿が、すっかり見えている。布団から出たことで急に心細くなったが、恥ずかしがるとよけいに恥ずかしくなりそうで、瑠依は険しい表情を崩さなかった。

「ほら、してあげるから早く脱いで。それとも、パンツも脱がしてほしい？」

「いや……」

隆博はあわてて布団を払いのけると、Ｔシャツとブリーフを素早く脱いであお向けになった。臍《へそ》に向かって隆々と反り返っているペニスが、いつになく長大に見えた。先端の切れ目から、早くもあふれだした先走り液がテラテラと光っていた。

3

バスルームを出ると、隆博はリビングのソファに横になっていた。あお向けで毛布を被り、眼のところにハンドタオルをかけている。

仮眠中だ。二、三時間眠って眼を覚まし、また仕事を続けるつもりのとき、彼はこういうふうに心身を休める。

とはいえ、もう深夜の十一時に近い。これから仮眠をとってさらに仕事を続けるなんて、もはや重度のワーカホリック、依存症の類いではないかと心配になってくるが、起こすわけにもいかない。

瑠依はひとり、寝室に向かった。

ドレッサーの前で洗い髪を乾かし、それからスキンケアのルーティーン。湯上がりの素肌にバスタオルを巻いただけだったので、チェストの引き出しを開けて寝巻きを探した。結婚して最初に買ったのは、白地に花柄のキャミソールだった。次第に、色を増やしていった。ラベンダー、パステルグリーン、ローズレッド、ヴァイオレットブルー。

いちばん落ちつくのは、やはり白地に花柄だった。いまでもそれを着けると、新婚時代の初々しい気分が蘇ってくる。

一着だけ、黒いナイトウエアも所有していた。キャミソールではなく、透ける素材を使っているオールインワンのセクシーランジェリーだ。もはや下着というよりセックスの小道具といったほうがいいようなデザインであり、かつて面白がって買ったものだが、いまはもう着けることがない。

「SMの女王様みたいだね」

黒いセクシーランジェリーを着けた瑠依を初めて見たとき、隆博は声を上ずらせた。冗談を言っているふうでも、からかっている感じでもなく、夫はただひたすらに興奮していた。SMの女王様のような格好をした長身の妻に、そそり勃ったペニスをしごかれると、野太い声をあげて悶え狂った。

その反応が当初は新鮮だったし、やり方はどうであれ、仕事で疲れている夫を癒やしていると思うと、瑠依にもそれなりに満足感があった。もっと満足させてあげたくて、ネットのアダルトサイトで「痴女もの」の動画を探し、男を責めるやり方を研究したりもした。最初のうちは、瑠依も自分がリードするセックスを楽しんでいた。

ただ、隆博はそのやり方にあまりにも見事に嵌《は》まってしまった。ノーマルなセックスへのスパイスとして、時折そういうことをするのはかまわない。しかし隆博の場合、それ以外のやり方を受けつけなくなってしまった。受け身一辺倒で、みずから瑠依の体に触れようとしなくなってしまったのである。

さすがに違和感を覚えた。

果たしてこれが正しい夫婦生活のあり方なのか、内心で何度も首をかしげた。

しかし、一度レールに乗ってしまったやり方を軌道修正するのは難しく、それも、パートナーがそのやり方に夢中になっているとなれば、瑠依にできることは多くなかった。手や口で射精に導くのではなく、みずから騎乗位で腰を使うようなクライマックスを用意しても、頑張っているのがこちらばかりでは、満足感は得られなかった。

べつにいい、と思うしかなかった。

もともとセックスに過度な期待を寄せて結婚したわけではないし、生活は安定している。加奈子のような贅沢はできなくても、このご時世、専業主婦を決めこんでいられるだけで、幸運以外のなにものでもないだろう。

しかも、隆博はやさしい。日常生活のそこここで、大切にされていることを実感できる。物欲しげな顔をしているときに黒い下着を着けて抜いてあげれば、翌朝はもっとやさしくなる。家事は専業主婦の担当なのに、鼻歌まじりで朝食の準備をしてくれたりする。

これだけの幸せを享受しておいて、ちょっとした性生活のすれ違いに思い悩むのは、ないものねだりに他ならない——心からそう思うのだが、セックスの回数は減っていくばかりで、もう何カ月もレスの状態が続いている。

「……ふうっ」

瑠依は結局、湯上がりの素肌になにも着けないまま、バスタオルを取ってベッドにもぐりこんだ。

全裸である。一糸まとわぬ体で布団にくるまると、どういうわけかいやらしい気持ちになるものだ。それがわかっていて、あえて下着を着けなかった。

眼をつぶれば、瞼の裏に浮かんでくるのはお決まりのシーンだった。ガランとした暗い倉庫のようなところで、七、八人の屈強な男たちに取り囲まれ、いまにも輪姦レイプの餌食になろうとしている……。

そういう目に遭ったことがあるわけではないし、レイプ願望なんてこれっぽっちもないのだが、妄想すると異常に興奮してしまうから不思議だった。

昔からそうだったわけではなく、結婚してから——それも、夫に対して一方的に奉仕するような夫婦生活を続け、それにうんざりしはじめたころから、気がつけば、自慰をするときにレイプシーンを思い浮かべるようになっていた。

暗い倉庫の壁際に追いつめられた瑠依は、泣きじゃくりながら許しを乞う。「助けてくださいっ！」と土下座をし、財布ごとお金を渡しても、男たちに許してくれる気配はない。俺たちが欲しいのは金じゃないと、口許に卑猥な笑みを浮かべる。獰猛な欲望だけを剥きだしにして、じりっ、じりっ、とこちらに迫ってくる。

「んんんっ……」

妄想を開始した直後から、瑠依の鼓動は乱れきっている。股間に手指を這わせていくと、淫らに逆立った陰毛が出迎えてくれる。瑠依の陰毛はかなり濃い。それを掻き分けた奥は、ムッと湿った熱気に満ちている。花びらをそっとめくれば、貝肉質の部分はすでにヌルヌルで、発情の証である粘液が指にねっとりとからみついてくる。

自分はこんなに性欲が強いほうだったろうか？ と不思議に思う。

オナニーをしたことがないとは言わない。ティーンエイジャーのころから、人並み程度には自分で自分を慰めてきた。しかし、このところは毎晩欠かさずだ。しないとうまく眠れないので、就寝時間に夫がまだリビングで仕事をしていたり、仮眠をとっているとホッとする。ああ、これで今日も安らかな眠りにつけると……。

「いやっ！　やめてっ！」

脳内の瑠依は、安らかとは正反対の目に遭っている。寄ってたかって服を毟《むし》りとられ、あっという間に全裸にされてしまう。七、八人の男に囲まれ、自分ひとり全裸にされる屈辱は筆舌に尽くしがたい。恥ずかしいし、心細いし、なにより、これから先に降りかかってくるみじめな運命を想像すると、体の震えがとまらなくなる。

「犯《や》る前に、じっくり見てやろう」

男たちはうなずきあい、背中を丸めて震えている瑠依は床に押し倒される。手首足首をつかまれ、両脚をM字に割りひろげられる。にわかに股間が涼しくなり、顔が燃えるように熱くなっても、抗う術などあろうはずがない。

複数の熱い視線が、ナメクジのように体中を這ってきた。首筋、腋窩《えきか》、脇腹、そして、ふたつの胸のふくらみ……男たちは裾野から頂点まで値踏みするようにじっくりと眺め、やがて熱い視線は、M字に開かれた両脚の中心に集中してくる。

「顔に似合わず剛毛じゃないか」

「マン毛が濃い女は、淫乱らしいな」

「この女は下品なほど濃いぞ」

「でもびらびらが肉厚で、ハメ心地はよさそうだ」

男たちは口々に感想を言いあい、真っ赤になって泣きじゃくっている瑠依を見ては、さも楽しげに笑う。指先で女の割れ目をくつろげて、奥の奥までのぞきこんでくる。

「いっ、いやっ……見ないでっ！　見ないでえぇっ……」

泣き叫ぶ瑠依は、いっそのこと早く犯してほしいと願っている。だが男たちは、それを見透かしたように、視姦プレイで嬲《なぶ》りつづける。力ずくで背中を丸めこまれ、後ろの穴までジロジロ見られる。続いて四つん這いにさせられると、犬のように尻を振れと命じられた。拒めば桃割れの間に指が入ってきて、敏感な部分をいじられる。蜜のしたたる花びらをもてあそばれれば、そんなつもりはなくても尻を振ってしまう。

「あああっ……あああああっ……」

布団の中で身悶えている瑠依の指は、花びらの合わせ目をなぞっていた。なぞればなぞるほど新鮮な蜜があふれてきて、すべりがよくなっていく。指先が勝手に動きまわり、浅瀬をヌプヌプと穿《うが》ちだす。

暑かった。体中が汗ばんできたので、布団を払いのけた。夫婦の閨房《けいぼう》でひとり、全裸で股間をいじりまわしている自分は、さぞや滑稽だろうと思った。それでもやめる気にはなれない。右手で濡れた肉穴を穿ちながら、左手で乳房を揉みくちゃにする。乳首をつまむと声が出てしまいそうになり、あわてて歯を食いしばった。

気がつけば、四つん這いになっていた。妄想の中でその格好を強いられているせいもあるが、シーツに顔を押しつけたほうが、声をこらえるのが容易に思われたからだった。

牝犬のように恥ずかしい格好で、クリトリスをいじりまわした。恥ずかしいほどツンツンに尖っていた。男に愛撫されるときはやさしくされるほうが感じるのに、自分でするときはつい乱暴になってしまう。最大速度のワイパーのように、中指を左右に動かす。腰をくねらせながら、敏感な肉芽を執拗に刺激する。

やがてオルガスムスの前兆が迫ってきた。

「そろそろトドメを刺してやるか」

妄想の中で、男が反り返ったペニスを誇示した。後ろにまわりこんできて、貫いてくる。すかさず瑠依は、中指を肉穴に入れた。興奮しているので、指が思った通りに動いてくれない。人差し指も加え、二本の指で抜き差しを開始する。

左手の指が三本、口に入っていた。声が出てしまいそうだったからだが、妄想の中ではフェラチオを強要されている。前後から、いきり勃った男根で突きまくられている。息が苦しくなっても、男たちに容赦はない。瞼の裏に、熱い涙があふれてくる。恥辱の涙なのか、歓喜の涙なのか、もはや自分でも判然としない。

「ぅんっ……ぅんぐっ……」

やがて、果てる時が訪れた。四つん這いの体がきつくこわばり、次の瞬間、ぶるっと震えた。体の内側で起こった淫らな爆発が、ぶるぶるっ、ぶるぶるっ、と全身の肉を震わせて、瑠依は両膝を立てていられなくなった。うつ伏せに体を伸ばしてのたうちまわりながら、ひとりよがりな喜悦を嚙みしめ、やがて動けなくなった。

寝室の静寂が物悲しかった。

できることなら、余韻がゆっくりと過ぎ去っていくまで、そのままでいたかった。しかし瑠依は、あわてて布団にくるまり、胎児のように体を丸めた。正気に戻ったときに全裸をさらしていると、ひどい自己嫌悪に襲われるからだった。

布団の中には獣じみた匂いがこもっていて、それが自分の放った発情の証拠だと思うとやりきれない気分になった。本当はキャミソールやショーツを着けたかったが、そんな余裕があるはずもなく、必死に睡魔をたぐり寄せた。

せっかく自慰で果てたのに、意識が覚醒してしまうのは最悪の展開だった。積年の恨みを抱えた生き霊よろしく、ひたひたと後ろから追いかけてくる自己嫌悪につかまる前に、暗い闇の中に意識を溶かしこんでしまわなければならなかった。

4

三十歳も目前になって新宿歌舞伎町がこんなにも近しい場所になるとは、まったく思いがけない展開だった。

旧友に半ば無理やり誘われ、瑠依が生まれて初めてホストクラブに足を踏み入れてから、ひと月が経とうとしていた。

その間、瑠依はだいたい週に一度くらいのペースで〈スターランド〉を訪れていた。もう初回ではないので、一回飲むと二万円ほどかかる。決して安くはないが、払えない額でもない。ホストクラブはもっとべらぼうな料金がかかるところだと思っていたので、逆に拍子抜けしたくらいだ。高額なシャンパンやブランデーを注文せず、ハウスボトルだけを飲んでいればその程度で収まる。

担当はユーセイ——ホストクラブでは指名しているホストのことを担当と呼ぶ。

まだ二十歳そこそこで、水商売に必要なスキルも充分とは言えない彼のどこがそんなに気に入ったのか？

初回のときにＬＩＮＥのＩＤを交換したので、ひっきりなしにメッセージが届いた。ずいぶん熱心な子だなあと思い、もう一回くらい会ってみてもいいかなあと心が動いて、ひとりで〈スターランド〉にやってきたのが運の尽きだった。

駆けだしのホストでも、ユーセイは眼を見張るほどの美形だった。〈スターランド〉にはそもそもイケメンしかいないのだが、イケメンにもタイプがある。疑似恋愛を売り物にしている商売だから、当然のようにセクシーな男が多い。ヴィジュアルを美しく仕上げていても、眼つきや言動に男らしさが宿っている。

そんな中、ユーセイだけは男らしさをまったく感じなかった。切れ長の眼が印象的な、典型的な女顔のせいかもしれない。色が白く、線が細い。おまけに薄化粧までしているから、なんだか現実に存在する男ではなく、アニメの登場人物のように見える。

そのことが瑠依の気持ちを軽やかにした。

瑠依には、男性アイドルに夢中になった経験がない。知りあいに熱狂的なジャニオタがいたが、好きなアイドルを「推し」と呼び、ふた言目には「推しがー、推しがー」と言う彼女のことが苦手だった。はっきり言って、現実の男に相手にされないからアイドルなんて追っかけてるんでしょ、と冷ややかな眼で見ていた。

間違っていた。ユーセイと出会って、「推し」という感覚の謎がとけた。性的な関係に発展しようがない美形の男を、下心抜きで愛《め》でるのはこんなにも心躍るものなのか、と眼から鱗が落ちる思いだった。

瑠依は基本的に男を容姿で選ばない。価値観が一致するかとか、会話が有益かつ愉快であるかなど、容姿よりはるかに大事な基準がある――はずだったのに、美しい年下の男の顔を眺めながら他愛ない話をしているだけで、気持ちがうきうきしてしまうがないのだから、我ながら驚くほどの宗旨替えだった。

相手が現実の恋人候補なら、そうはいかない。セックスのことだって考えなければならない。男を容姿で選ばない瑠依は、セックスもまた、優先順位の上位に置いていなかった。それでも絶対に想像してしまう。裸になって抱きあうことに抵抗があるようなら、それは生理的に受けつけないということだ。逆に安心しそうなら、波長が合う可能性が高いように思われる。

だが、ユーセイが相手だと、そういうことはいっさい考えなくてすんだ。どこまでも清らかな気持ちのまま、ただうきうきできるのである。

もしかすると、男性アイドルを応援している同年配の女も、似たような心持ちなのではないだろうか？

女も歳を重ねていけば、大なり小なり性の悩みを抱えるものだ。

たとえば瑠依は、夫とのセックスレスに悩んでいる。夜の生活がないならないでもうかまわないから、平穏な夫婦関係を取り戻したいと思う一方、自慰をせずには眠りにつけないほど性欲をもてあましている。

浮気でもして憂さを晴らせばいいではないか、という向きもあるかもしれないが、瑠依はもはや、セックスについて考えることに疲れ果てていた。うんざりしている、と言ってもいい。そういう精神状態のときに出会ったユーセイは、炎天下で喉に流しこむ清涼飲料水のようにしみた。好きという気持ちに生ぐさい性のあれこれがまとわりついていないのは、こんなにも清々しいものなのかと感嘆した。

「瑠依さんにはホント感謝してますよ。俺、今月一本も本指名とれなかったら、馘《くび》になるところでしたから」

「厳しい世界なのね」

「そうですよ。いまホストをやりたいやつなんて大量にいて、毎日全国から歌舞伎町に押しかけてきてる勢いですもん。俺なんか、ただでさえ要領悪くて、先輩に怒られてばっかりだから、ぼうっとしてたらすぐにはじき飛ばされちゃいます」

「ふふっ。要領悪そうだもんねえ」

「笑わないでくださいよ。マジで悩んでるんですから」

「大丈夫よ。最初から器用になんでもこなす子より、不器用でもコツコツ努力する子のほうが、身につくものも多いから」

「そうでしょうか……」

自信なげにしているユーセイが、瑠依は可愛くてしようがなかった。自分もまた、要領が悪い女だったからだ。社会人になっていちばん苦労したのが、宴席での振る舞いだった。愛嬌満点の笑顔を浮かべて男たちの酒を次々とつくり、途切れることなくトークをまわしつづける先輩ＯＬが、怪物にも見えたものだ。

「あのう……」

ユーセイはコホンとひとつ咳払いをすると、背筋を伸ばして言った。

「夢を語っていいでしょうか？」

「なーに？　どうせ目指すはナンバーワンでしょ」

「そんな大それたこと言えるわけないじゃないですか」

「じゃあなによ？」

「……ラスソン」

「えっ？」

「俺、歌だけはけっこう自信あるんで、瑠依さんのためにラスソン歌いたい……」

ホストクラブで「ラスソン」といえば、ラストソングのことだ。その日いちばん売上をあげたホストは、営業終了間際、特権的にマイクを持ってカラオケを歌うことができる。

つまりユーセイは、売上が欲しい、と言っているのだ。いつものハウスボトルではなく、シャンパンとかブランデーとか、値の張る酒をおろしてほしいと……。

ホストクラブというのは、ホスト同士が売上を競いあう場所であるとともに、女の客同士が見栄を張りあう場所でもある。

いつだってまわりを見渡せば、自分よりもずっと若い女の子たちが、担当の売上をあげるために、バンバンお金を遣っていた。月間のナンバーワンにしようと思ったら何十万、何百万、あるいはそれ以上の眼もくらむような大金が必要になる。

そこまではとても無理だが、自分もいつか、ユーセイにシャンパンの一本くらいプレゼントしたい、と思っていた。ハウスボトルを飲んでいるだけでも、自分には身の丈を超えた贅沢だと思っている。それでも、せっかく担当になってもらったのだから、一回くらいは高いお酒を一緒に飲みたい。

瑠依のハンドバッグの中には、五十万円近い現金が入っていた。派遣OLをしていたころ、コツコツ貯めていた自分の貯金で、〈スターランド〉に来るときは、いつもお守りみたいに持っている。ユーセイのために、いつか遣ってあげようと思って……。

だが、それはいますぐじゃないとも思っていた。

その虎の子を遣ってしまったら、もうハウスボトルさえ飲むことができなくなるからだ。二度とユーセイに会えなくなる。大盤振る舞いをするのは、これが最後と決めたときでなければならない。

ふうっ、と胸底で溜息をもらす。

恋人であれ友達であれ、人間関係の終焉というものは、いつだって唐突に訪れるものだ。ましてやユーセイと自分は、ホストと客の関係。金の切れ目が縁の切れ目となっても、少しもおかしくない。ひとりでこの店にやってくるようになって、今日で七回目。もしかしたら、このあたりが潮時なのかもしれない。

「もしラスソンをゲットできたら、なにを歌ってくれるの？」

瑠依が訊ねると、ユーセイは眼を輝かせた。

「定番はＫｉｎＫｉ Ｋｉｄｓの『愛のかたまり』ですけど……スピッツの『ロビンソン』なんてどうでしょう？」

「へええ、古い歌知ってるのね」

悪くない選曲だった。あのさわやかでメランコリックな曲調は、ユーセイのキャラに合っている。聴いてみたい、と純粋に思った。

「じゃあさ、ちょっとわたしが気持ちよくなるようなこと言ってみて。わたしの第一印象って、どんな感じだった？」

「気持ちがよくなるようなこと言えば、ラスソン歌えるようにしてくれるんですか？」

「嘘くさいお世辞はダメよ。変なこと言ったらすぐ帰る」

「そうですねぇ……」

ユーセイは瑠依の顔をまじまじとのぞきこんできた。

「第一印象は……大人の女の人」

「ふうん……」

それはまあ、そうだろう。

「次に思ったのが、この人って実は、可愛い人なんじゃないか」

「はっ？」

瑠依は眉をひそめた。

「年上をつかまえてよく言うわよ」

「年上でも可愛い人っているじゃないですか」

「わたしは違うでしょ」

「瑠依さんの場合、なんか可愛いところを隠してるっぽいっていうか……だから、打ち解けてきたら、きっと可愛いところがたくさん見られるんじゃないかなあって……」

意味がわからなかった。わたしなんて背は高いし、全然笑わないし、怖いって言われることはあっても可愛いなんて言われたことないんですけど、と思ったが、それを口に出すことはなかった。

嬉しかったからである。

おまえは可愛い女だと、いつか男に言われてみたいと思っていた。まさかずっと年下の駆けだしホストに言われるとは、夢にも思っていなかったが……。

「まあ、合格にしてあげるか……ぎりぎりね……かなりオマケして合格……」

フロアの黒服に目配せし、メニューを持ってきてもらう。

「それじゃあ、推しのためにひと肌脱ぐとしましょう。なんでも好きなもの……って言いたいところだけど、予算に限度はあるからね。どれを頼めば、ラスソン歌える？」

「ええーっと……」

ユーセイはメニューを眼で追いながら声をひそめた。

「今日は平日ですいてるし、無茶な飲み方してる人もいないから、これでいけると思います」

ユーセイが指差したのは、ドンペリの白だった。小計八万円。小計というのはメニューに書いてある値段のことで、会計時にサービス料や税金を加算されると倍くらいになる。

「ベタですけど、俺まだドンペリって飲んだことないんですよね……」

瑠依がうなずくと、アイスペールに入ったボトルと細長いフルートグラスがワゴンに載って運ばれてきた。ホストクラブでシャンパンを注文すると、ホストたちがコールをしてくれるサービスがつく。高額なボトルならオールコール——店内にいるホスト全員がいっせいに集まってきて、華やかで賑やかなコールが始まる。

〈スターランド〉はそれほど大きな店ではないが、それでも総勢十名近くが瑠依とユーセイを取り囲んだ。嵐のようなコールと手拍子に囃したてられながら、フルートグラスで乾杯。辛口のシャンパンなはずなのに、びっくりするほど甘かった。お酒の味がこれほど甘美に感じられるなんて、さすがに高い料金をとるだけのことはあると頬がゆるむ。

「すげえ旨いです。瑠依さん、ありがとう!」

シャンパンを一気に飲み干したユーセイが、真っ赤な顔で笑いかけてくる。

自分もきっと、幸せそうな顔で笑っているだろうと瑠依は思った。

もっとも、世の中はそう甘くない。その後にやってきた客が景気よく高いシャンパンを抜いたので、ユーセイにラストソングを歌わせるためには、ドンペリ一本だけではすまなくなった。

「いいよ、ユーセイ! もう一本おろす!」

サービス料やタックスが加算されると、手持ちのお金ぎりぎりの請求書がやってきそうだったが、かまいやしなかった。これほど楽しい夜は生まれて初めてかもしれないと思いながら、瑠依は自分のキャラも忘れてはしゃいでいた。

第二章　注文の多い男

1

日曜日の午後、瑠依は新宿のカフェにいた。

歌舞伎町のはずれ、花園神社の近くにその店はあった。カフェというより喫茶店といったほうが正確かもしれない。実際、表の看板には「ジャズ喫茶」と記してある。

TOHOシネマズ新宿のほうに歩いていけば、昼でも風俗店の看板が点滅し、メイド服を着たコンセプトカフェの呼びこみが何組も立っているのに、そのあたりはひっそりしていて、店構えも時代に取り残されたように古ぼけていた。

待ち合わせ場所に指定されなければ、絶対に入ったりしなかっただろう。

飴色にくすんだ店内に流れるジャズは、なんと針を落とすレコードでかかっていた。客は中年以上の男ばかりで、誰もがむっつりと押し黙り、眉間に皺を寄せてジャズに聞き入っている。瑠依は完全に場違いだった。煙草が吸える店なので煙たくてしようがないし、コーヒーも泥水みたいに濃すぎてまずい。

待ち合わせの相手が初対面だから、二十分ほど早く店に到着したのだが、時間が全然進まなかった。約束の午後三時まで、ようやくあと五分……。

内心で溜息をつきながら、バッグからスマホを出していじった。ネットニュースは、人気女子アナの熱愛報道で沸き立っていた。相手は年収数億円のYouTuber――最近、この手のニュースにまったく関心がなくなった。ちょっと前なら、すかさず友達にLINEしていたのに……。

ユーセイに会わなくなって、ひと月近い時間が経っていた。

〈スターランド〉に足を運ばなくなっても、しばらくはLINEでメッセージがよく送られてきた。レスしないでいると、そのうち来なくなったが……。

金の切れ目が縁の切れ目というのは、最初からわかっていたことだった。相手がホストである以上、飲みにいく金銭的な余裕がなくなれば、会えなくなって当然。そもそも瑠依は、ユーセイにリアルな恋愛を求めていたわけでもなんでもない。長い人生、一度くらいは馬鹿げた散財をしてみるのも悪くないと思っただけなのである。

なのに……。

会わなくなったら会わなくなったで、自分でも思いがけないほどの喪失感に襲われた。恋人でもなんでもない男にどうしてこれほど会いたいのだろうと、日に何度も頭を掻き毟りたくなるほどだった。

大学生時代、ダンスサークルのステージのために、二週間で六キロの減量をしたことがある。当時の瑠依にとって、スイーツを食べる瞬間が一日の最大のハイライトだったから、甘いものをいっさい口にできないのは苦行以外のなにものでもなかった。頭の中が常にぼんやりし、話しかけられても生返事しかできず、こんなにつらいならいっそダンスなんてやめてしまおうかと、ひとり涙する日々を送ったものだ。

あのときによく似た禁断症状に見舞われた。チョコでもアイスでも生クリームでも、食べなくても死ぬわけではない。むしろ健康にいいはずなのに、それを口にできない毎日は砂を嚙むように味気ない。

ユーセイにはもう会わないと決めた数日後から、禁断症状は始まった。家事が手につかなくなり、日がな一日ぼうっとしては、ユーセイとやりとりした過去のＬＩＮＥを読み耽ったり、〈スターランド〉で一緒に撮った写真を眺めていた。

自分でも嫌になるほど溜息が出た。

独身時代にコツコツ貯めた五十万円、それを遣ってしまったことに悔いはない。嵐のようなオールコールの中、推しとドンペリで乾杯したのは、いままで経験したことがないような、非日常的な享楽だった。たぶん、一生の思い出になるだろう。

だが、その一方で、五十万円もの大金を遣ってそれで終わり、ということに、もやもやしている貧乏性の自分もいる。遣ったことに悔いがないのは嘘ではないが、できれば未来に続く散財であってほしいと願ってしまう。

荒療治で忘れてしまおうと、昼間からお酒を飲んでみたりもした。コンビニで買ってきた安物のワインをガブ飲みだ。それでもユーセイのことが頭から離れなければ、ベッドにもぐりこんで自分で自分を慰めた。

さすがに自慰の最中は他のことを考えられないので、酔っ払って悶々としているよりはいくらかマシだったものの、一日に三度も四度もイカなければ気がすまなくなると、怖くなって自制せずにはいられなかった。

そんなに会いたいなら会いにいけばいいじゃないかと、もうひとりの自分が言った。なにも、会って浮気をしようというわけではない。楽しくお酒を飲むだけなのに、なにをそんなに苦しみ悶えているのだ……。

もちろん、問題はホストクラブの料金が安くないということだった。

とはいえ、ドンペリを二本も入れるような暴挙を働かなければ、一回二万円ほどですむ。

瑠依にはもう個人的な貯えがなかったが、生活費をまかなうため、夫から銀行のカードを預かっている。月々決まった額が振り込まれるわけではなく、まとめて何百万も入っている口座のものだ。瑠依はそこから現金をおろして、食材や日用品の代金を支払う。小遣いの額は決まっていないが、ある程度は認められている。コスメや美容院代、あるいは服を買うときなども、そのお金を使ってOKだ。

いちおう家計簿をつけて夫に見せているけれど、なにか言われたことはない。夫は瑠依の金銭感覚が常識的であることを知っているし、多少の贅沢に目くじらをたてるような性格でもないからである。

あのお金を使えば……。

月に一回や二回、ホストクラブに行くことができるのではないかと思った。生活費を使いこむわけではない。今後はなるべく節約することにし、自分の小遣いプラス、節約したぶんを使えばいいだけのことなのだ。

思いついてしまうと、気持ちを抑えられず新宿に飛んでいった。よほど気が急《せ》いていたのだろう、〈スターランド〉の営業時間は午後六時からなのに、午後五時には歌舞伎町の雑踏をうろうろしていた。ＡＴＭでお金をおろすとすることがなくなり、時間を潰すために眼についた居酒屋に入った。

見るからに安そうな店だったが、店内は明るく清潔感があったのでホッとした。おまけにオープンの午後五時から七時まではハッピーアワーとかで、千円ぽっきりでドリンク三杯とつまみ一品を自由に選べるようだった。

瑠依は焼酎の緑茶割りと冷や奴を頼んだ。二十九歳の主婦がひとりでジョッキを傾けている図は美しくないだろう。それでもかまわず、喉を鳴らして飲んでやる。

酔っ払ってやろうと思った。ひとりで〈スターランド〉に行くとき、酔っていたことは一度もない。でも、たまにはそういうことをしてみてもいい。ユーセイに眉をひそめられてもかまわないから、今日はだらしなく振る舞ってやる。設定は、男友達に誘われて無理やり飲まされた——少しは焼き餅を焼いてくれるだろうか？

二杯目の緑茶割りを頼むころになると、店内にポツポツと客が入ってきた。客層は若く、二十代前半が中心だった。三十代の女が入ってきたと思ったら、連れの男がどう見てもホストで、こんな店で同伴する人もいるんだ、と感心した。

隣の席に、女の子のふたり連れが腰をおろした。どちらも髪色がやたらと明るく、フリルやリボンが過剰についたピンク色のワンピースを着ていた。横顔は幼いのに、たたずまいがどことなく崩れているように見えた。風俗嬢では？　と直感が走る。

「今日は推しのところに行くの？」

「もちろんだよー。なんのためにキモいおっさんの相手してるわけ？」

「そーよねー」

「今日稼いだぶんは、今日のうちに全部使う」

「さんせーい」

ポンポンポーンと言いあいながら、レモンサワーで乾杯――直感はあたったらしい。ユーセイによれば、歌舞伎町のホストクラブは、どこも若い女の子が客層の中心だという。少し前まで高校生だった彼女たちに、どうしてホスクラで遊ぶようなお金があるのか？

『風俗で働いてるんですよ。じゃなきゃ、パパ活か援助交際』

ユーセイが言いづらそうな顔で教えてくれた。もちろん、瑠依だって薄々勘づいていた。そうでもしなければ若い女が大金を持てるわけがないし、盛り場では彼女たちの体に高い値がつく。同性としてあまり気分のいいものではないけれど、所詮は他人の人生だ。放っておこうと思っていると、

「でもさ、実家が超お金持ちなのに、なんでキモいおっさんの相手してるの？」

「あんたのリアルパパだって上級国民でしょ」

「ぴえん」

「親の金でホスクラ行くとかやばいじゃん」

「推しを裏切るよね」

「そうそう。推しをっていうか、推しを愛する自分を裏切る」

「自分が傷ついたお金じゃなきゃ」

「道端で二百万拾ったとしてさ、それでリシャールおろしたって……なんかねえ」

「それじゃあ推しに気持ちが届かないよ」

放っておこうと思っているのに、瑠依はしっかり聞き耳を立てていた。そして、口許まで運んだ緑茶割りを飲むのを忘れてしまうくらい、ショックを受けていた。

体を売ってホストクラブに通いつめているような若い女の子は、悪いホストに騙されているとばかり思っていたからだ。強要はされずとも詭弁《きべん》でそそのかされたり、手練手管《てれんてくだ》でその気にさせられているに違いないと……。

しかし、少なくとも隣の席のふたりは、明確に自分の意思で風俗嬢なり、パパ活なりをしているようだった。それも、親に金銭的負担をかけたくないなどの理由ではなく、推しへの愛を貫くため……。

（若いのに、そういうことちゃんと考えてるんだ……）

それに引き替え、自分はいったいなんだろうと思った。夫から預かっている生活費をチョロまかして、推しに会いにいこうとしているなんて……。

恥ずかしいというか、情けないというか、とにかく居たたまれなくなって、瑠依は席を立った。支払いをすませて外に出ると、〈スターランド〉には向かわず、駅に向かって早足で歩きだした。

数日が経った。

その間、瑠依はいつになく熱心にスマホを眺めていた。ホスト、あるいはホストクラブについて調べるためだ。いちばん打ちこんだ検索ワードは「ホス狂い」。ホストに狂って月に何百万も使っている女のことを、そう呼ぶらしい。

歌舞伎町の居酒屋で偶然隣り合わせた若い女の子たちのように、ホス狂いをしている女の多くが体を売って稼いでいるようだった。月に百万稼いで百万遣うとか、数年間で三千万貢いだとか、都内にマンションが買えそうな額の売掛金があるとか、にわかには信じられないような数字が飛びかっていたが、SNSから伝わってくる彼女たちの心模様は、決してネガティブなものだけではなかった。

悲しみの裏に喜びが隠されていたり、自虐と誇らしさがないまぜになっていたり、とにかくひと筋縄ではいかない。

少なくとも、彼女たちはホストに騙されている愚かな女なんかではなかった。ホストの目的がお金とわかっていてお金を用意し、罠とわかっていて罠に飛びこんでいく勇者だった。瑠依の眼には、彼女たちが輝いて見えた。いまの日本で、これほどまでになにかに熱狂している人たちが他にいるか？

売春をしてホストクラブに通いつめるという、そこだけを切りとれば眉をひそめるしかないようなことをしているのに、瑠依は彼女たちの熱気にあてられてしまった。自分もやってみようか、という考えに至るまでに長い時間はかからなかった。

本当に、体を売ってまでユーセイに会いたいの？

何度も何度も自問した。体を売る仕事は、ただ単に時間を切り売りするパートタイマーとはわけが違う。なにかが穢れるような気がする。ユーセイに会うために、そこまでしてしまってかまわないのか？

できるかもしれない、と思ってしまった。

年若いホス狂いの女子に感化されたと言えばそれまでだが、体が熱くなっていくのを感じた。推しに会うためにこの身を穢すことが、たとえようもなく尊いことのように思えたのだから、ほとんど熱病にかかったようなものだった。

パパ活、援交、割りきり——誓って言うが、瑠依はその手の小遣い稼ぎをしたことがない。ナンパの類いも大嫌いで、出会ったその日にベッドインをしたことさえないのだから、我ながら身持ちの堅い女だったと思う。

ただ、出会い系サイトというか、マッチングアプリのようなものは、何度か利用したことがあった。結果的に誰かと交際するには至らなかったけれど、それを利用している人間の中に、金銭を介在させた肉体関係を求めている者が少なくないことは知っていた。もっとはっきり言えば、事情をよく知らずに登録した出会い系サイトが、援助交際の温床だったことがあるのだ。

びっくりするほど大量の男から、誘いのメッセージが届いた。大半が冷やかしの類いのようだったが、紳士的に交渉してくる者もちらほらいた。そんなつもりは毛頭なかったので返信することはなかったが、もう一度あそこに登録すれば、風俗店に在籍しなくとも、体を売ってお金を稼ぐことができるはずだと思った。

2

約束の午後三時きっかりに、男は姿を現した。

昭和の遺物のようなジャズ喫茶には他に女性客がいなかったので、こちらの存在にすぐに気づいてもらえたようだった。

男はチェックのスーツを軽やかに着こなし、磨きあげられたウィングチップの靴を履いていた。オールバックにしている髪は真っ白だったが、肌が浅黒く日焼けしているので、自称五十代後半にしては若く見えた。

剣持巧《けんもちたくみ》——本名であるはずがないが、メールのやりとりではそう名乗った。自営で雑貨の輸入業をしているらしい。それにしたって本当かどうかわからないけれど、なんとなく経営者らしい泰然とした雰囲気が漂っている。

「ルイさんですか？」

微笑を浮かべることもなく、剣持は訊ねてきた。偽名を使うと本物の娼婦になったみたいなので、瑠依は本名を名乗っていた。ただし、ファーストネームだけで、漢字の表記は伝えていない。

「剣持さん？」

立ちあがろうとしたが、制された。剣持は向かいの席に腰をおろして長い脚をさっと組むと、店員を呼んでホットコーヒーを頼んだ。この店のコーヒーの味を知っているようで、運ばれてきても手をつけなかった。喫煙可の店を待ち合わせ場所にしたくせに、煙草を吸う素振りも見せない。

「写真で見たよりお綺麗ですね。下手なお世辞で恐縮ですが」

「いえ……ありがとうございます」

瑠依は動じていなかった。胸が痛くなるくらい心臓が早鐘を打っていたが、容姿を褒められることには慣れている。むしろ、褒められなければ困る局面だった。この容姿にはいま、安くない値札がついている。

「剣持さんこそ、写真よりずいぶんお若く見えます。わたし、もっと落ちついた感じの方かと……」

「もっとお爺ちゃんが来ると思ってました？」

剣持はやはり、ニコリともせずに言った。顔立ちは普通以上に整っているが、猛禽類のように眼光が鋭い。瑠依は思わず眼をそらした。

「好きなことばかりしていると、老けこむ理由がないんですよ。見ての通り髪は真っ白ですけど、中身はやんちゃだった十代のころと変わらない」

「本当に？」

「頭の中身がですよ。精力は残念ながら年齢なりです」

瑠依が小さく笑っても、剣持は真顔を崩さなかった。この男は、女の前で決して笑わないと神にでも誓っているのだろうか？

「それより、僕でＯＫですか？」

「ええ……剣持さんさえよろしければ……」

瑠依は眼を伏せたままうなずいた。要するに早くやりたいわけか？　十代の男じゃないのだから、もう少し大人の余裕を見せてもいいのではないか？

「僕はＯＫですよ。正直、予想以上だったので驚いてます」

「ありがとうございます」

「行きましょうか」

剣持が伝票を持って立ちあがった。レジで支払いをするのを待って、一緒に店を出た。東京にはすでに梅雨入り宣言がなされていた。雨は降っていなかったが、鈍色《にびいろ》の雲が空一面を覆い尽くし、真っ昼間なのに街は薄暗かった。

さすがに緊張した。いかがわしい盛り場を、男と肩を並べて歩く――誰かに見られたらと思うと、鼓動が乱れてしかたがなかった。眼と鼻の先にある区役所通りを渡ればホストクラブが集中しているエリアであり、ユーセイの働いている〈スターランド〉もそこにある。鉢合わせする可能性だってゼロではない。

ただ、剣持は賑やかな場所を避けているようで、人通りの少ない道だけを通ってラブホテル街に出た。コーヒーがまずくても、煙草の煙が不快でも、あのジャズ喫茶を待ち合わせ場所に選んだ理由は、立地にあったらしい。

「僕はリアリストで、合理主義者なんです……」

道の両側にあるホテルを視線で確認しながら、剣持が言った。

「セックスをするのが目的なら、そのために用意されたホテルを使ったほうがいい。見栄を張って夜景の見える高層ホテルに泊まるなんてナンセンスだ。実際、西新宿にある外資系ホテルなんかより、歌舞伎町のラブホテルのほうがずっと使い勝手がいいですからね。セックスだけが目的なら……」

なんとなく言い訳じみて聞こえた。外資系ホテルを利用するお金がないわけではないし、あなたを軽く見ているわけでもない、とでも言いたいのだろうか？

「歌舞伎町のラブホテル、使ったことあります？」

瑠依は言葉を返さなかった。いや、返せなかった。目当てのホテルを発見したらしく、剣持が建物に入っていったからだ。瑠依も続いた。エントランスがやたらと暗く、無人の受付に客室と料金が掲載された写真パネルが設置されていた。

「どこがいいですか？」

瑠依が曖昧に首をかしげたので、剣持は自分で部屋を選んだ。

エレベーターに乗った。ゴンドラの奥が鏡になっており、ふたりの姿が映っていた。瑠依は光沢のある白いブラウスに、菖蒲色のロングスカートという装いだった。パンプスの踵は控えめにしたが、それでも五、六センチはある。

にもかかわらず、剣持は瑠依より背が高かった。おそらく、一八〇センチ以上。夫は一六四センチだし、ユーセイも瑠依と同じくらいなので、なんだか新鮮だった。

「背が高い女は好きですか？」

眼を合わせずに訊ねてみる。言葉は返ってこない。気まずげに視線を向けると、剣持はどういう顔をしていいかわからないというふうに眼をそむけた。

瑠依は自分でもなにを言っているのだろうと思った。身長一七〇センチであることは、あらかじめメールで伝えてある。小柄で可愛い女の子を期待されては、お互いが不幸になるからだ。つまり、背が高い女を嫌いではないはずなのだが……。

エレベーターが七階に到着し、扉が開いた。お互い無言のままおりて、絨毯《じゆうたん》敷きの内廊下を進んでいく。

部屋は広くなかった。扉を開けて玄関で靴を脱ぎ、もう一度扉を開けて中に進むと、ふたり掛けのソファに迎えられた。その向かいには四〇インチほどのテレビがあり、マイクもあるからカラオケもできるようだが、それらはほとんどオマケのような扱いで、部屋のスペースの大半を占領しているのが巨大なベッドだった。たぶん、キングサイズ以上……。

ご丁寧にコーラルピンクの天蓋までついて、さながらメインイベントの会場のような趣きである。なるほど、リアリストの合理主義者が好みそうな空間だった。ここは一対の男女が、淫らな汗をかくことだけを目的に訪れる場所だ。

「これ……」

剣持が白い封筒を渡してきた。

「僕はシャワーを浴びてきますから、確認しておいてください」

バスルームに向かう剣持の背中を見送ってから、瑠依は封筒の中身を抜きだしてみた。手が切れそうな新札が十枚入っていた。

驚き、戸惑った。ホテル代別で五万円というのが、瑠依が自分につけた値段だった。相場はその半分以下らしいので、かなり強気の料金設定と言っていい。もちろん、買い手がつかなければ値下げするしかないわけだが、いきなり安売りしたくなかった。二十九歳の主婦でも、すれっからしのビッチではないからだ。

いちばん最初に逢瀬の約束がまとまった剣持は、値段についてとくになにも言わなかった。会ってから値切られるかもしれないという警戒心こそあれ、言い値の倍額を払ってくれるとは夢にも思っていなかった。

にわかに緊張してきた。瑠依はビッチでないかわりに、いわゆる床上手でもない。このわたしを抱くことに、十万円の価値があるだろうか？　ハウスボトル限定なら、〈スターランド〉に四、五回は行ける額である。それほど楽しい時間を、手練《てだれ》の娼婦でない自分に提供できるのか？

剣持はなかなかバスルームから出てこなかった。バスローブを羽織って部屋に戻ってくるまで、三十分くらいかかったのではないか。セックスの前にそんなに長くバスルームにこもっているなんて呑気な男だと苛立ったが、出てきたときには、ジャズ喫茶で初めて顔を合わせたときより表情がやわらいでいた。

「じゃあ、わたしも……」

バスルームに向かおうとすると、腕を取られた。

「セックスの前に男が身を清めるのはマナーですよ。でも、女性にその必要はない。僕はそういう考え方なんですが……」

顔をのぞきこまれ、瑠依は眼を泳がせた。女の体臭に興奮する、という意味だろうか？　恋愛感情のない男にそれを嗅がれるのは恥ずかしい気もしたが、シャワーなら家を出るとき念入りに浴びてきた。下着だって新しいものを着けている。体臭なんてほとんどわからないはずだ。

「好きにしてください……」

掠れた声で言うと、腕をつかんでいた剣持の手が腰にまわってきた。一歩、二歩、とベッドに近づき、抱き寄せられる。剣持の顔が、息のかかる距離まで接近してくる。

「眼を閉じないで」

瞼を落とそうとすると、制された。

「せっかく綺麗な人とキスをするんだから、見つめあってしたいですよ」

注文の多い男だな、と瑠依は胸底で吐き捨てた。もちろん、口に出すことはできなかった。予定の倍額もお金をもらったことが、早くも効いてきた。リクエストに応える努力をするのは買われた女の義務だと、自分に言い聞かせる。

キスをされた。視線と視線をぶつけあいながら……剣持の唇は、見た目よりずっと柔らかく、包みこまれるような感触がした。考えてみれば、キスをしたのも久しぶりだった。受け身一辺倒の夫は、ベッドでも自分からキスをしてくることがない。

剣持の唇が開き、ヌルリと舌が差しだされた。瑠依も口を開いて迎え入れる。剣持の舌はゆっくりと動き、瑠依の舌をからめとった。一瞬、キスの仕方がわからなくなった。剣持はこちらを見つめている。視線をはずすことができない。

腰を抱いている手に力がこもったので、瑠依も剣持の首に両手をまわした。あえぐように、大きく口を開く。剣持のキスに熱がこもってくる。ねちっこく舌をしゃぶられ、唾液を啜られると、瑠依の両脚は震えだした。

ベッドは目の前にあった。横になりたかったが、剣持は立ったまま愛撫を始めた。腰を抱いている手で背中をさすっては、反対の手を脇腹のあたりに這わせてくる。脚の震えが激しくなったので、瑠依は焦った。ファーストキスのときだって、こんなに緊張しなかったのに……。

白いブラウスの上から、胸のふくらみを手のひらで包まれた。瑠依は長身だがスレンダーなスタイルをしている。にもかかわらず、乳房はそれなりにボリュームがある。細い枝に実った果実のように、丸々としているのが自慢だ。エッチなスタイルだな、と体を重ねた男にはよく言われた。言わなかったのは、夫くらいのものだ。

意外にも、剣持もそういう軽口を叩かなかった。紳士面をしていても、金を払ってセックスをするような男である。そろそろ本性を現すのではないか、と瑠依は身構えていた。欲望を剥きだしにして野獣のように犯してくるのなら、それはそれでよかった。むしろ、そちらを期待していると言ってもいい。

瑠依が欲しいのはお金だけではなかった。お金をもらってセックスすることで、この体を穢してほしいのだ。屈辱的なことを強いられ、心までズタズタに傷つけてもらってかまわない。推しに対する思いの強さを証明できるなら……。

だが、剣持はうっとりした表情で瑠依の顔をのぞきこみながら、繊細かつ丁寧な愛撫を繰り返す。胸のふくらみをまさぐる手つきはどこまでもやさしく、欲望をぶつけているというより、瑠依の体に火をつけようとしているようだった。

その段階で、セックスが上手い男であることはわかった。少なくとも、女の扱いに慣れている。瑠依は混乱していた。女を金で買うような男が、こういうセックスをするとは思っていなかったからだ。はっきり言って、いままで体を重ねたどの男より、大切に扱われている気がする。

長いキスがようやく終わった。

瑠依の呼吸は恥ずかしいほどはずんでいた。顔もひどく熱い。鏡を見ればきっと、お酒に酔っているようにピンク色に染まった自分と対面できるだろう。

3

目の前にベッドがあるのに、まだ横になることは許されなかった。

瑠依は立ったまま、両手をベッドにつくようにうながされた。そんな体位でセックスしたことはないが、お尻を突きだす立ちバックの体勢である。

尻の丸みを味わうように、剣持がお尻を撫でてきた。相変わらずやさしい触り方だったが、瑠依は歯を食いしばった。脚が震えないようにするためだ。

剣持はじっくりと時間をかけて左右の尻丘に手のひらを這わせてから、菖蒲色の長いスカートをまくってきた。下半身がにわかに心細くなったが、両脚はナチュラルカラーのストッキングに包まれている。ショーツはシルク製で、バックレースのついた白だった。白い下着なんてもっていなかったので、新たに買い求めた。男好きする色を選んだつもりはない。穢されるための白装束である。

二枚の下着に包まれたヒップに、手のひらが這ってきた。スカートの上からより、男の手を生々しく感じた。剣持の手は大きく、節くれ立っている。アウトドアスポーツでも嗜むのか、顔同様に浅黒く日焼けしている。

立ちバックの体勢になっているので、尻を撫でられている手が見えているわけではなかった。先ほどチラッと見たときの印象だ。いまは髪が顔にかかって視界を遮っている。カッカと燃えている顔を見られないのはよかったが、そのぶん愛撫に神経が集中した。下着越しに尻を撫でられているだけなのに、やけに気持ちがいい。瑠依はヒップの表面が性感帯だと思ったことなんて一度もない。

「さっきも言いましたけど……」

剣持がささやいてきた。

「精力は年齢なりなんで、こんなものを使ってもいいですか？」

瑠依は髪を掻きあげながら振り返った。剣持はバスローブを脱いでいなかった。その手にあったのは、見慣れないスティック状の物体――可愛いパステルピンクなのに、どことなく淫靡な雰囲気が漂っている。

「なんですか？　それ……」

「電マですよ。新品を用意しておきました」

剣持がスイッチを入れると、ブーン、ブーン、とヘッドの部分が振動を始めた。それが大人のオモチャの類いであることくらい、瑠依だって知っていた。ただし、使ったことはない。男に使われたことも……それに、自分が知っている電マより小さく見えた。岡山名産の千両茄子くらいだろうか？

振動するヘッドが尻丘に押しつけられると、瑠依はビクッとした。熱くなった顔を垂れた髪に隠しながら、蚊の鳴くような声で言った。

「お手やわらかにお願いします。わたし、そういうの使ったことないんで……」

「……わかりました」

剣持はうなずくと、閉じている太腿の間に手のひらを入れてきた。脚を開きなさい、と無言でうながしてくる。

瑠依は肩幅より少し狭いくらいに、両脚を開いていった。白いパンプスを履いたままだったので、けっこう恥ずかしい格好にされてしまったが、それよりも電マの動向が気になってしかたがない。

振動するヘッドが、丸みを帯びた尻丘から太腿のほうにすべり落ちてくる。じっとしていようと思っても、ビクッとしてしまう。感じているわけではない。慣れない刺激に体が脊髄反射しているだけだ。

とはいえ、ヘッドが何度も何度も太腿の裏側を行き来すると、次第におかしな気分になってきた。小刻みな振動が体の芯までしみこんでくるようで、下腹のいちばん深いところがじわじわと熱くなっていく。剣持はやがて、太腿からふくらはぎまで電マを這わせてきた。逆Vの字に開いた両脚の裏側に、隈無く振動を送りこんでくる。

おそらく、振動のレベルは強くなかった。それほど激しい刺激ではないのに、瑠依は両脚が震えだすのをどうすることもできなかった。こらえるために、パンプスの中でぎゅっと足指を丸めてみる。ストッキングに包まれている爪先が、ひどく汗ばんでヌルヌルする。気がつけば、両脚はおろか、突きだしたヒップまで震わせていた。

（じれったい……）

いったいこの男はなにをやっているのだろうと、瑠依は歯噛みした。十万円も払って、セックスがしたいのではなかったのか？

十万円はたしかに大金だが、独身時代の瑠依に対して、それ以上のお金を遣ってくれた男もいた。デートのたびに高級レストランにエスコートされ、ブランドもののアクセサリーや財布などをプレゼントしてくれた。

前世は英国貴族ですか？　と皮肉を言いたくなるくらい、紳士ぶるのが好きな男だったが、ホテルの部屋でふたりきりになると、紳士面をかなぐり捨て、鼻息を荒らげてむしゃぶりついてきた。瑠依から服や下着を毟り取ると、両脚をひろげて剝きだしの股間をのぞきこみ、勝ち誇った笑みを浮かべた。彼ほどお金を遣ってくれた男でなくても、だいたいみんなそんな感じだった。

なのに、剣持は服も下着も脱がそうとしない。長いスカートをめくり、電マを使いはじめて、もう軽く十分は経っている。突きだしたヒップは、ぶるぶるっ、ぶるぶるっ、といやらしいほど震えて、腰までくねりはじめている。この姿を見て、興奮しないのか？　こちらはもうすっかり火がついているのに、眺めているだけで満足なのか？

「んんんっ！」

振動する電マのヘッドが、両脚の間に入ってきた。極薄のナイロンとシルクのショーツに包まれた部分は熱く疼いて、刺激を求めていた。とはいえ、電マで刺激されるのが初めての経験だったので、さすがに焦った。所詮は機械の刺激——気持ちのこもっていない無機質な愛撫なはずなのに、びっくりするくらい感じてしまう。小刻みな振動が奥まで響く。子宮まで震わせて、ショーツの中がみるみる濡れていく。べっとり蜜を吸ったクロッチが割れ目に貼りついて、息苦しいくらいだ。

「……ぐっ！」

クリトリスに衝撃が訪れた。なんとか声だけはこらえたものの、頭の中が一瞬、真っ白になった。二枚の下着に加え、まだ包皮も被っているはずなのに、剝き身をいじりまわされているような痛烈な刺激だった。身をよじり、体中をぶるぶると痙攣させながら、息を吸いこむために口を開くと、大量の涎がシーツに垂れた。

それをあわてて手で拭った瑠依は、ショックを受けていた。いままでセックスの最中に涎を垂らしたことなんてなかったからだ。髪で顔を隠していることだけが救いだったが、自分の体を自分で制御できなくなりつつあることを、自覚せずにはいられなかった。

もうやめてっ！　そう叫んで、電マの刺激から逃れることもできたはずだった。お金をもらっているとはいえ、女の嫌がることをしないという最低限のマナーくらい、剣持だって心得ているだろう。

しかし、瑠依は叫ぶことができなかった。気持ちとは裏腹に、剣持の送りこんでくる電マの刺激を体が求めていた。みずから尻を突きだし、肩幅より広く両脚を開いて、もっとちょうだいとばかりに、腰まで動かしている。

恥をかかされることになりそうだった。服を脱がされる前に電マで絶頂――生きているのをやめたくなるくらいの、赤っ恥だろう。しかも、相手は恋人でもなんでもなく、この体をお金で自由にしている男だった。正気に戻ったときに訪れる自己嫌悪の深さを想像すると、戦慄が背筋を這いあがってくる。

「あああっ……あぐっ！」

ついに声をこらえきれなくなり、口を手で覆った。あっという間に、手のひらに涎の水たまりができた。下半身が震えだした。いままでも震えていたが、震度二くらいから七まで一気に上昇した。燃えるように熱くなった顔を、シーツにこすりつけた。メイクが崩れるとわかっていても、こすりつけずにはいられなかった。涙が出てくると、もうなにも考えられなくなった。

「ぐっ……ぐぐぐぐうううーっ！」

ビクンッ、ビクンッ、と腰が跳ねあがり、瑠依はオルガスムスへの階段を駆けあがっていった。「イクッ！」と叫ぶこともできないくらいの峻烈な刺激が、電マがあてがわれている股間から頭のてっぺんまで突き抜けた。続いて、体の内側で次々と爆発が起こり、五体は爆風に揉みくちゃにされた。絶頂は絶頂でも、いままで経験したことがない衝撃的なものだった。同じ言葉で括れないほどのインパクトに、瑠依は震えおののいた。

4

菖蒲色のロングスカートを脱がされた。

まだ立ちバックの体勢のままだった。

瑠依は男に下着姿を見られることが、それほど苦手ではない。恥ずかしいことは恥ずかしいけれど、しっかりと吟味してそれなりに値の張るものを着けているからだ。

しかし、パンティストッキング姿を見られるのは、はっきりと嫌いだった。それは女の楽屋裏であり、異性には隠しておくべきだと思う。ストッキングは脚を美しく見せるためのものであり、太腿より上はむしろ不様なのだから……。

いっそ自分で脱いでしまおうかと思っていると、剣持に腕をつかまれた。ようやく、立ちバックの体勢から解放された。

まっすぐに立たされた瑠依は、濡れた瞳で剣持を見つめた。瑠依の顔には、キスしてほしい、とはっきり書いてあったはずだ。自分から求めるなんてはしたない気もしたが、剣持のやり方に焦れていた。

しかし、剣持はキスをしてくれなかった。腰を抱かれ、片足をベッドにのせるようにうながされた。瑠依は白いパンプスを履いていたが、おかまいなしだった。必然的に開いた両脚の間に、振動する電マのヘッドが襲いかかってくる。

「あううっ！」

声が出てしまった。シーツに顔を押しつけられなくなったせいもあるし、電マの振動が強くなった気もした。

「いっ、いやっ……」

瑠依は恥ずかしいくらいに腰を動かしながら、剣持にしがみついた。息のかかる距離まで顔を近づけても、剣持はキスをしてくれなかった。猛禽類のように険しい眼つきで瑠依を睨みつけながら、電マを動かしてくる。振動するヘッドがアヌスから恥丘までねちっこく這いまわり、クリトリスにはとくに念入りに淫らなおおのきが送りこまれる。

「あああっ……あああああっ……」

瑠依は半開きの唇をわななかせながら、すがるように剣持を見た。立っていられないから横になりたいと伝えたいのに、言葉が口から出てこない。

またイッてしまいそうだった。

電マとは、こんなにも恐ろしいセクシャル・ウエポンなのか？　瑠依は下着越しの刺激でイッたこともなければ、立てつづけに絶頂に達したこともない。自分の体が自分のものではなくなってしまったような恐怖に心が凍てつき、悲鳴をあげることもできない。

「イキそうだね？」

剣持がささやいてきた。

「イクならイクッて口にしなくちゃいけないよ。それが愛撫をしてくれている男に対するマナーってものだ」

瑠依は眼をそむけた。剣持の言いたいことはわかるが、こんな状況で——立ったままのパンスト姿で、電マでイカされてしまうなんてあり得ない。恥ずかしさを通り越して、とんでもない屈辱だ。

しかし、その瞬間は確実に迫ってきている。もう一刻の猶予もない。ブラウスの下の素肌はじっとりと汗ばんできているし、ショーツの中はもっとドロドロのはずだ。

「どうなんだい？　イキたいのかい？」

瑠依は眼をそむけたまま唇を噛みしめた。それくらいの抵抗は許してほしいと思ったが、剣持は許してくれなかった。

次の瞬間、振動する電マのヘッドが股間から離れた。

「えっ？　えええっ……」

瑠依は呆然とした表情を剣持に向けた。一瞬、なにが起こったのかわからなかった。あとほんの数秒で絶頂に達しそうだったのだ。それを途中でやめるなんて――もどかしさにぶるぶると震えだした瑠依の体から、剣持は白いブラウスを脱がした。白いブラジャーも奪われ、ふたつの胸のふくらみを露わにされる。

まだ愛撫もされていないのに、左右の乳首は尖りきっていた。物欲しげに突起した性感帯を、剣持が指でつまんでくる。さらに、もう一方は口に含んで……。

「あああぁっ……」

瑠依はいよいよ立っていられなくなり、尻餅をつくようにしてベッドに倒れた。あお向けになった瞬間、両手で顔を覆い隠した。二十九歳の人妻がブリッ子？　ともうひとりの自分が耳元で言ったが、かまっていられなかった。汗と涙と涎にまみれてはしたなく歪んだ顔は、パンスト姿より不様な状態になっていそうだった。

両脚をM字に開かれ、ビリビリッ！　とサディスティックな音がした。ストッキングのナイロンを破る音だった。続いて、白いショーツのフロントが片側に寄せられていく。熱く疼いている女の部分に、新鮮な空気を感じる。

「たっ、助けてっ……」

瑠依は顔を両手で覆ったまま、滑稽なほど上ずった声で言った。

「助けてくださいっ……」

なぜそんなことを口走ってしまったのか、自分でもわからなかった。剣持は暴力で女をどうこうしようとしているわけではないし、態度はどこまでも紳士的だ。

にもかかわらず、支配されようとしている。この男は暴力ではなく、もっと言えばお金でさえなく、快楽で女を支配しようとしている……。

「助けてあげるさ、もちろん……」

剣持が股間にささやきかけてくる。クンニリングスの体勢になっているので、言葉と一緒に吐きだされる吐息が女の花を撫でる。

「素直になれよ……素直になるなら、僕はいつだってキミの味方だ……」

ささやきながら、陰毛を指で掻き分けてきた。クリトリスがやけに熱く感じられるのは、視線を注ぎこまれているからに違いなかった。ペロリと包皮を剝かれ、ふうっと息を吹きかけられると、瑠依は部屋中に響く声をあげた。

「イカせてほしいんだろ？」

剣持が包皮を剝いては被せ、被せては剝いてくる。ごく微弱な刺激なのに、淫らなリズムに体が反応してしまう。太腿がひきつり、腰が動きだす。

「イカせてほしいなら、イカせてくださいと言いなさい」

瑠依は指の間から眼をのぞかせ、首を横に振った。剣持が「えっ？」という顔をする。まさか拒絶されるとは思っていなかったのだろう。

剣持の求めているものがなんなのか、わからない瑠依ではなかった。素直にその言葉を口にすれば、天国に導いてもらえるに違いない。

しかし、ベッドでいやいやをするのは女の本能だった。そうしたほうが男が興奮することを、女なら誰だって知っている。そして剣持は、間違いなくそういう傾向が強そうだった。であるならば、簡単に軍門に下るわけにはいかない。赤っ恥をかかされる以上、それに見合った熱量の快楽を与えてほしい。自分の貪欲さに、瑠依は自分でも驚いた。

「あんがい負けず嫌いなんだな」

剣持が笑った。彼が笑ったところを初めて見た。髪の毛は真っ白なのに、少年のような笑顔の持ち主だった。

「負けず嫌いの女は嫌いじゃない。手懐け甲斐があるからね」

舌を伸ばし、股間に顔を近づけてくる。花びらの合わせ目を、舌先がツツーッと這う。それもまた微弱な刺激だったが、いまのいままで電マの刺激に翻弄されていたので、生温かく、ヌメヌメした舌の感触に眼がくらむ。

瑠依はそれほどクンニリングスが好きではなかった。もちろん、恥ずかしいからだ。「フエラはしてほしいがクンニはしたくない」という男を身勝手と呼ぶ風潮があるけれど、それでいっこうにかまわなかった。しかも、シャワーを浴びて綺麗な下着を着けているのならともかく、電マ攻撃でドロドロになっている。

恥ずかしい匂いを振りまいていそうだった。自分でわかるくらい濡れているのだから、それはもはや間違いない。発情の証左である匂いや味を知られてしまうなんて、できることなら避けて通りたいのに……。

「あああっ……ぐぐぅっ……」

ぼんやりしているといやらしい悲鳴を撒き散らしてしまいそうなくらい、気持ちよかった。クンニってこんなに気持ちよかった？　と内心で首をかしげてしまったくらいだ。

電マ攻撃の直後ということもあるが、剣持の舌使いが上手いのだ。花びらの縁を、触るか触らないかぎりぎりのタッチで舐めてくる。もはや舐めているというより、撫でていると言ったほうが正確かもしれない。

微弱な刺激が逆に、瑠依の欲望をつんのめらせる。新鮮な蜜を大量に分泌すると、剣持は音をたててそれを啜ってきた。身も蓋もない音が恥ずかしくてしようがないが、それよりも快感のほうがずっと強い。股間が燃えているみたいに感じてしまう。

舌はやがて、本丸に襲いかかってきた。クリトリスで感じる舌が、やけにつるつるしていた。剣持はどうやら、舌の裏側を使って尖りきった肉芽を転がしているようだった。瑠依は泣きそうになった。気持ちがよすぎて感極まってしまいそうだ。

（もっ、もうダメッ……）

瑠依は涙に潤んだ眼を剣持に向けた。イッてしまいそうだった。だが、イクならイクと言葉にしなければ、イカせてもらえないのだろう。恥ずかしいけれど、我慢にも限界がある。これ以上焦らされたりしたら、頭がどうにかなってしまいそうだ。

「素直になれよ」

剣持がささやいてくる。

「素直になったら、気持ちよくしてやるぞ」

右手の中指を口に含んだ。唾液をつけているらしい。となると、次になにをされるのかは想像がつく。剣持は唾液で濡れ光る中指を肉穴に入れてきた。

「あおっ……」

滑稽な声が、瑠依の口から放たれた。それを羞じらうこともできないくらいの衝撃が、続けざまに襲いかかってきた。肉穴に埋まった中指は、中で鉤《かぎ》状に折れ曲がった。Ｇスポットをぐいっと押しあげられた。さらに、剣持は左手に電マを持っていた。ぶるぶると振動するヘッドが、剥き身のクリトリスに押しつけられる。

「はっ、はぅうううううーっ！」

瑠依は喉を突きだし、背中を弓なりに反り返らせた。雷に打たれたような衝撃が、全身を貫いていた。一瞬で頭の中は真っ白になり、ビクンッ、ビクンッ、と腰が跳ねあがった。体中の肉という肉が、自分では制御できない勢いで痙攣し、快楽の暴風雨に揉みくちゃにされているようだった。

「イッ、イクッ……瑠依、イッちゃいますっ……イクイクイクイクッ……はぁあああっ……はぁあああああーっ！」

声の限りに叫びながら、瑠依は絶頂への階段を一足飛びに駆けのぼっていった。もうこれ以上のぼれない、というところで意識を失った。信じられないことに、快楽のあまり失神してしまったのである。

5

意識が回復しても、正気を取り戻すのに時間がかかった。

失神するほどの絶頂なんて、いままでに経験したことがない。激しすぎる衝撃に比例して、余韻もまた長かった。十分くらい動けなかった。汗まみれの乳房をさらけだし、下半身はストッキングにショーツ、白いパンプスまで履いているわけのわからない格好で、ベッドの上に手脚を放りだしていた。

剣持はソファに腰をおろしていた。バスローブ姿で悠然と脚を組み、ワイングラスを傾けている。目の前のテーブルには、赤ワインのボトル。そんなもの、先ほどまでなかったはずだが……。

「やっぱり、歌舞伎町のラブホテルは使い勝手がいい。気の利いたワインがルームサービスですぐに届く。外資系のホテルで飲んだら五、六万はとられそうな代物だよ。ここで飲んだら三分の一だ」

瑠依はイラッとした。オルガスムスの余韻が過ぎ去っていくに従って、腹の底からこみあげてきたのは怒りの感情だった。

この男は、いったいなにがしたいのだろう？

セックスをするつもりで、瑠依はこのホテルにやってきた。セックスとはお互いが裸になり、力を合わせて快感を高めあっていくものではないのだろうか？　なのに剣持は、こちらの体だけを一方的にもてあそび、羞恥と屈辱を与えてきた。おかしいではないか？　この男は自分のことを馬鹿にしているのだろうか？

瑠依はベッドからおりると、パンプスを脱いだ。汗をかきすぎたのだろう、内側が異常にヌルヌルして気持ち悪かった。片方ずつ脱いで、絨毯に叩きつけた。我ながら情けなくなるくらい子供じみた行動だったが、そうでもしないと自分を保っていられなかった。股間の破れたストッキングも脱いで、ゴミ箱に叩きこんでやる。白いショーツだけは、股間にぴっちりと食いこませたままだったが……。

「どうかしたかい？」

剣持がワイングラスをまわしながら声をかけてきた。

「見てわかりません？　わたし、怒ってます」

「どうして？」

「いまみたいなことをされるなんて、聞いてませんでした」

「なにが気に入らなかったのかな？　破ってしまったストッキングのかわりは、もちろん用意してあるよ」

瑠依は答えに窮した。なにが気に入らないのか、自分でもよくわからなくなってきた。少なくとも、ストッキングを破かれたことなんて怒っていない。

剣持があまりにも余裕綽々《しゃくしゃく》なところが気に入らないのだ。女を失神するほどイカせておいて、自分はひとりでワインを飲んでいるなんて……。

瑠依はそういう男と付き合ったことがなかった。いままでベッドインを許した男たちは、ふたりきりになった途端、例外なく本能を剝きだしにした。興奮しきった状態で愛撫をし、夢中になって腰を振りたて、射精までひたすらまっすぐ走りつづけた。

なのに……。

この男はどうして涼しい顔でワインなんか飲んでいるのだ。

「もう終わりでしょうか？」

瑠依は唇を歪めて訊ねた。

「終わりなら、シャワーを浴びて帰りますけど」

「まさか」

剣持は首を横に振ると、ワイングラスを持ったまま立ちあがって近づいてきた。

「終わりどころか、これからが本番のつもりなんだが……」

「じゃあ、ひざまずいてフェラでもしましょうか？」

瑠依は挑むように睨みつけた。

「そんなに怒るなよ」

剣持が腰を抱いてくる。顔と顔が接近する。視線と視線がぶつかったが、瑠依は意地になって眼をそむけなかった。しかし、この男の眼は危険だ。獲物を狙う猛獣の眼をしている。見つめあっていると、射すくめられる。

「怒ると美人が台無しになるとか、つまらないこと言わないでくださいね」

「いや、美人の怒った顔は嫌いじゃない」

唐突にキスをされ、瑠依は眼を真ん丸に見開いた。ただのキスではなかった。剣持はワインを口移しで飲ませてきた。熟成した葡萄の芳醇《ほうじゅん》な香りが、口の中にひろがっていく。安いお酒じゃない、とひと口でわかる。

「泣いている顔はもっと好きだけどね。キミの泣き顔はとびきりだった」

「意地悪ですね……」

瑠依は涙のあとを指で拭い、歯医者に診せるように剣持に向けて口を開いた。

「もっと飲ませていただけません？」

おどけたつもりだったが、我ながら痛い感じになってしまう。

「正気でいるのがつらいです。酔ってしまいたい……」

「いいとも」

剣持が口移しでワインを飲ませてくれる。激しすぎたオルガスムスのせいなのか、あるいは怒りの感情のせいなのか、頭の芯までアルコールがしみてくる。メチャクチャに酔ってしまいたいという自暴自棄な衝動と、酔ったらとんでもなく乱れてしまいそうだという不安が、胸の中で複雑に交錯する。

「わっ、わたし、すごく汗をかいたんで、シャワー浴びてきていいですか？」

剣持は首を横に振った。

「ワインと同じだ。匂いのしない女なんて味気ない」

「そうやって、女を辱めるのが好きなんですね？」

「充分な報酬は払ったつもりだが」

たしかにそうだったので、瑠依はなにも言えなくなった。もともと辱められ、穢されることを望んでいたのは自分ではないか、とも思う。

「パンティを脱いで、脚を開いてもらえるかな？」

眼顔でベッドにうながされた。

パンティなんて言って恥ずかしくないんですか？　という言葉をぐっと呑みこみ、瑠依は白いショーツを脚から抜いた。手入れをまったくしていない黒い陰毛をさらけだすと、さすがに平常心ではいられなくなった。とはいえ、カマトトぶった女だと思われたくはない。剣持に気づかれないように何度か深呼吸してから、ベッドにあがっておずおずと両脚を開いていく。

剣持もベッドにあがってきた。いったいなんのつもりなのか、並々と赤ワインを注いだグラスを両手に持っていた。それをひとつ渡され、

「クンニをしながらワインを飲むのが好きでね。一緒に飲もうじゃないか」

瑠依は呆然とした顔でうなずいた。わたしの体はお酒のおつまみですか？　と思ったが、もう好きにしてもらってかまわない。ワインを呷《あお》ると、頭の芯がいい具合に痺れてきた。剣持が腹這いになって、無防備な股間に顔を近づけてくる。

「んんっ……」

生温かい舌が、花びらの表面を撫でた。一瞬にして、股間が熱く疼きだした。もう飲むしかないと思った。酔っ払って楽しいことを考え、時間をやり過ごすのだ。

いの一番にユーセイの顔が思い浮かんだが、すぐに頭から追い払った。クンニをされているときに彼のことを考えるのは、冒瀆のような気がしたからだ。

「んんっ……くぅううっ……」

剣持の舌は、先ほどよりよく動いた。ヌプヌプと浅瀬に舌先を沈めてくるのは、味わっているからだろうか？　おいしいかどうか訊ねてみたかった。二十九年間熟成されたわたしの大事な部分は、ワインのおともにぴったりですか？

胸底で毒づきつつも、股間の疼きは激しくなっていく。舌の動きに合わせて、身をよじら

ずにはいられなくなる。女性器の粘膜に、アルコールがしみているのだろうか？　そうとでも考えなければおかしいほど、このクンニは気持ちよすぎる……。

　ここから先の展開を考えた。

　剣持は頑なにバスローブを脱ごうとしない。精力に自信がないのが本当なら、また電マと指のコラボだろうか？　あれをされると、確実にイカされる。それも、恥ずかしいくらいあっという間に……。

　喉が渇いてしようがないので、残っていたワインを一気に飲み干した。クンニをされながらワインを飲むと、よけいに喉が渇くようだった。

　じゅるっ、と音をたてて蜜を啜られた。もうそんなに濡れているのか、と顔が熱くなってくる。電マはまだだろうか？　もう、なにもかもどうでもいいから、メチャクチャにイキまくらせてほしい。

　剣持の舌が股間から離れた。クンニを中断し、バスローブを脱いだ。黒いブリーフの前が、もっこりとふくらんでいた。膝立ちになって、それも脱ぐ。瑠依は眼を見開き、まばたきも呼吸もできなくなる。

　びっくりするほど大きかった。

　しかも、こちらに裏側をすべて見せて反り返っている。臍を叩きそうな勢いというやつだ。

精力は年齢なりという話は、いったいどこに行ったのだろう？　恩師と言っていい大学の教授や、以前派遣されていた会社の上司など、五十代後半の知人に思いを馳せる。誰も彼もすっかり枯れて、性生活なんて想像できない。

剣持は彼らより見た目が若々しいが、それにしても元気すぎるのではないか？　ドーピングでもしているのだろうか？　昨今流行りのＥＤ治療薬は、かなりの効果があるという話を小耳に挟んだことがあるが……。

「やっぱり、クンニとワインのマリアージュは格別だな……」

剣持がグラスを置き、身を寄せてきた。あお向けになっている瑠依の両脚の間に腰をすべりこませてくると、いきり勃った男根を握りしめ、濡れた花園に狙いを定めた。

瑠依は戸惑っていた。想定外の展開だった。剣持は本当にワインのつまみに女の花を舐めていただけで、それ以上のことはしてこなかった。

しかも、もう挿入するということは、こっちは舐めなくていいのだろうか？　お金で買われた女だから、普通より長い時間奉仕させられるだろうと覚悟していたのに、剣持にフェラチオを求める気配はない。

「行為の途中で眼を閉じないこと」

正常位の体勢で上体を覆い被せてくると、顔と顔を至近距離に近づけて言った。

「見つめあいながら恍惚を分かちあうのが、僕の流儀なんだ。あと、イクときはイクッてきちんと言ってくれ。そのふたつ、約束してもらえるね？」

剣持の険しい眼つきにおののきながら、瑠依は顔面をひきつらせてコクコクとうなずいた。もはや蛇に見込まれた蛙のようなものだった。実際、瑠依はひっくり返った蛙のような格好をして、ひろげた両脚の中心には、大蛇のような男根の切っ先があてがわれている。

「いくよ……」

剣持が腰を前に送りだしてくる。ヌルヌルになった女の割れ目に、亀頭がぐっと押しこまれる。瑠依は息をとめている。

こちらを見つめる眼つきは険しくても、剣持のやり方は女に対する気遣いにあふれていた。いきなり奥まで貫いてくることはなく、じりっ、じりっ、と結合を深めていく。その途中で、小刻みに出し入れされた。瑠依が濡れすぎているせいで、性器はいやらしいほどよくすべった。肉と肉とが、ひきつれることがない。

瑠依は動揺していた。まだ全部入れられてもいないのに、イッてしまいそうだった。そんなことがあるのだろうかと、鼓動が激しくなっていく。

剣持は半分ほど挿入した状態で軽く出し入れをしながら、乳房を揉んできた。やわやわと隆起に指を食いこませては、先端を口に含んだ。吸われるとビクッとし、

「ああああっ……」

瑠依は声を出してしまった。それ以上、息をとめていることができなかった。

「あああっ……いやああっ……ああっ、いやああああっ……」

自分で自分のあえぎ声が、恥ずかしくてしようがなかった。頭のてっぺんから出るような、甲高い声であえいでいる。可愛い子ぶった声だった。無意識に男に媚びていた。媚びたくないのに、やめられない。甲高い声をとめる術がない。

「腰が動いているよ」

剣持がささやいてきたので、瑠依は反射的に顔をそむけた。剣持に双頬をつかまれ、顔を正面に戻される。眼をそらすことは許さない、とばかりに睨まれる。

「きっ、気持ちがよかったら、女だって腰ぐらい動きますっ！」

悔しさが、声音を尖らせた。瑠依にしても、オルガスムス寸前にそういう反応をすることはある。しかし、いまはいくらなんでも早すぎる。まだ男根が半分しか入っていない。

「気持ちがいいことは認めるのか？」

瑠依は涙眼でうなずいた。

「もっと気持ちよくしてほしいか？」

もう一度うなずいた瑠依は、顔をくしゃくしゃにしてほとんど泣きそうだった。押し寄せてくる快楽の熱量に、感情が制御できない。

「あううっ……くぅううううーっ！」

剣持がいちばん奥まで入ってきた。貫かれている、という確かな実感に、瑠依は涙をこらえきれなくなった。泣きながら、腰を動かした。もっとちょうだいと言わんばかりに……。

剣持はなかなか動きださなかった。焦りまくっている瑠依の顔をじっと眺めては、キスをしてきた。興奮のせいで、唾液を大量に分泌していた。それを啜られ、自分の唾液と混ぜ合わせて垂らしてくる。

瑠依は餌を求める魚のように口を開き、糸を引いて垂れてくる唾液を受けとめた。先ほど飲んだ赤ワインより、いや、いままで飲んだどんな美酒よりも甘美に感じられた。

おかしくなりそうだった。いや、もうすでにおかしくなっているのかもしれなかった。唾液の味がこんなに甘いわけがないし、全身が怖いくらいに敏感になっている。わたしはいま発情している、と思った。そういう自覚をしたのは、生まれて初めてだった。

「うっ、動いて……」

剣持の腕をぎゅっとつかむと、熱い涙を流しながら哀願した。終わったな、と思った。そんな言葉を口走る女にだけはなりたくなかったのに、体裁をつくろえない。恥知らずの誹《そし》りを受けても、喉から手が出そうなほど刺激が欲しい。

「うっ、動いて……ください……」

剣持はうなずき、ゆっくりと動きだした。硬く勃起した肉の棒が、ゆっくりと抜かれていき、また入ってくる。抜かれていくときのほうが、たまらない快感が押し寄せてきた。肉穴の内側を、カリのくびれで逆撫でにされているのが、はっきりとわかる。内側の肉ひだという肉ひだが歓喜にざわめき、ぴたぴたと男根に吸いついていく。

剣持はやはり、余裕綽々だった。男根を抜き差しする腰使いは逞しく、けれどもあわててピッチをあげてきたりしない。悠然としたリズムを繰り返しては、ほんの少しずつピッチをあげていく。

一方の瑠依は、焦りまくっていた。剣持が本気を出していないのはあきらかなのに、オルガスムスがすぐそこにある。いまにもイキそうだという状況が、先ほどから延々と続いている。いても立ってもいられず、剣持にしがみつかずにいられない。愛情表現でもなんでもなく、彼の胸に乳首をこすりつけたいからだった。両脚もしきりにバタつかせて、剣持の腰にからみつけていく。それもまた、男の素肌を感じることがたとえようもなく気持ちがいいからだ。

これがセックスなのか、と思った。

これが本物のセックスなら、自分がいままでしてきたことは、表面だけを稚拙になぞったおままごとだった。

「イッ、イキそうっ……わたし、もうイッちゃいそうっ……」

すがるように剣持を見た。

「イキたいのか？」

瑠依はコクコクとうなずいた。次の瞬間、剣持の眼つきがひときわ険しくなったので、震えあがってしまった。ただうなずくだけでは、彼のお気に召さないのではないか——機嫌を損ねたら、また途中で中断されるかもしれなかった。剣持はそういうことを平気でしそうだった。きっと意地悪をして女を泣かせるのが大好きなのだ。

「イッ、イキたいっ……イキたいですっ……このままイカせてっ……」

泣きながら叫んだ。中断されるのは、それだけは絶対に嫌だった。中断されるくらいなら、おねだりの言葉のひとつやふたつ、口走ってもかまわなかったが……。

「恥ずかしい女だな」

剣持に冷たく言い放たれ、心臓が停まりそうになった。

「誰に抱かれても、そんなにイキたがるのか？」

「ちっ、違うっ！　違いますっ！」

瑠依は髪を振り乱して首を横に振った。

「こっ、こんなの初めてなんですっ……ああっ、こんなにいいのっ……わたしっ……わたしっ……」

剣持は言葉を返してこなかった。かわりにフルピッチで突きあげてきた。これは本気の腰使いだと、一秒で理解できた。すぐになにも考えられなくなった。ぬんちゃっ、ぬんちゃっ、と粘りつくような音をたてて突きまくられると、力の限り剣持にしがみつくことしかできなかった。パンパンッ、パンパンッ、と怒濤の連打が送りこまれれば、喉を突きだし、ひいひいの喉を絞ってよがり泣いた。

「イッ、イクッ……もうイッちゃうっ……こっ、こんなの初めてっ……こんなの初めてですううう̶っ！　はぁあああああああ̶っ！」

自分はこの男に骨抜きにされるだろう、という予感がした。骨抜きどころかメチャクチャにされるに違いないと本能が震えおののいていたが、メチャクチャにされることが決して嫌ではなかった。

剣持は、瑠依がイキきってもピストン運動を小休止してくれなかった。そんなことをされた男もまた、彼が初めてだった。年齢にそぐわないスタミナに舌を巻くこともできないまま、瑠依は全身を反り返らせた。

「まっ、またイッちゃうっ……またイッちゃいますっ……イクイクイクッ……続けてイッちゃうううううーっ！」

瑠依が快楽の暴風雨に揉みくちゃにされてぐったりするまで、剣持は腰を動かすのをやめようとしなかった。

第三章　絶望には早すぎる

1

七月に入っても、まだ梅雨は明けていなかった。

雨の予報じゃない日を選んで、瑠依は久しぶりに〈スターランド〉に向かった。

雨だと装いに気を遣うし、お気に入りの靴が履けない。なにより、せっかく髪をセットしても湿気のせいですぐに台無しになる。

「お久しぶりです。なんかもう見捨てられたんじゃないかって、心配してたんですよ」

ユーセイが気まずげな顔で迎えてくれた。

「あなたが帰省なんかしてるからいけないんでしょ」

瑠依は溜息まじりに言った。先週も来ようとしたのだが、ユーセイは帰省中で店に出勤していなかった。

「すいません。妹が結婚もしてないのに妊娠しちゃって、大変だったんですよ」

「妹さんがいるんだ？」

「すぐ下にいっこ違いの妹がいて、その下にも高校生が……ちなみに姉もふたりいます。おまけにうちはシングルマザーで、トドメにかあちゃんの妹も同居しているから、俺、女が六人もいる中、男ひとりで育ったんですよ」

すごい環境だと驚くしかなかったが……。

「それでどうしたわけ？　妊娠した妹さん」

「まあ、できちゃったものはしかたがないですから……それにしても、今日の服、素敵ですね。なんかいつもと雰囲気が違う感じ」

「どう違うのよ？」

「清楚というか……二時間ドラマに出てくる女優さんみたいに綺麗です」

「あなた、もう少しお世辞の勉強をしたほうがいいと思う」

憎まれ口を叩きながらも、瑠依の胸は躍っていた。今日のために新調したワンピースを着ていた。ノーブルな紺色で丈はマキシ。

現在、歌舞伎町を席巻しているトー横キッズは、地雷系と呼ばれる黒を基調にしたゴスロリチックなファッションか、量産系と呼ばれるピンクでふりふりな激甘ロリが多い。どちらも極端に子供っぽすぎて、二十九歳の瑠依には無縁である。若い子たちに対抗しているわけではないけれど、歌舞伎町に来るときは清楚な大人の女に見えるように心掛けているから、ユーセイのお世辞も満更的外れではなかった。

「それにしても、ちょっと間が空きましたね。前に来てから、ひと月以上経ってますよ。淋しかったなあ。LINEも全然返してくれないし」

「まあいいじゃない。シャンパンおろしてあげる。ドンペリ」

「えっ？」

ユーセイが驚いて眼を丸くする。

「いいんですか？」

「臨時収入があったから、遠慮しないで」

ユーセイはドンペリのボトルとともに、フルーツの盛り合わせを頼んだ。

「これ、僕からのプレゼントです」

バースデイなどに用意されるフルーツの盛り合わせは何万円もするが、ユーセイが頼んだのはガラスの小鉢に入ったミニサイズだ。小計三千円。それでも、シャンパンのグラスにイチゴを入れてもらうと、瑠依の頬はゆるんだ。

「なーに。こんなおばさんを、小娘みたいに扱ってくれるわけ？」

「イチゴ食べるのに歳は関係ないでしょ。そもそも瑠依さんはおばさんじゃないし」

眼を見合わせて笑う。

やっぱりいいな、と思いながら乾杯した。金色に輝く泡の中で、真っ赤なイチゴが輝いていた。心が洗われるようだった。もちろん、いちばん心を浄化してくれるのは、高価なシャンパンでも可愛いフルーツでもなく、アニメの主人公みたいなユーセイだ。

「今度、外でデートしませんか？」

無邪気な顔で誘ってきた。

「同伴？　それともアフター？」

ユーセイとは、そういうことをしたことがなかった。駆けだしのホストとホスト遊びに慣れていない主婦なので、誘い方や誘われ方がわかっていなかったのだろう。とはいえ、そろそろそういうことをしてもいいかもしれない。

「いやいや、海とか行きません？」

「はあっ？」

瑠依は驚き、ユーセイを二度見してしまった。

「実は友達からクルマを安く譲ってもらったんですよ。けっこうなオンボロなんですけど、走ってみると楽しくて」

「歌舞伎町のホストと、海にドライブデート？　ごめん、うまくイメージできない」

昨今のホスクラ遊びは店内だけでは完結しない、とよく言われる。顕著なのがＳＮＳの活用で、付き合いの濃淡はあるにしろ、ホストも客もお互いのプライヴェートまで踏みこんでいる。そうなると当然、外でデートという展開も考えられるわけだが……。

「海でデートくらい普通でしょ。したことないんですか？」

「あるに決まってるでしょ。馬鹿にしないでくれる」

とはいえ、あまりいい思い出はなかった。そもそも瑠依は、デートの類いで心から楽しんだ記憶がない。デートを楽しむ、という発想がないのかもしれない。

「ベタですけど、江の島とかどうですか？　水族館に行って、帰りに浜焼き食べたりして」

「水族館に浜焼き……うーん、ピンとこない」

「どうして？」

「キャバ嬢だって、お客さんと海に行ったりしないでしょ」

「いや、するでしょ。個人的に仲よくなったら」

「個人的に仲がいいんだ？　あなたとわたし」

瑠依はユーセイと自分を交互に指差した。からかい半分だったが、本気で驚いてもいた。

ホストと客――自分たちに、それ以上の関係があるとは思っていなかったからだ。

正直に言えば、求めてもいなかった。地雷系や量産系のファッションに身を包み、身を削ってホストに貢いでいる若い女が求めているのは、ホストとの疑似恋愛だろう。勢い余って、それが本物の恋愛と錯覚してしまうこともあるかもしれない。

しかし、自分は根本的に求めているものが違う、と瑠依は思う。

ユーセイは、ただ「推し」としてそこにいてくれればいい。大金を差しだす行為が、自己満足に過ぎないことくらいわかっているけれど、それが悪いとは思わない。二十九歳にもなれば、自己満足がどれだけ大切なのかを知っている。人生を豊かにしてくれるのは、結局のところ自己満足以外にあり得ないのだ。

瑠依はいままで、何事にものめり込むことなく生きてきた。ユーセイに出会って初めて、夢中になることを知った。推しの尊さを理解できた。デートになんて誘ってくれなくても、こうして一緒にお酒を飲めるだけで充分に満足なのである。

ユーセイと一緒にいると、まるで映画のスクリーンの中に入りこんでいるような感覚になる。映画のスクリーンに、現実は映らない。リアルな現実世界は汚かったり、醜悪だったり、理不尽だったりするものだ。人間はそれほど美しい生き物ではないし、美しいだけでは生きていけない。そういう身も蓋もない真実を、ユーセイは一時でも忘れさせてくれる。個人的に仲よくなんてならなくても、いまの瑠依にとって掛け替えのない存在なのである。

「あのさあ……」

瑠依はユーセイの眼を見ずに訊ねた。

「そういうこと、あんたよくするわけ？」

「そういうこと？」

「だから、お客さんとデートとか」

「先月の実績は、先輩に呼ばれてアフターが三回。同伴はゼロですね」

「誠も間近じゃないの？」

「シャレにならないから、そういうこと言わないでください」

「……しないの？」

「えっ？　すいません、聞こえませんでした」

「なんていうか、ほら……ホストの枕営業とかって、噂じゃよく耳にするじゃない？」

「しませんよ」

ユーセイは苦笑した。

「そういうことやってる人もいるんでしょうけど、やったらおしまいっていうか……」

不意に顔色が変わった。

「もしかして瑠依さん、いま俺が枕を仕掛けたって思いました？　誤解ですから。そういうつもりはまったくなくて、俺はただ純粋に……」

「思ってないけど……」

横眼でじっとりと睨む。

「もしそうだったら、かなりがっかりするな。わたしはね、男の人にこれ以上がっかりしたくないの。はっきり言って、子供のころからずーっとがっかりしっぱなしだったの。でもあなたは、綺麗な顔してるし、性格も素直だし、一緒にいると心がとっても清らかになる。だから、できるだけ異性を感じさせないでほしい。心配しなくても、わたし、あなたがニコニコ笑ってるだけで癒やされるから……」

ユーセイはひどく悲しそうな顔でこちらを見ていた。

しかし、瑠依としても、これは譲れない問題だった。疑似恋愛も枕営業もノーサンキューであることを、はっきり伝えておかなければならなかった。

もしユーセイと海にドライブデートに行ったとしたら……。

夕陽を見ながら抱きしめられたりしたら……。

その勢いで、セックスまでしてしまったら……。

たぶん、ユーセイを嫌いになってしまう。

瑠依が好きなのは、限りなく二次元の住人に近い彼なのだ。生身の男として欲望を剝きだしにされたら、幻滅するに決まっている。

デートをしても寝なければいい、と安直に考えるほど若くもないし、愚かでもなかった。ああ見えてユーセイだって男だから、デートに応じた女はベッドインまでOKと考えるはずであり、一方の瑠依はこう見えても女……そんなつもりはなくても、誘われ方によっては断りきれなくなるかもしれない。

結局、寝てしまう。裸になっている最中は他のことなんて考えられないだろうが、終われば地獄が待っている。冷静になった瑠依は、二次元に留まってくれなかったユーセイに失望するだろう。どれだけセックスが盛りあがったとしても、二度と会いたくないと思うような気がしてならない。

2

一週間前――。

瑠依は歌舞伎町のラブホテルで剣持と相対していた。

セックスはすでに終わり、お互いに服を着ていた。瑠依は小学校の先生に立たされている女の子のように、部屋の隅でうつむいて立っていた。なにをどうすればいいかわからないまま、パンプスの爪先をじっと見ていることしかできなかった。

「コーヒーでも飲みますか？」

剣持が訊ねてきたので、瑠依は小さく「はい」と答えた。すでに夜の帳《とばり》がおりている時間だった。この窓のない部屋から出ていけば、極彩色のネオンの洪水が迎えてくれるだろうが、夫が帰宅するのは深夜だからあわてる必要はない。

「インスタントでもドリップ式だから、けっこういけるはずです」

ソファに並んで座り、剣持の淹《い》れてくれた温かいコーヒーを飲んだ。

やけにおいしく感じられた。インスタントにしては香りがよく、待ち合わせ場所だったジャズ喫茶のコーヒーより、味も上質のような気がする。

コーヒーそのものの問題ではなく、舌が敏感になっているから、そんなふうに感じるのかもしれない。頭のてっぺんから足の爪先まで、オルガスムスの余韻がまだしっかりと残っていた。それを自覚した瞬間、急に顔が熱くなった。

セックスでこんなに乱れたのは生まれて初めてだった。

終わったあと下着や服を着けるとき、これほど恥ずかしい思いをしたのもそうだ。普段はもっと堂々としているのに、煙のように消えてしまいたかった。人として、見せてはいけない表情や振る舞いを、剣持に見せてしまったからだ。

「僕の仕事は、雑貨の輸入業なんです。メールでお伝えしましたよね？」

剣持が言い、瑠依はうなずいた。

「民芸品みたいなものから健康食品まで、チマチマと手広くやってるんですが……そっちの商いは、正直言ってたいしたことない。ただ、株式投資がうまくいきましてね。思ってもみなかった大金が転がりこんできた。大金と言っても都内にマンションが買える程度のものですが、僕は不動産なんかに興味はない。それでまあ、その金を僕なりの終活に遣うことにしたんです。バツすらない独身だから、金を残して死んでもしようがないし……閃いたのがセックスでした。いま手に入る最上級のセックスをしたらどうだろうと思った。まだいちおう五十代に引っかかってるから、冥土の土産と言ったら大げさですけどね……それでもあと十年、現役で女を抱けるとは思えない。五年でも苦しいかもしれない。衰える前に、思う存分セックスを楽しんでおきたい。そういう気持ち、わかってもらえます？」

瑠依はこわばった顔で首をかしげた。本当は膝を叩きたいような気分だった。終活を考えるには、二十九歳は若すぎる。だが、女の賞味期限切れはもう目前——期限が切れる前に思う存分セックスを楽しみたいという気持ちは、瑠依にもある。

いや、いまの剣持の告白が、ぼんやりと心に巣くっていた曖昧な想念に、くっきりした輪郭を与えてくれた。わたしもセックスがしたかったんだ、と納得してしまった。そういう年齢的な問題がなければ、いくらホストに熱をあげているとはいえ、体を売ることなんて思いつかなかったに違いない。

「マッチングアプリで知りあったのはあなたが三人目で、その前にはいわゆる高級ソープとか、モデルが在籍しているという会員制のデリヘルとか、そういうところを利用しました。全然面白くなかった……とまでは言いませんけど、予想していたより味気なかった。最初はね、こちらの問題かと思いました。セックスを楽しむには、もう歳をとりすぎたのかもしれないと……諦めの境地で、最後のつもりで会ったのがあなたです。びっくりしましたよ。若いころも含め、こんなにセックスに夢中になれたことはない……」

もうやめてくれっ！　と瑠依は叫び声をあげたかった。

剣持はいま思いだしている。彼の腕の中で何度も何度も恍惚の彼方にゆき果てていった、ふしだらな人妻のあられもない姿を……。

「これ……」

剣持がテーブルに封筒を置いた。この部屋に来たときに渡されたものと同じデザインだったが、何倍も分厚かった。

「百万円入ってます。これで、僕と愛人契約を結びませんか？　月に百万出します」と言っても、そんなに頻繁に会ってもらう必要はない。せいぜい週に一度……十日に一度でもかまわない」

「……愛人、ですか？」

瑠依は震える声で返した。身をすくめ、菖蒲色のスカートを両手で握りしめた。

「愛人……愛人……」

「あまりいい言葉ではないですよね。でも、他に呼び方が見つからない。恋愛をしたいわけじゃないから、不倫や婚外恋愛とは違うわけで」

「愛人の仕事は……セッ、セックスですよね？　男の人を満足させるというか……」

「ええ」

「わたし……そんなに……よかったでしょうか？」

自信がなかったので訊ねてみた。剣持は意地の悪い男だった。なかなか答えを口にせず、瑠依が沈黙に耐えかねているのを楽しんでいるように見えた。

「最高でしたよ」

まぶしげに眼を細めて見つめられ、瑠依の心臓はドキンとひとつ跳ねあがった。

「逆に、あなたはどうでしたか？」

瑠依は唇を嚙みしめた。答えたくなかった。いや、答える必要などなかった。そっくり同じ感想を抱いていることくらい、剣持は絶対にわかっている。

愛人であろうがなんであろうが、彼ともう一度セックスできると思うと、瑠依は体が熱くなっていくのをどうすることもできなかった。

既婚者でありながら愛人になる——剣持とのセックスチャンスを逃してしまうより、その罪悪感に耐えるほうがはるかにいいと思った。そもそも、瑠依はすでに夫のことを裏切っていた。裏切った理由は瑠依なりにあるものの、推しのホストに会うために体を売った事実は変わらない。自分はもう穢れてしまっているのだ。

ならば、いまさら夫に操を立てたところで……。

それでも即答することはできず、

「少し考えさせてください」

瑠依は立ちあがってホテルの部屋を出ていこうとした。剣持は分厚い封筒をつかんで出口まで追いかけてくると、無理やりバッグに押しこんできた。

「持ち逃げしてもいいですよ。愛人になるつもりがなければ、僕からの連絡は着信拒否すればいい」

どう反応していいかわからないまま、瑠依は一礼して部屋を出た。ひっそりとしたラブホテル街を早足で抜けて、極彩色のネオンの洪水に身を浸した。

まだ宵の口なのに、東洋一の歓楽街は早くもエンジン全開だった。行き交う男も女も、例外なくセックスの匂いを放っていた。この街の人間は年中無休で発情しているのかもしれない。あるいは、発情していない人間には用がない街なのか……。

ユーセイに会いたかった。彼に会って、心を浄化したかった。歩きながら、いまから店に行くとＬＩＮＥをした。打ち終わるまでに、何人もとぶつかった。返ってきたのは、悲しい知らせだった。

――マジすか？　いま帰省中なんですよー。明日には戻りますけど……。

落胆のあまり、その場にへたりこみそうになった。お盆でも正月でもないのに、どうして帰省なんてしてるんだ！　と憤ってみても、しかたがないことだった。

ユーセイのいない歌舞伎町に用はなかった。ふらふらと靖国通りに向かっていくと、ホストクラブのアドトラックがやってきた。この街は俺たちのものと言わんばかりに、あちらからもこちらからも、全部で三台！

瑠依は靖国通りの横断歩道を渡り、伊勢丹の本館に入った。婦人服のフロアを隈無く歩きまわり、服を買った。時間をかけて二着選んだ。

ひとつはユーセイに会うための、ノーブルな紺色のワンピース。もうひとつは真っ赤なレース製で、ボディラインをくっきり出したセクシーなドレス。その下に着けるガーターベルト付きのランジェリーも……。

まるで娼婦のようだったが、もはや娼婦のようなものなのだから、自分にはお似合いの格好だと思った。

今夜はユーセイに会うことができない……。

心を浄化してもらうことができない……。

ならば、セックスがしたかった。新宿の雑踏を歩きながら、瑠依は欲情に身悶えていた。いまさっき立てつづけにイキまくったばかりなのに、こんなにも欲情しているなんてどうかしているとしか思えなかった。

そういう状態になってみると、欲情をこらえるのはダイエットなんかよりよほどつらい。セックスには相手が必要だから、解決は簡単ではない。瑠依はゆきずりの男との火遊びを楽しめるタイプではなく、マッチングアプリで新しい出会いを求めるような気力もなかった。好意をベースとした信頼関係がある相手となると、心あたりはひとりしかいなかった。今夜誰かと体を重ねられないなら死んだほうがマシかもしれないとまで思いつめて、二子玉川の自宅に戻った。

時刻は午後十時を少し過ぎたところだった。

夫が帰宅するのは、だいたい午後十一時半から午前零時くらい。まずはゆっくりと入浴し、体の隅々まで丁寧に洗った。貞操観念を失くした娼婦のような人妻でも、夫に対する愛情まで失ったわけではなかった。他の男に抱かれたばかりの体を愛してもらうのは、浮気をするより胸が痛みそうだった。

それでも、他にあてがないのだからしかたがない。なんとか夫をその気にさせて、ベッドインにもちこまなければならない。そのためなら、多少へりくだったり、ゴマをすってもかまわない。キャラじゃないが、今夜だけは特別だ。

そんなに卑屈になる必要はない、と自分を励ます。今夜の成りゆきでは、状況が劇的に変化する可能性もある。久しぶりのセックスで燃えあがり、わだかまりは解消。夫と仲直りができ、セックスレス打破への協力を約束してくれたなら、愛人契約への誘いも、歌舞伎町のホストも、どうだってよくなるかもしれない。

淡い期待を胸に、真っ赤な下着を着けた。ハーフカップのブラジャー、ハイレグTバックのショーツ、そしてガーターベルトの三点セット。ナチュラルカラーのストッキングはセパレート式で、ストラップで吊りあげる。太腿を飾るレースの花模様がとても綺麗で、見つめているとうっとりしてしまう。

瑠依は、夫がガーターストッキングに憧れていることを知っていた。ピロートークでそういう話題が出たことがあるし、やけに熱心に週刊誌を読んでいるなと思うと、たいていその手のグラビアページだった。

そもそも、セックスの小道具に透ける素材のオールインワンを求めてくるような男なのである。新婚時代だったので、一緒に通販で選んでいるだけで盛りあがった。しかしあれは、ジョーク商品のような廉価なもので、三千円もしない。いま着けているのは伊勢丹で買い求めたものだから、高級感が全然違う。しかも、セクシーランジェリーの上には真っ赤なドレス。それにしたって、そのまま高級クラブのホステスができそうなクオリティだ。

夫は興奮してくれるだろうか……。

絶対するはずだ……。

期待と不安にドキドキしながら、リビングで待った。手持ち無沙汰がつらくなり、冷蔵庫を開けた。発泡酒と缶酎ハイしかなかったので天を仰ぎたくなった。それらが嫌いなわけではないが、いまはもう少しロマンチックなお酒が飲みたい。

サイドボードにブランデーが飾ってあった。両親がフランス旅行に行ったときのお土産だった。瑠依も夫もブランデーを飲む習慣がないので、もうずっとそこに置いてある。

封を切り、グラスに注いで飲んでみた。葡萄の香りは芳醇だったが、アルコールが強すぎて咳きこんでしまう。氷を入れると多少は飲みやすくなったが……。

時刻はすでに午前零時を過ぎていた。早く帰ってこいと苛々しつつも、緊張がこみあげてくる。夫と最後にセックスしたのは、いつだったろうか？　派遣切りに遭った直後、瑠依があまりにも落ちこんでいたので、添い寝をしてくれた。その流れで、一回した。その後はしていない。いや、もう一回くらいはしたかもしれないが、いずれにせよ、一年近くはレスである。

考えてみたらひどい話だった。なるほど、瑠依は結婚に際して、セックスに対して過度な期待はしていなかった。しかし、求愛してきたのは夫のほうだ。自分から好きだと言ってきたくせに、結婚したらほったらかしなのか？　この体に欲情しないのか？

グラスをつかんで立ちあがり、ブランデーを呷りながら洗面所に向かった。全身が映る姿見がある。髪を掻きあげ、睨みつけるように鏡を見る。

（けっこういい女じゃない？）

可愛くはないし、愛嬌もゼロだが、美人か美人でないかで言ったら、絶対に美人だ。スタイルだって、日本人女性特有の幼児体型ではない。欧米人の娼婦がまとうようなこんな大胆なドレスを着ても、ばっちり似合っている。

だが、なにかが変だった。靴を履いていないせいだと気づくまで、時間はかからなかった。せっかくセクシーなドレスを着ているのに、爪先がストッキングのナイロンに包まれていては興醒めだ。踵がある靴を履けば腰の位置があがるので、スタイルだってもっとよく見えるに違いない。

玄関に行き、シューズボックスの中を物色した。新品の靴はなかったが、靴底があまり汚れていないものならあった。お気に入りのハイヒールだった。色はシルバーで、アンクルストラップがついている。踵は一〇センチオーバー。

その場で履き、ドタドタと足音をたてて洗面所に戻った。家の中で靴を履いて歩くなんて、普段ならあり得ないことだった。どうやら酔いがまわっていた。あとで拭けばいいと思うと、新聞紙を敷くのも面倒くさかった。

鏡を見た。ハイヒールのおかげで三割増しになった自分のヴィジュアルに満足しながら、鏡に向かってグラスをかざす。ブランデーもなかなかいけると思ったとき、玄関で物音がした。ようやく夫が帰ってきたらしい。

瑠依は大きく息を吸いこみ、ゆっくりと吐きだした。夫と顔を合わせて最初になにを言うか、まだ決めていない。選択肢はいくつかある。
①思いきりエロティックに迫る。
②幼稚なほど甘えてやる。
③セックスレスが悲しいと泣いてみせる。
どれも自分のキャラじゃない。酔えばできるかもしれないと思っていたが、無理そうだっ

た。考えがまとまる前に、夫が姿を現した。

眼が合った。反射的に後退《あとずさ》った夫は、驚愕に声も出ないようだった。

「おっ、遅かったね……」

瑠依は精いっぱいの笑顔をつくって言った。

「わたし、ずっと待ってたんだけど……」

「いったいなんの騒ぎなんだ？」

夫は判定に抗議するサッカー選手のように、あり得ない、という顔をした。

「ホームパーティでもやってたのかい？　そんな話、聞いてないけど……」

瑠依は廊下にいる夫の手をつかむと、洗面所に引っぱりこんだ。あたり前だが、夫は靴を履いていない。身長一七〇センチ＋一〇センチのハイヒールを履いた瑠依とは、身長差がすごかった。まるで性別が入れ替わってしまったかのようだったが、瑠依は酔いにまかせて夫を壁に追いこんだ。壁ドンというやつだ。

「エッチしましょうよ」

そんな誘い文句しか言えない自分に、心の底からがっかりする。

「あなた、こういう格好に興奮するんでしょ？　ガーターベルトもしてるんだよ」

夫は言葉を返さず、気まずげに眼をそむけた。わたし空まわりしている？　と思ったが、ここまできて後には退《ひ》けない。

「鏡の前で、舐めてあげましょうか？　なんて言うんだっけ？　仁王立ちフェラ？」

瑠依がその場にしゃがみこもうとすると、強い力で肩を押された。瑠依は尻餅をついてひっくり返った。両脚をひろげ、下着が見えてしまいそうな屈辱的な格好で倒れたのだが、もっと屈辱的だったのは、夫がその姿を見ていないことだった。

倒れた妻には眼もくれず、寝室に逃げていった。瑠依は追いかけた。ドタドタドタ、と足音がたった。家の中で靴を履いて歩くと、こんなにもうるさいのか？　あるいは怒りの感情が、ことさらに足音を大きくしているのか……。

夫はこちらに背中を向けてベッドに座っていた。

「なんで逃げるわけ？」

「僕をその気にさせるために、わざわざそんな格好したの？」

夫は背中を向けたまま言った。

「他の理由が考えられる？」

「……ありがとう」

これほどの棒読みは聞いたことがなかった。

「照れてるわけ？」

「いや……そういうのはもう、いいかなって……」

「……どういう意味？」

「キミのことは愛してる。幸せにするために努力するつもりだ。でも、そういうのは……」

「そういうのってなによっ！」

瑠依は金切り声をあげてしまった。夫はなにも答えなかった。ヒステリックに叫んだ自分が、なおさらみじめになった。

「じゃあ、もうはっきり言うけど……」

夫は一瞬だけ振り返ったが、すぐに顔を元に戻した。

「そんなにセックスがしたいなら外ですればいい。僕は見て見ぬふりをするから……」

「はあっ？　なんですって？」

「キミのことが嫌いになったわけじゃない。いままでもこれからも、ずっと変わらず愛している。でも、僕はもともと、そっち方面が弱いんだと思う。だから……したいなら、他の男としてくれよっ！」

瑠依はにわかに言葉を返せなかった。脳天を棍棒で殴られたようなショックを受けた。

精力がそれほど強くないのは、なるほど事実なのかもしれない。そういう兆候を、付き合いはじめた当初から感じていた。

しかし、だからといって、他の男とセックスしてこいと言い放つ夫が、この世に存在していいのだろうか？　諦める前にふたりでいろいろ努力してみるべきだし、せめてもう少し言い方を考えられないのか？　妻という存在を、いったいなんだと思っているのだ。

「ちょっと……」

瑠依は夫の肩をつかんで振り返らせた。

「いまの台詞、わたしの眼を見てもう一回言ってくれない？」

睨みつけても、夫は怯まなかった。

「浮気してもいいから、僕にはもう求めないでくれ」

「どうかしてる」

「そっちこそどうかしてるよ」

夫は深い溜息をついた。

「こんな夜中に風俗嬢みたいな格好して、ガーターベルトだの仁王立ちフェラだの……僕は仕事して帰ってきてるんだよ。疲れ果ててるんだ」

「釣った魚に餌を与えないのがあなたのやり方なのね？」

「与えてるじゃないか。僕は自分にできる精いっぱいをキミに与えている」

「……わかりました」

瑠依は真っ赤なドレスを脱ぐと、ゴミ箱に叩きこんだ。高級ランジェリーの三点セットも、セパレート式のストッキングも同じようにした。ハイヒールを脱いでいる途中、アンクルストラップをうまくはずせなくて、その場で転んでしまった。涙が出そうだったが、なんとかこらえた。

「わたし、これから半身浴しますから、今夜はお風呂を我慢してください」

バスルームに入り、シャワーを全開で出した。その程度の音ではカムフラージュできないほどの声をあげて、瑠依は泣いた。大人になってから初めてというくらい、喉が裂けるような勢いで泣き叫んでも、ぺしゃんこに潰されたプライドは再生することなく、昂った感情も鎮まってくれなかった。

3

翌日、剣持に連絡した。

電話で会いたい旨を伝えると、その日のうちに会ってくれることになった。自営業なので、時間に融通が利くらしい。昼過ぎに連絡したにもかかわらず、午後三時に昨日会ったジャズ喫茶で落ちあうことになった。

「普通にお茶をするだけなら、もうちょっと気の利いた店を指定できますが……」

「いえ、話をするのはホテルがいいです。人目を気にしないでいいし……」

我ながら大胆なことを言っていると思った。歌舞伎町のラブホテルにふたりで行って、話だけですむはずがなかった。むしろいまの言葉で、瑠依はそのつもりだと剣持は判断するだろう。それでも、会うなら昨日のラブホテルがよかった。窓のない部屋での密会が、彼との逢瀬には相応しい気がした。

待ち合わせ時刻の五十分も前に、瑠依は新宿に到着した。紀伊國屋《きのくにや》書店に立ち寄り、時間を潰すための文庫本を買い求めてからジャズ喫茶に入ると、剣持がいたのでギョッとした。

「いやあ、なんだか待ちきれなくて……」

笑顔を見せない男が、珍しくはにかんだ。前の席に腰をおろした瑠依も笑い返そうとしたけれど、うまく笑えなかった。顔の筋肉が、今日は思うように動かせない。

「すいません、こんな顔で……ゆうべお酒を飲みすぎてしまいまして……」

「全然大丈夫ですよ。気にするほどじゃない」

大丈夫なわけがなかった。ブランデーをボトル半分ほども飲み、その後、バスルームで一時間以上も泣いていた顔は、鏡を見るのが拷問に思えるくらいひどかった。化粧でなんとか誤魔化そうとしたが、瞼が腫れぼったいのだけはどうにもならなかった。

それでも、剣持に会いたかった。

誰かに甘えたかったのだろう。

元来、瑠依は人に甘えるのが苦手だった。男に対してはとくにそうだが、今回ばかりはイレギュラーな行動をとらざるを得なかった。夫が出勤したあとの自宅でひとり悶々としていると、鬱になりそうで怖かった。

そんなにセックスがしたいなら外ですればいい、と夫は言い放った。当然俎上にあがっていいはずの、離婚という言葉は口にしなかった。離婚を回避するために浮気を公認する、というのが夫の本音に違いない。離婚となると、お互いの両親、仲人を頼んだ夫の上司などを巻きこんで、面倒な話しあいを重ねなければならない。なるべく仕事に集中したい夫は、そういったことが煩わしくてしかたがないのだ。

瑠依としても、できれば離婚はしたくなかった。ゆうべの一件で夫には愛想が尽きそうだったが、離婚すれば途端に生活が不安定になる。たいしたキャリアもなければ、手に職もない女はつらい。仕事を続けていく未来に希望がもてなくて結婚したのに、ひとりになれば希望のもてない生活に逆戻りなのである。

そういったつまらない愚痴を、剣持に聞いてほしいわけではなかった。

ただ、会えば気がまぎれるだろうと思った。

ユーセイも今夜は〈スターランド〉にいるはずだが、彼に会いにいくという選択肢はなかった。推しには瞼が腫れたひどい顔を見せたくない。顔のコンディションをしっかり整えてから、新調したワンピースを着て会いにいく……。

「そういう格好も似合いますね」

ラブホテルのエレベーターに乗りこむと、剣持は奥の壁についた鏡を見て言った。今日はお世辞ばかり言わせて申し訳ないな、と瑠依は内心で力なく笑う。

メンズライクの黒いジャケットにスリムなベージュのパンツ、プレーントゥの靴もマニッシュで踵が低い――派遣OL時代の通勤服みたいな装いだった。今日はなんとなく、フェミニンな格好をしたくなかった。

エレベーターが七階でとまり、昨日と同じ部屋に入っていく。

ソファに並んで腰をおろすと、時間が巻き戻っていくような不思議な感覚にとらわれた。なんだか昨日の続きが始まるような気がして、戸惑ってしまう。

「あっ、あのう……」

瑠依はしどろもどろに話を切りだした。

「わたしでよければ、その……愛人の話、お受けしようと思いまして……」

「それはよかった」

剣持は満足げにうなずいた。

「まあ、そう言ってもらえる予感はありましたが」

「昨日はちょっとびっくりしちゃいましたけど……わたしみたいな普通の主婦に、月百万とか……信じられないっていうか……」

「あなたにはそれだけの価値がありますよ」

剣持はしっかりとこちらを見て言った。昨日と違って、射すくめられている感じはしなかった。別の種類の圧を感じた。

「いままでいろんなセックスを経験してきましたけど、あなたとならその先まで行けそうな気がするんですよ。これは予感じゃなくて確信に近い」

「そこまで言われると……プレッシャーなんですけど……」

瑠依の体は震えだしていた。声まで震えないようにするのが大変だった。髪の毛が真っ白で還暦も近い年齢なのに、剣持からは男の匂いがむんむんと漂ってきた。牡の匂いと言ってもいい。他の男に感じたことはないけれど、フェロモンというものがあるとしたら、これがそうなのかもしれない。

「今日はゆっくりできるんですよね？」

「はい……」

眼を合わせずにうなずく。セックスしてもOKという意味だ。

「ちょっと唐突ですが、こういうものを使ってみてもいいでしょうか？」

剣持がバッグからなにかを取りだした。真っ赤なロープ、そしてアイマスクだった。

「どんなプレイに使うかわかります？」

「SM、ですか？」

カマトトぶるのも恥ずかしく、瑠依は思ったことを口にした。真っ赤なロープの妖艶さに胸をざわめかせながら……。

そんなの変態じゃないか！　という嫌悪感は、不思議なくらいわいてこなかった。理由ははっきりしている。下着を着けたまま電マでイカされたり、ワインのつまみに濡れた性器を差しだしてしまうのだって、品行方正な人からすれば立派な変態だろう。

「まあ、本格的なSMではないけどね、拘束プレイというか」

「わたしが拘束されるんですね？」

「手脚の自由を奪って、目隠しをします。怖いですか？」

「いえ……」

瑠依は反射的に首を横に振っていた。嘘はついていなかった。SMプレイを経験したことはないし、経験したいと思ったこともないが、相手が剣持なら怖くなかった。怖いものは別にあった。一度会っただけの素性もよくわからない男を、そんなふうにすっかり信じてしまっている、自分である。

「それじゃあ、上着を脱いで……」

剣持が立ちあがったので、瑠依も立ちあがってジャケットを脱いだ。それをソファの背に掛け、剣持に体を向ける。鼓動は早くも乱れきっている。ゆうべ、夫にあれほど求めても与えられなかったものが、今日はこんなにもあっさり与えられるのかと思った。それも、大金をもらって……。

目隠しをされた。当たり前だが、目の前が真っ暗になる。

「けっ、けっこう怖いんですね……」

瑠依は声を上ずらせた。立ったまま、というのが恐怖心に拍車をかけた。昨日もそうだったが、剣持は女を立たせたまま愛撫するのが好きなのだろうか？

「眼が見えないぶん、他の感覚が敏感になりそうな気がしません？」

剣持に気づかれないように、瑠依は生唾を呑みこんだ。たしかに、そんな気がしたからである。

「この部屋には防犯カメラがついてます」

「……えっ？」

「盛り場のホテルはだいたいそうですよ。とくに歌舞伎町は、ラブホテルの一室で物騒な事件が頻繁に起こるから……」

「平気なんですか？　見られていて……」

「監視しているほうだって仕事ですからね。スケベな気持ちにもならないでしょう」

「でも……」

「監視されていると思うと、逆に興奮してきませんか？　あなたはこれから、素っ裸にされます。ただの裸より、もっと恥ずかしい姿を披露したりもするでしょう」

「やめてください」

瑠依は声を上ずらせた。

「そういうこと言われると、本当に見られてるような気になるじゃないですか。冗談なんでしょう？　防犯カメラなんて……」

「さあ、どうでしょうか」

後ろから抱きしめられ、ビクッとした。たいていの女が大好きなバックハグだが、甘い雰囲気は微塵もなかった。

「もしかすると、監視している人が興奮してオナニーするかもしれませんね。あなたの体は芸術的にいやらしいから……」

目隠しをされているので、なにをされているのかよくわからなかった。ただ、胸のあたりがスースーする。ブラウスのボタンがはずされ、ブラジャーを露わにされたらしい。今日の下着は、上下揃いのゴールドベージュだ。地味と言えば地味だが、光沢のある生地だし、レースや刺繍で飾られて高級感もある。

パンツのボタンをはずされた。続いてファスナーもおろされると、パンツが足元にすべり落ちていった。途端に下半身が心細くなった。今日は蒸し暑いので、パンティストッキングを穿いていない。くるぶし丈のストッキングだ。

瑠依の呼吸は早くもはずみだした。

明るい中で目隠しをされ、服を脱がされるのは、想像を絶する恥ずかしさだった。愛撫をしながらでないところが、よけいに恥ずかしい。

見られている、と思った。

「視線を感じる」という言葉はよく見聞きするが、このときほど視線を生々しく感じたことはない。

ブラウスを奪われると、もはやただ服を脱がされているのではなく、くだものにでもなったような気分だった。薄皮を剝いて食べる、葡萄や桃だ。薄皮が一枚、また一枚と剝がされるほどに、ジューシーな果肉が露わになっていく。

ついにブラジャーがはずされた。乳房に這いまわる視線を感じ、アイマスクの下の顔が熱くなっていく。恥ずかしさのあまり、激しい眩暈《めまい》が襲いかかってきたが、立ち位置を直すこともできない。足元にパンツがからまったままだから、よけいなことをすると転んでしまいそうだ。

とにかく、まずは靴を脱がしてほしかった。そうしなければ、細身のパンツを脚から抜けない。

しかし、剣持が次にしたのは、ショーツをおろすことだった。股間に茂っている黒い草むらがさらけだされ、新鮮な空気にさらされる。一度見られているとはいえ、濃すぎる陰毛はコンプレックスだ。

「いっ、いやっ！　やめてっ！」

瑠依は冷静でいられなくなり、両手を振りまわした。剣持にはあたらなかった。逆に両手をつかまれ、背中で交差させられた。すぐになにかを巻きつけられた。先ほど見た真っ赤なロープに違いなかった。

あっという間に、両手の自由を奪われた。足元にはパンツとショーツがからまっているから、両脚だって自由ではない。その場にしゃがもうとしたが、それもできなかった。剣持は瑠依の背後に立ち、両手を縛っているロープをつかんでいた。

「いい格好だよ」

耳元でささやかれ、瑠依は身震いした。剣持の声が熱を帯びていた。ギアが一段あがった感じがした。

「自分がいまどれくらい恥ずかしい格好をしているか、想像してごらん」

言われなくても、先ほどからずっと想像している。リアルに想像すればするほど、羞恥心を激しく揺さぶられた。だが同時に、言い様のない興奮を覚えていることも、認めなければならない。

岐路に立たされている気がした。セックスの神様がいるとして、彼はいま、こんな二択を瑠依に迫っていた。自分の殻に閉じこもりつづけるか、殻を破って新しい自分を発見するか……。

「まだなにもしてないのに、こんなになっている……」

左の乳首にちょんと触れられ、

「あうっ！」

瑠依は声をあげた。我慢しようと思っていたが、とても無理だった。目隠しされて服を脱がされるのも怖いが、裸身に触られるのはもっと怖い。もちろん、恐怖の裏側には快楽の萌芽がびっしりと貼りついている。怖いというのは、神経が集中しすぎて敏感になっていることとトイコールだ。

「くうぅっ！　くくっ……」

剣持が後ろから両手を伸ばし、左右の乳首を刺激してきた。撫でるのとくすぐるののちょうど中間くらいの、いやらしい触り方だった。剣持は女の性感の高め方を本当によくわかっている。強弱や緩急のつけ方が的確だから、刺激が続くほどに乳首が熱くなっていく。まるで燃えているみたいだった。ふたつのふくらみの頂点に炎が見えそうだ。

乳首を強くひねりあげてほしかった。そうでないなら、乳房全体を鷲づかみにし、揉みくちゃにしてほしい。剣持の手は大きく、浅黒く日焼けして、節くれ立っている。一見して男らしく、力も強そうだ。力まかせに揉みくちゃにされたら、気が遠くなりそうなほど気持ちがいいだろう。

なのに剣持は、決して乱暴な愛撫はしてこない。そもそもふくらみに触れもせず、乳首だけを執拗にいじりまわしてくる。硬い爪を使って、コチョコチョ、コチョコチョ、とくすぐられる。そうかと思うと、唾液をまとわせた指腹で、ねちっこく転がしてくる。

「あああっ……はぁあああっ……」

瑠依は口を閉じることができなくなり、淫らに歪んだ声だけではなく、ともすれば涎まで垂らしてしまいそうだった。

「乳首だけでイッちゃいそうだな」

剣持が耳元でささやき、瑠依はいやいやと身をよじった。スケベな女だと、罵られた気がしたからだ。いくらなんでも、乳首を刺激されるだけでイクわけがないと思った。それは事実だったが、瑠依にとって都合のいい事実ではなかった。

ふたつの乳首はいじられるほどに敏感になり、興奮と欲情は天井知らずに高まっていった。あきらかに、普段の絶頂地点より高みまで昇らされていた。なのに、イクことができない。これはつらい。喜悦と苦悶、相反する感覚が同時に五体を揺さぶってくる。瑠依の両膝はガクガクと震えだし、後ろの剣持に寄りかかることで、かろうじて立っている状態だ。

「昨日は電マを使ったが……」

また、耳元でささやかれた。

「今日は指だけでイカせてやろうか？」

耳に吹きかかる熱っぽい声と吐息にぞくぞくしてしまい、言葉が頭に入ってこなかった。

剣持は、左手で乳首をいじりながら、右手をお腹のほうに這わせてきた。瑠依は反射的に腰を引こうとしたが、後ろに剣持がいるので無理だった。

「どうなんだい？」

男らしく節くれ立った手指が、恥丘に届いた。

「クリトリスをいじりまわしてやろうか？」

興奮に逆立っているであろう陰毛を、指でつままれた。官能の中枢はもうすぐそこであり、敏感な肉芽はジンジンと熱く疼いて、太腿をこすり合わせるのをやめることができない。クリトリスに触れられたら、その瞬間にエクスタシーに達してしまうかもしれなかった。そうでなくとも、衝撃的な快感が襲いかかってくるのは間違いなく、瑠依は歯を食いしばって身構えた。

4

目隠しをされたままベッドに倒された。

うつ伏せでハアハアと息をはずませている瑠依の体から、剣持は靴を脱がし、パンツとショーツを脚から抜いた。くるぶし丈のストッキングも……。

これで一糸まとわぬ丸裸なはずだが、例外はロープだった。妖艶なムードが漂う真っ赤なロープである。

両手を背後で縛りあげられていたが、剣持は他のところにもロープを巻きつけてきた。目隠しをされているので、瑠依にはなにをどうされているのか把握できなかった。首の後ろ、あるいは乳房を挟むように、ロープが素肌に食いこんでいるのはわかった。いよいよ本格的に拘束プレイが始まるようだ。

「すごい濡れ方だ……」

剣持が指を這わせたのは、性器ではなく内腿だった。そこまで濡らしてしまうくらい、大量の蜜を漏らしているらしい。

「んっ……くぅっ……」

股間にロープが触れたので、瑠依はあわてて両脚を閉じた。太腿をこすりあわせても時すでに遅く、ロープを通されたあとだった。腰にも巻きついてくる。自分はいま、真っ赤なロープでぐるぐる巻きにされている。

囚状で捕縛された罪人か、それとも悪党に囚われた人質か……。

ひどく屈辱的なことをされているにもかかわらず、瑠依は興奮していた。自分でも驚いてしまった。そんな性癖などなかったはずなのに……。

先の展開が待ちきれなかった。早く次に進んでほしい。女を手も足も出ない恥ずかしい格好に縛りあげ、剣持はいったいこれからなにをするつもりなのか？

しかし……。

「それじゃあ、僕はちょっとシャワーを浴びてきますよ。セックスの前に男が身を清めるのはマナーですからね」

剣持はそう言い残し、ベッドからいなくなってしまったのだった。

視覚も身動きも封じられた状態で、瑠依は放置された。

にわかには信じられなかったが、あたりに剣持の気配はしない。彼は昨日も「セックスの前に男が身を清めるのはマナー」と言っていた。そういうポリシーらしいが、だからといってこのタイミングはあり得ない。そんなに身を清めたいなら、すべてが始まる前にシャワーを浴びればよかったではないか。

瑠依の体は疼いていた。「今日は指だけでイカせてやろうか?」などと言っていたくせに、剣持は結局、クリトリスにも花びらにも触れてこなかった。触れずにベッドに転がされ、縛りあげられた。放置された瑠依に残されたのは、身悶えしたくなるような欲求不満だけだ。

(いったいどういうつもりなの……)

股間に通されたロープの感触が恨めしかった。花びらやクリトリスに接しているが、刺激があるわけではない。刺激はなくても、ロープはたしかにそこにある。

「ううう っ……」

低い声をもらしながら、腰をくねらせた。ロープがほんの少しクリトリスにこすれただけで、叫び声をあげたくなるくらい気持ちよかった。

「ううぅっ……くぅぅぅっ……」

そこから先は、考えて行動したわけではなかった。気がつけば、あお向けで両脚を開いていた。両手は後ろ手に縛られているが、両脚は自由に動かせた。縛られた手で背中をまさぐると、腰にまわったロープをつかむことができた。どういう仕掛けになっているのかもわからないまま、それを引っぱってみた。腰のロープと股間のロープは繋がっているようで、引っぱった瞬間、大股開きの両脚の間にロープがぎゅっと食いこんだ。

「あううぅーっ！」

瑠依は喉を突きだしてのけぞった。セックスのとき女が声をあげるのは、感じていることを男に伝えるためだと思っていた。だから、自慰のときに声をあげることはない。ひとりであんあん悶えているなんて滑稽の極みであり、そんな女はいないとすら思っていたのに、いやらしい声がとまらない。

「あああっ……はぁあああっ……はぁあああぁーっ！」

手放しであえぎながら、腰に巻かれたロープを引っぱる。クイッ、クイッ、と次第にリズムに乗ってくる。それを受けとめるように、腰も動きだす。両脚はいつの間にかM字に開かれ、宙に浮いた足指をきつく丸めていた。

こんな姿を……。

防犯カメラで誰かに見られていると思うと、生きた心地がしなかった。想像するだけで、全身から冷たい汗が噴きだしてくる。あれは剣持の言葉責めの一環で、実際にはあり得ない。そんなことが表沙汰になれば警察が黙っているわけがないし、メディアは大々的にラブホテル浄化のキャンペーンを打って、社会問題に発展するに決まっている。

だが、ここが歌舞伎町であることを考えると、一〇〇パーセント絶対にないとは言いきれないような気がした。それも、物騒な事件を防止するためだけではなく、好事家《こうずか》に売り渡すような動画の盗撮行為までしているかもしれない。闇から闇に流れるルートなら、決して表沙汰になることはない。

「あああぁーっ！　はぁあああああーっ！　はぁうううーっ！」

見られているかもしれないのに、瑠依のあえぎ声は刻一刻と大きくなり、体の動きはいやらしくなっていく一方だった。見られているかもしれないという恐怖や不安が、よけいに興奮を駆りたてるからだった。

救いはアイマスクだった。顔までは見られていないという安心感によって、瑠依はどこまでも大胆になっていった。

（イッ、イッちゃうっ……イッちゃいそうっ……）

剣持はシャワーの時間が長い。昨日は三十分もバスルームにこもっていた。男とふたりでラブホテルに入り、こんな形で絶頂を迎えるなんてあり得ない気がしたが、我慢できそうになかった。剣持が帰ってくるのを待っているより、帰ってくる前にイッてしまったほうがいい。だいたい、全部あの男が悪いのだ。いいところでシャワーなんて浴びにいく、あの男が意地悪だから……。

「気持ちよさそうですね？」

すぐ側で剣持の声がしたので、瑠依はビクッとして動けなくなった。絶頂はもうすぐそこだったのに、火照《ほて》った体から血の気が引いていく。

「ずっと見てましたよ。あなたがなにを始めるのか、好奇心に抗えなかった」

「いやっ！」

アイマスクに触れられたので、瑠依は激しく身をよじって抵抗した。

「どうしたんです？　男に隠れてオナニーしていた女の顔、拝ませてくださいよ。さぞやスケベな顔をしてるんでしょうねえ……」

「やめてっ！　やめてくださいっ！」

アイマスクを奪われることに、魂を奪われるような恐怖を覚えた。視覚を奪われたときと、気持ちは完全に入れ替わっていた。いまはなにも見えない暗闇だけが頼りだった。暗闇の中にいれば、知らずにすむ。自分がどれほど恥ずかしい格好をしているのか……人として、してはならないことをしてしまっているのか……。

しかし、抵抗はすぐに潰えた。両手が拘束されているうえ、剣持には上背もある。組みつかれるとなす術もなく馬乗りになられ、アイマスクに手をかけられた。

「取りますよ。スケベな顔を見させてもらうよ」

「ああっ、許してっ……許してっ……」

涙声で哀願しても、許してもらえなかった。じわじわとアイマスクがめくられていった。ロスト・ヴァージンでショーツをおろされたときよりも強烈な羞恥が、汗まみれの五体を揺さぶり抜く。

アイマスクを取られた。部屋は薄暗い間接照明だったが、それでもまぶしさに眼を細めずにはいられない。いっそ眼を閉じてしまえばよかったが、それができなかったのは剣持と眼が合ってしまったからだ。

ギラギラと脂ぎった視線を、瑠依の顔に浴びせてきた。怖いくらいの欲情と興奮が伝わってきて、金縛りに遭ったように眼を閉じられなくなったのだ。

「いい顔だ……」

剣持はうっとりした表情でささやくと、瑠依の頬に舌を這わせてきた。顔の汗を、舐めて拭うつもりのようだった。汗だけではなく、涙でアイメイクも流れている。それでもおかまいなしに、ペロペロ、ペロペロ、舐めまわしてくる。

それから、ベッドからおりるようにうながされた。瑠依はふらついていた。両手は使えないし、足元も覚束ない。おまけに頭の中が混乱しきっていたが、剣持は罪人を引っ立てるようにして、瑠依を部屋の隅に連れていった。

衝撃的な光景が目の前に現れた。そこには全身が映る姿見があり、剣持は瑠依をその前に立たせたのである。

真っ赤なロープに飾られた自分の裸身が、鏡に映っていた。縛られているのではなく、たしかに飾られていた。無秩序にぐるぐる巻きにされているのではなかった。炎の化身のような真っ赤なロープが白い素肌に張りつき、蜘蛛の巣を彷彿とさせる綺麗な模様を描いていた。乳房がくびりだされ、股間にロープが食いこんだ様子は卑猥だったが、それでもなお、驚くほど美しい。

瑠依はまばたきも呼吸も忘れて、自分の裸身に見とれてしまった。縄化粧という言葉をあとで知ったが、まさしくそれだった。伊勢丹で買い求めた高級ランジェリーよりずっと鮮烈に、真っ赤なロープは瑠依の裸身をエロティックに飾りたてていた。

「よく似合うよ」

後ろに立っている剣持が、耳元でささやいた。

「昔、緊縛に凝っていた時期があって、いろんな女を縛ったものだ。でも、こんなに縛られるのが似合う女は初めてだ。美しくて、いやらしい……」

熱い吐息を耳にかけられ、瑠依はぶるっと身震いした。鏡越しに、剣持と眼が合っていた。欲情と興奮だけが伝わってくる双眸から、突然、光が消えた。

「でも、だからこそ許せない。キミは僕の素晴らしい作品を穢したんだ。僕がのんびりシャワーを浴びていると思って、キミはいったいなにをしていた？」

瑠依は剣持の眼を見ていられなくなった。

「言うんだ。なにをしていた？」

うつむいて唇を嚙みしめると、

「言えないなら再現してやる」

剣持は股間に食いこんでいるロープをつかみ、ぎゅうっと引っぱりあげた。

「あううっ！」

衝撃が体の芯まで響いてきて、瑠依は悲鳴をあげた。いま剣持がロープを食いこませたところは、疼きに疼いている女の官能の核心だった。瑠依みずから、絶頂寸前まで刺激していたのだから、疼いているに決まっている。

クイッ、クイッ、とリズムをつけて、剣持はロープを引っぱってきた。瑠依は瞬く間に、正気でいられなくなった。十回ほど食いこまされただけで、オルガスムスの前兆がこみあげてきた。

イキたかった。しかし、瑠依は鏡の前に立っている。縄化粧を施された体はエロティックでも、顔は生々しいピンク色に染まりきって、みっともないほど切羽つまっている。こんな状況でイカされるのは、屈辱以外のなにものでもない。だが、イキたい。イキたくてイキたくてたまらない。

「やっ、やさしくしてもらえませんか？」

鏡越しに剣持を上目遣いで見つめた。自分でも引いてしまうくらい、媚びた表情と鼻にかかった甘い声で哀願する。

「つっ、続きはベッドで……立っているのがつらいんです……よっ、横になれたら、嬉しいなあ……」

剣持の反応は泣きたくなるほど非情だった。瑠依の哀願をきっぱりと無視すると、股間にロープを食いこませるのをやめた。かわりに、後ろから双乳をすくいあげてきた。節くれ立った大きな手で、ふたつの胸のふくらみを揉みくちゃにした。

「あああっ……」

瑠依はいまにも泣きだしそうな顔で声をもらした。眼尻を垂らした情けない表情も、丸々と張りつめた乳房に指が食いこんでいるところも、鏡に映って見えていた。

立っているのがつらいのは嘘ではなく、いまにも腰や膝が砕けてしまいそうだった。しかし、自分より一〇センチ以上も上背がある男に後ろから双乳を鷲づかみにされていては、しゃがみこむこともできない。

「ああっ、ダメッ……」

左右の乳首を指でつままれた。親指と人差し指に挟まれて、こよりをつくるようにひねりあげられる。前に引っぱっては、指を離される。そういった強い刺激も気が遠くなりそうなほど気持ちよかったが、爪を使ってコチョコチョとくすぐられると、熱い涙が頬を濡らした。

「泣くほど気持ちいいのかい？」

剣持が勝ち誇った顔でささやいてくる。

たしかに気持ちがよかったが、涙を流したのはもどかしさのせいだ。乳首でないところに刺激が欲しかった。もう贅沢は言うまい。恥をかくのが愛人の務めと割りきって、鏡の前に立たされたままイッてやる。もう一度股間にロープを食いこまされれば一分、いや、三十秒とかからずにイケるだろう。

瑠依は鏡越しに剣持を見つめた。上目遣いで唇を嚙みしめていた。物欲しげな表情でじっと見つめ、無言のうちに愛撫をねだった。

「股間に刺激が欲しいのかい？」

コクコクとうなずく。

「さっきみたいにすればいいじゃないか？」

剣持は左右の乳首をいじりながら言った。

「見ての通り、僕の両手は塞がってるから、自分でやりたまえ」

もう殺してくれ！　と瑠依は叫びそうになった。両手が塞がっているのなんて、そっちの匙加減ひとつではないか。片手だけでも乳首から離して、ロープを引っぱってくれればすむ話なのに……。

「自分でするのは嫌なのかい？」

剣持がやけに甘い声でささやいた。

瑠依はコクンとうなずき、

「……みじめです」

蚊の鳴くような声で返した。

「でも、さっきはやっていた。僕の眼を盗んで……」

「……言わないでください」

「事実じゃないか」

「もういじめないでっ！」

瑠依は涙声で叫びながら振り返った。鏡越しではなく、直接剣持の顔を見た。泣きながら噛みつきそうな顔で睨みつけた。

剣持はまったく怯まず、

「じゃあこうしようじゃないか」

後ろからぎゅっと抱擁してきた。男らしいバックハグだった。

「さっきみたいに自分でやってくれたら、ご褒美をあげよう」

剣持の抱擁は力強かった。瑠依のヒップには、彼の股間が押しつけられていた。剣持は上着こそ脱いでいたものの、まだシャツを着て、ズボンを穿いていた。それでもしっかりと伝わってきた。男の器官が硬く膨張し、女を愛せる形になっていることが……。

瑠依は涙に潤んだ眼を見開いた。

それを与えてくれるというのなら、どんな理不尽な要求でも甘んじて受けるしかなかった。忘れようとしても一生忘れられないであろう、臍を叩く勢いで反り返った長大な男根。それがこの身にもたらした、経験したことがない衝撃的なオルガスムス……。

瑠依は振り返っていられなくなり、前を向いた。鏡に映った自分の顔は、もはやピンク色を通り越して真っ赤に染まっていた。顔だけではなく、耳や首筋や胸元も……。

それを見ているのもつらくなり、うつむいてから背中で拘束されている手を動かした。拘束されていても、腰にまわったロープはすぐそこにあった。指を伸ばせば、簡単にたぐり寄せられる。

「くっ……」

軽く引っぱっただけで、紅潮しきった顔が歪んだ。両脚どころか下半身全体が激しく震えだし、とても自力では立っていられなかった。

剣持が後ろから抱擁していなければ、間違いなく崩れ落ちていた。瑠依は股間に食いこんだロープを引っぱった。クイッ、クイッ、とリズムをつけて、花びらとクリトリスを刺激した。下腹のいちばん深いところで、なにかがドロリと溶けた。日を浴びたバターのように溶けだしたものが、みるみるうちに煮えたぎりはじめた。

「あああっ……はぁあああっ……」

あえぎだした瑠依の脚に、剣持が触れた。

「もう少し、開いたほうがいい」

剣持は、立っている足の幅を開いてきたわけではなかった。左右の踵をくっつけたまま、膝の間だけを開くように強要してきた。両脚が縦長のダイヤの形になった。もっとはっきり言えば、ガニ股である。

チラッと鏡を見ただけで、生きているのをやめたくなるほど情けない格好だった。それでも、瑠依に文句を言う余裕はない。クイッ、クイッ、と股間にロープを食いこませる作業に没頭しすぎて、他のことが考えられない。

ガニ股で自慰をする恥ずかしさに魂を震わせながらも、気持ちがよくてしかたがなかった。ただ一本のロープが、なぜこんなにも痛烈な快感をもたらすのか不思議なくらいだった。

（あああっ……イッ、イキそうっ……もう我慢できないっ……）

いまの自分は、蜘蛛の巣に引っかかった蝶々のようなものかもしれなかった。真っ赤なロープの縄化粧が、ふとそんなことを思わせた。つかまってしまったのだから、あとは息絶えるのを待つだけの運命……さらなる恥をさらすのも因果……。

「イッてもいいですよね？」

瑠依は紅潮した頬に涙を流しながら言った。

「わたし、もうっ……イッちゃいそうですっ……すぐイキそうですっ……」

大粒の涙をボロボロとこぼしながらも、瑠依は微笑を浮かべていた。泣き笑いのような表情で、鏡越しに剣持を見つめていた。

この瞬間のために、自分は今日、この男に会いにきたのだと思った。瑠依はいま、たしかに彼に甘えていた。自分をすっかり放棄して、すべてを剣持に預けていた。

極限の羞恥を味わいながらも、たとえようもない解放感がこみあげてくる。意地やプライド、あるいは多少の見栄や虚勢だって、社会生活を営んでいくためには必要なものだろう。しかし、それらは時に、心に重い負担をかける。自分であることをやめ、人間であることさえかなぐり捨てたくなることが、人間にはある。かなぐり捨てたらどうなるのか？　瑠依は長いこと疑問だった。そんなことはできないとさえ思っていたが、ようやく答えが見つかった。すべてを放棄し、ただ一匹の獣となればいいのだ。

「ああっ、もうイキますっ……イッちゃいますっ……見てて、剣持さんっ……恥ずかしい格好でイキまくる瑠依のこと、しっかり見ててえええっ……」

しかし。

「まだダメだ」

剣持は唐突に、バックハグから力を抜いた。彼に体を預けていた瑠依は立っていられなくなり、悲鳴をあげて膝から崩れ落ちた。

5

絨毯にひざまずく体勢になっても、瑠依は股間に食いこんでいるロープを離さなかった。

そのまま引っぱりつづけ、花びらやクリトリスを刺激していれば、あるいはイケたのかもしれない。

だが、剣持がそれを許さなかった。

「キミはいささかいやらしすぎる。ご褒美の前に、お仕置きが必要だな」

スパーンッ、と尻を叩かれた。

「ひいいっ!」

驚いてロープを手放した瑠依は、なにが起こったのか理解できなかった。子供のころですら、尻を叩かれたことなどなかった。両親をはじめとした瑠依のまわりにいた大人は、子供に屈辱的な仕置きをするような人ではなかった。

暴力とは無縁に生きてきた瑠依にとって、いまの一撃は思考を凍りつかせるのに充分なものだった。痛みはそれほど感じなかったが、尻を叩かれたという事実そのものが衝撃的で、呆然としてしまった。

剣持は後ろ手に縛ったロープをほどいてから言った。

「両手を前について、鏡を見るんだ」

突然の暴力におののいていた瑠依は、命じられるままに体を動かすことしかできなかった。

両手を前について四つん這いの体勢になり、顔をあげた。獣のような格好をしている自分と眼が合った。真っ赤なロープで縄化粧をされていても、自分の裸身をもう美しいとは思えなかった。

「キミはいやらしすぎる」

スパーンッ、とまた尻を叩かれる。

「僕の予想をはるかに超えてる……いくらなんでもここまでいやらしいのは許されないぞ……許されないからな……」

剣持はうわごとのように言いながら、スパーンッ、スパパーンッ、と左右の尻丘に平手を飛ばしてきた。

「ひいいーっ！　ひいいいいーっ！」

瑠依は声の限りに悲鳴をあげた。一瞬、本気で逃げだそうかと思った。本能が緊急事態を知らせるサイレンを鳴らしていた。だが、逃げられなかった。剣持が股間に食いこんだロープをつかみ、クイッ、クイッ、クイッ、と引っぱってきたからだった。

常軌を逸したシチュエーションと言っていい。いままでだって普通ではない状況だったが、今度という今度はパニックに陥りそうになった。

自分を放棄してまで欲しかったオルガスムス――それに直結する刺激が、熱く疼いている股間に与えられている。クイッ、クイッ、と軽やかなリズムに乗って、瑠依を恍惚へと追いこんでこようとする。

だが、スパーンッ、と尻を叩かれれば、昂りに冷や水をかけられる。

言ってみれば、アクセルとブレーキを同時に踏まれているようなものだった。

クルマの場合、ブレーキが優先されるよう設計されている。停まった状態でアクセルとブレーキを同時に踏んでも、クルマは動かない。走りながらであればドーナツスピンを起こし、その場でくるくる回転する。

しかし、女の体はそういうふうに設計されていないようだった。

尻を叩かれる暗色の屈辱が、オルガスムスを求めるまぶしい光に侵食されていった。ふたつの刺激が渾然一体となり、まったく新しい手触りの快感を生じさせ、やがて尻を叩かれることさえ気持ちよくなってきた。

信じられなかった。

そんな馬鹿なことがあるはずがないと思っても、気がつけば瑠依は、四つん這いの身をよじってあえいでいた。スパーンッ、と尻を叩かれれば口から悲鳴が放たれるが、その声音は喜悦に上ずり、淫らなほどに歪みきって、自分の声とは思えないほどいやらしくなっていくばかりだ。

「ああっ、イカせてっ……イカせてくださいっ……」

真っ赤なロープで緊縛された体をぶるぶると震わせて、瑠依は哀願した。経験したことがない肉の悦びに感極まってしまい、少女のように泣きじゃくっていた。

「ねえ、お願いっ……お願いだから、これ以上意地悪しないでっ……もうイキたいのっ……イキたくてイキたくて、頭がどうにかなりそうなのっ……イカせてくれたら、なんでも言うことをききますっ……なんでも剣持さんの言う通りにしますからっ……」

泣きじゃくりながらの渾身の哀願も、剣持には届かなかった。

またしても唐突に刺激がとまった。

ここまで言ってもダメなのかと、瑠依は心の底から絶望した。もしかすると剣持の真の目的は、自分のメンタルを壊すことなのではないかとすら訝ってしまった。

しかし、絶望するにはまだ早すぎたようだ。

背後で剣持が立ちあがり、服を脱ぎはじめた。シャツとズボン、ブリーフまで一気に脱ぎ捨てて、長大な男根を露わにした。まるで天井を向いた矢印のように隆々と反り返り、涎じみた先走り液で先端を濡らしている男の器官は、魔力にも似たオーラを放って瑠依の視線をしっかりとつかんだ。

「どうせなら、こっちでイキたいだろう？」

瑠依はうなずいた。ヘッドバンキングの勢いで、首を縦に何度も振った。

股間に食いこんでいるロープは、腰にまわっているロープと結ばれている。剣持はそれをほどき、男根を迎え入れるのに邪魔な障害物を取り除いた。

ごくり、と瑠依は生唾を呑みこんだ。

次の一手を間違ってはいけない、と自分に言い聞かせる。剣持はスマートな紳士に見えて、とことん意地悪な男だ。これ以上焦らされたくないなら、彼につけいる隙を与えてはならない。もっと徹底的に自分を放棄しなければ、難癖をつけられるかもしれない。普通はそこまではできないということまでやって見せて、獣の牝に堕ちきらなければ……。

「オッ……オマンコッ！　してっ……オマンコしてくださいっ……」

鏡越しに剣持を見て言った。上目遣いで、可愛くおねだりしたつもりだったが、必死の形相で訴えていた。

「そっ、その立派なオチンチン、瑠依の濡れたオマンコに入れてっ……ぶっ刺して、ぐちゃぐちゃに掻きまわしてっ……ああっ、お願いしますっ……」

自分は女として終わったな、と思った。体を売るよりはっきりと、自分が穢れたと思った。ただイキたい一心で、ついに魂の純潔まで売り渡してしまった。

だが、その報酬は小さくなかった。剣持は口許に満足げな笑みを浮かべると、四つん這いで突きだしている瑠依の尻に腰を寄せてきた。右手で長大な男根を握りしめながら、左手で腫れた尻丘をやさしく撫でた。

「オマンコしながら、お仕置きしてほしいのかい？」

「ああっ、してくださいっ……オマンコしながら、お仕置きしてくださいっ……」

自分が犬ならちぎれるくらい尻尾を振っていただろう、と瑠依は思った。長大な男根で後ろから深々と貫かれ、怒濤の連打を浴びせられながら尻を叩かれる——想像しただけで、イッてしまいそうだ。

「いくぞ……」

突きだした尻の中心に、切っ先があてがわれた。瑠依は濡らしすぎるほど濡らしていたから、剣持が軽く腰を前に送りだしただけで、亀頭がずぶっと沈みこんだ。

「くっ、くぅうっ……」

剣持はゆっくりと、肉と肉とを馴染ませながら奥に入ってきた。悪魔のように意地悪なのに、結合の仕方はうっとりするほどエレガントだった。自分の欲望を優先せず、女体に対する気遣いにあふれている。

挿入に時間をかける男ほどセックスがうまい、と瑠依は思う。そして、奥まで貫いても無闇に動かず、しばらくじっとしていてくれると、女の体には火がつきやすい。

剣持は、そのどちらも深く理解しているようだった。瑠依のほうが我慢できずに、先に動きだした。身をよじり、腰をくねらせ、さらには尻を上下に振りたてて、性器と性器をこすりあわせてしまう。

「あああっ……あああああっ……」

恥ずかしさにあえいだ。騎乗位ならともかく、バックスタイルで自分から動くなんて、男に飢えた淫乱みたいだった。しかし、動かずにはいられない。今度は四つん這いの体を前後に動かす。よく濡れた肉穴を唇のように使って、ゆっくりと男根をしゃぶりあげる。どれだけ頑張っても、ピストン運動まではできないのがもどかしい。

それにしても、これが本当に還暦間近の男のペニスなのだろうか？　長大なことも長大だが、驚くほど硬い。もしこれがドーピングによるものなら、その薬を開発したメディカルドクターは、ノーベル賞を受賞してしかるべきではないか？

「ああっ、いいっ……気持ちいいっ……」

必死に動いているのは瑠依だけで、剣持はまったく動いていなかった。発情しきった女の動きを悠然と受けとめ、時折、尻を撫でてくる。そのたびに、瑠依はビクッとする。叩かれることに身構えながら、叩かれることを期待している。

「前を見てるんだ」

後ろから声をかけられ、うつむいていた瑠依はあわてて顔をあげた。

「昨日も言っただろう？　見つめあいながらセックスするのが僕の流儀だって」

「ごっ、ごめんなさいっ……オッ、オマンコが気持ちよすぎてっ……」

自分でもなにを言っているのかわからなかった。とにかく卑語を口走ればいいというような態度に、剣持も眉をひそめる。

「オマンコがどうしたって？」

「……気持ちいいです」

「もっと気持ちよくしてほしいか？」

「……お願いします」

節くれ立った大きな手に、腰のくびれをつかまれた。次の瞬間、ずんっ、と大きく突きあげられ、瑠依は頭のてっぺんから甲高い悲鳴を放った。

「ああぁっ、くださいっ……もっとくださいっ……」

たった一度突きあげられただけで、瑠依の思考回路はショートした。呂律もあやしくなり、下唇の真ん中から涎が糸を引いて垂れていく。

剣持は瑠依のくびれを両手でしっかりとつかみつつ、腰をグラインドさせはじめた。濡れた肉ひだを攪拌《かくはん》され、瑠依は悶え泣いた。欲しい刺激はそれではなかったが、気が遠くなりそうなほど気持ちいい。

「よく吸いつくオマンコだな……」

剣持が熱っぽく声をかけてくる。

「こんなに締まりのいいオマンコは初めてだよ……」

瑠依は歓喜のあまり泣きそうになった。昔の男に似たようなことを言われたことがあるが、まるで嬉しくなかった。女の体をなんだと思っているのだと憤ったくらいだが、剣持が相手だと不思議なくらい嫌な気持ちがしなかった。

純粋に、この体を讃えてくれているのが伝わってくるからかもしれない。讃えているだけではなく、気に入ってくれている。それがしっかりと伝わってくる。性器を繋げていれば、女にはわかる。

「あああああっ……」

剣持が腰の動きを変えた。グラインドからピストン運動へ――待ちに待った瞬間だったが、剣持はいきなり連打を打ちこんできたりしなかった。この体を気に入ってくれているから、大事に扱ってくれる。夢中になっているからこそ、自制心を働かせているのかもしれない。

嬉しい……。

それでも次第に、ピッチはあがってくる。長大な肉の棒がずるずると抜かれていき、ずんっ、と突きあげられる。突きあげられる衝撃も強烈だが、抜かれていくときの刺激もたまらない。剣持のペニスはただ長大なだけではなく、カリのくびれがえげつない。

どういうわけか彼はフェラチオを求めてこないので、はっきりとはわからないが、段差が大きいのだろう。抜かれるときに、内側の肉ひだを逆撫でにされる感覚がある。奥で分泌した新鮮な蜜を掻きだすように、剣持は男根を抜き差しする。

「あああっ……あああああっ……」

乱れる呼吸とあえぎ声のせいで、瑠依は口を閉じることができなくなった。大量の涎が顎を濡らし、糸を引いて絨毯に垂れていく。ここはベッドの上ではないから、つかむものがないのがつらい。パンパンッ、パンパンッ、と尻を打ち鳴らして連打が始まると、瑠依は絨毯に爪を立てて掻き毟った。

「ああっ、来るっ……奥まで来てるっ……いちばん奥まで届いてるうううーっ！」

誓って言うが、他の男に抱かれているとき、そんなことを口走った記憶はない。相手が剣持だと、感じていることを伝えたい。伝えずにはいられない。

お金で買われた、セックスだけの関係だからだろうか？　恋愛感情がまったくないからこそ、はっきり言葉にして伝えたくなるのかもしれない。自分がいま、最高のセックスをしていることを……。

「たまらない……たまらないぞ……」

剣持がうわごとのように言う。鏡に映った彼の顔を見て、瑠依は息を呑んだ。眼と眉をこれでもかと吊りあげていた。顔中が真っ赤に上気して、まるで赤鬼みたいに見える。

「たっ、叩いてっ！　お尻を叩いてっ！」

後ろから犯してくる、赤鬼に向かって叫んだ。

「お仕置きしてっ！　お仕置きしてくださいいいいーっ！」

「いやらしいなっ！」

スパーンッ、と尻を叩かれ、

「ひぃいいいーっ！」

瑠依は甲高い悲鳴を放った。手のひらが尻丘にヒットした瞬間、体の芯に電流が走り抜けていくような衝撃があった。痛くはない。どう考えても気持ちいい。

「自分からお仕置きをおねだりするなんて、どこまで恥知らずなんだっ！　このドスケベ女がっ！　オマンコ大好きなド淫乱っ！」

言いながら、スパーンッ、スパパーンッ、と左右の尻丘に平手を飛ばす。尻を叩いては、くびれをつかんで、パンパンッ、パンパンッ、と突きあげてくる。剣持も興奮しているらしく、連打がフルピッチまで高まっていく。

「ああっ、もっとっ！　もっとしてっ！　オマンコ大好きな瑠依に、もっと厳しいお仕置きしてえぇーっ！」

瑠依はひいひいと喉を絞ってよがり泣いた。スパンキングとピストン運動のコラボは、予想をはるかに超えた熱狂を生みだした。

股間にロープを食いこまされながら叩かれたときは気づかなかったが、スパーンッ、と尻丘に平手がヒットすると、その瞬間、肉穴がキュッと締まるのだ。ただでさえ長大な男根との密着感がいや増して、摩擦の快感があがっていく。剣持がむさぼるように腰を使えば、いても立ってもいられなくなってくる。

「ダッ、ダメッ……ダメですっ……」

瑠依は鏡越しに剣持を見て、首を横に振った。それなりに自慢の美貌が、汗と涙と涎で無残なことになっていたが、かまっていられない。

「わっ、わたし、イキそうっ……もうイッちゃいそうっ……」

このままイカせてもらえる、という確信があった。鏡に映った剣持の顔も、その腰使いも、切羽つまっていたからだ。男根が限界を超えて膨張し、射精が近づいていることを伝えてくる。男の精を吐きだしたがっている。

問題は、剣持がコンドームを着けていないことだった。射精するときは外に出してもらわなければならない。昨日もそうだった。しかし、今日は抜かれたくない。最後の最後まで自分の中に留まっていてほしい。

「中で出してっ！」

瑠依は叫んだ。

「わたし、ピル飲んでるからっ……赤ちゃんなんてできないからっ……このままっ……このまま中に出してええぇーっ！」

ピルなんて飲んでいなかった。曲がりなりにも夫と子づくりをしようとしている主婦が、そんなものを飲むはずがない。しかし、この二、三日中に次の生理が来るはずだった。中出しされたところで、たぶん妊娠はしない。

「いったいどこまでいやらしいんだ……」

剣持が眉間に深い縦皺を寄せ、鏡越しに睨んできた。

「人妻のくせに、自分から中出しをねだるなんて、ドスケベにも限度があるぞ」

殺意すら滲んでいるような恐ろしい形相で睨まれたが、瑠依は怖くなかった。剣持という男は、興奮すればするほど険しい表情になるのだ。つまり彼は、いまこの瞬間、最高潮に興奮している。そのことが、たまらなく嬉しい。

「ちょうだいっ！　剣持さんの精子、オマンコの中にっ……んんんんーっ！」

後ろから襲いかかってきた衝撃に、言葉が途切れた。

「おまえのようないやらしい女、尻を叩くだけじゃすまないからな」

尻の穴に指を入れられたと気づくまで、数秒かかった。排泄器官に指を入れられるなんて、あり得ない辱めだった。だが、そんなことより、全身から熱い汗が大量に噴きだし、四つん這いの体が激しく震えだした。

尻の穴に指を入れられると、苦しい。しかし、それをはるかに上まわる勢いで快感が押し寄せてくる。男根と肉穴の密着感が増したせいだった。瑠依のほうから、ぎゅっと食い締めているのがはっきりとわかった。あとから知ったことだが、アヌスとヴァギナは8の字の筋肉で繫がっているらしい。アヌスに異物を入れられると、連動して前の穴も締まるようになっているのである。

「はっ、はぁおおおおおーっ　はぁおおおおおおーっ！」

瑠依は獣じみた悲鳴を撒き散らした。声を出している自覚はなく、眼を見開いているのになにも見えなかった。指先をはじめ、全身から感覚という感覚が抜け落ちていく。すべての神経が、男根で貫かれているヒップの中心に集まっている。

瑠依は夢中になって犯されていた。自分からはもうなにもできなかったけれど、もっと犯してほしかった。自分はこの男に犯されるために生まれてきたのだとさえ思い、歓喜の熱い涙が頬を濡らした。

「出すぞっ……中に出すぞっ……」

パンパンッ、パンパンッ、と最高潮まで高まっていた打擲《ちょうちゃく》音が、とまった。最後に、口まで貫くような勢いで、大きく突きあげられた。次の瞬間、男根がドクンと震えた。物理的にはたいした動きではなかったのだろうが、瑠依には爆発に思えた。剣持の射精をきっかけに、瑠依の体でも爆発が起こったからだった。

「あああっ、イクッ……瑠依、イッちゃいますっ……イクイクイクッ……はぁあああっ……はぁあああああーっ！」

泣き叫びながら、瑠依は果てた。肉穴に埋まった男根が、煮えたぎるような熱い粘液を注ぎこんでくる。それを感じながら、あえぎにあえぐ。女に生まれてきた悦びを嚙みしめつつ、ビクンッ、ビクンッ、と腰を跳ねあげる。

「ああっ、出してっ……もっと出してっ……オマンコの中、剣持さんの精子でいっぱいにしてえええっ……」

剣持の射精は、驚くほど長々と続いた。瑠依の絶頂も怖いくらいに強烈で、体中の筋肉が伸びたり縮んだり、激しく暴れまわっていた。剣持が痛いくらいにくびれをつかんでくれていなければ、この世の果てまで飛んでいってしまいそうだった。

第四章　ソフィスティケイテッド・レディ

1

昼の陽光の下で見るユーセイは、店で会うのとはずいぶん印象が違った。ロンTにデニムのハーフパンツというラフな格好だし、店ではいつもしている薄化粧をしていないから、なんだか健康的だった。ベースボールキャップを逆さに被っているのと相俟《あいま》って、わんぱく盛りの悪戯小僧にも見える。

「瑠依さんって、意外に気分屋ですよね。自由っていうか。いきなり呼びだされてびっくりしましたよ……」

ユーセイは運転席でハンドルを握っている。ふたりを乗せたミントグリーンのラパンは、湘南に向かって第三京浜道路を走っていた。アクセルを踏みこむと車体が震え、横風に煽られれば吹き飛ばされそうなスリルが味わえる。

デートに軽自動車で現れるなんて！　しかも高速に乗るの？　と瑠依は完全にドン引きしたが、顔には出さなかった。朝の九時過ぎに「これから海に行かない？」と電話をしたら、ユーセイはきっちり一時間後に二子玉川まで迎えにきてくれた。フットワークのよさに免じ、車種については眼をつぶってあげよう。

もっとも、運転席のユーセイは鼻歌まじりでハンドルをさばき、軽自動車でデートという状況をまったく気にしていない様子だった。

二十歳そこそこの若い男の子なら、それが普通の感覚なのかもしれない。売れっ子になればベンツやBMWに乗れるホストの世界にいても、彼はまだ駆けだしだし、お世辞にも売れているとは言えない。収入は瑠依の派遣OL時代とそう変わらないだろう。軽自動車でデートという感覚を咎めるのは可哀相だ。

「それにしても、いったいどういう心境の変化なんです？　海でデートなんてあり得ないって感じだったのに……」

「梅雨は明けたし、天気もいいし、海に行くにはうってつけの日じゃない」

「本当にそれだけ？」

「あんまり突っこまないでよ。人間っていうのはね、気が変わりやすい生き物なの。たまたま暇で暇でしょうがなくて、あなたに電話したら今日はお店休みだっていうじゃない？　これは神様が海に行けって言ってるな、って思っただけ」

少し嘘が混じっていた。ユーセイが本日非番なことは、〈スターランド〉のホームページを見て知っていた。東京には友達が少ないから休日をもてあましているという話も、以前彼自身から聞いている。ならば、と勇気を振り絞って電話をしてみたところ、見事に呼びだすことに成功したというわけである。

ユーセイと海に行きたくなったのも、単なる気まぐれではない。

店に行ってもよかったのだが、ユーセイと青い空の下、夏の潮風に吹かれてみれば、いつもよりもっと心が浄化されるのではないか、と思ったのだ。

ユーセイにはちょっと申し訳ないけれど、そう思うに至った背景には剣持という男が存在している。

瑠依は近ごろ思い悩んでいた。剣持と仲よくなりすぎていることに……。

仲よくという言い方は適切ではないかもしれないが、とにかく、想定外に彼に嵌まってしまっていることに対して、不安や危機感を覚えていた。

一回こっきりの援助交際だろうが、継続的な愛人契約を結ぼうが、彼と会っている最大の目的はお金である。

体を売って、推しに貢ぐ。推しへの思いの強さを確認するため、あえて傷つくようなことでお金を稼いでみる——そういうつもりだったのに、いつの間にか剣持に会う日を心待ちにしている自分がいた。

剣持とは週に一回、木曜日に会うことにした。前回会ったのが木曜日だったので、また一週間後に会いましょうということになっただけで、木曜日ということにたいした意味はない。あるとすれば、既婚者である瑠依のために週末にはしなかったことくらいだろうが、どうだっていい。

金曜日も土曜日も日曜日も、剣持に会いたくてしかたがなかった。連絡すれば会ってもらえそうな気がしたが、やめておいた。幸いというべきか、生理が来た。これではセックスができないと思うと、さすがに連絡する気にはなれなかった。

そして、今日は月曜日。生理はほぼ終わった。にもかかわらず、次の木曜日まであと三日もある。瑠依は気が遠くなりそうになった。

家事がまったく手につかず、食器棚の食器を片っ端から叩き割ってやりたくなった。なにかがおかしかった。お金を稼ぐために体を差しだしているのに、その相手と会えなくて悶え苦しんでいるなんて、どう考えても異常事態だった。

そこで一度、原点に返ることにしたのだ。

自分にとっていちばん大切なのは、推しに会うこと。そして、その資金を調達するためにこの身を削る。キモいおやじや変態性欲者の狒々《ひひ》爺に抱かれて、穢される。

この順番を間違えてはならない。それをしっかり確認するために、今日はユーセイと店外デートすることにしたのである。

ユーセイには期待している。自分が言いだしたことなのだから、今日は胸がキュンキュンするような一日を過ごさせてほしい。キャラじゃないのでキュンキュンは無理かもしれないが、瑠依はいま、自分にとって誰がいちばん大切なのかはっきりさせておかなくては、不安でしかたがないのである。

推しに会う資金を調達するためにこの身を削る——瑠依の体に月百万円の値段をつけてくれた剣持は、キモおやじでも狒々爺でもなかった。剣持のようなスマートな紳士に出会えたのは、幸運以外のなにものでもないだろう。幸運はありがたく享受するとしても、あまり剣持にのめりこまないほうがいい。

もちろん、放っておいたらのめりこみそうだから、そうやって自己防衛のためのバリアを張ろうとしているのだ、それは自分でもよくわかっている。

剣持はスマートな紳士なだけではなく、セックスがうまかった。少なくとも、瑠依には衝撃的だった。体の相性がいいのか、求めているものが近しいのか、それともやはり、剣持が名人級のテクニシャンなのか……。

一度目もよかったが、二度目に至っては人生観まで揺るがされた。セックスがよすぎる相手と付き合ったことがなかった瑠依は、剣持に心までもっていかれそうになった。それがいちばん不安だし、恐ろしいことだった。

先週の木曜日——。

二日続けて剣持と会ったときのことだ。

セックスのあと、一時間以上もふたりでベッドでまどろんでいた。

彼が与えてくれたオルガスムスに、瑠依は骨抜きにされた。あまつさえ、自分を放棄して恥という恥をさらしきった直後だった。夫や恋人にも見せたことがない醜態を、剣持の前では一から十まで披露した。そんな相手に対し、ビジネスライクに振る舞うことなんてできなかった。

瑠依は猫のように体を丸めて剣持に懐いた。緊縛の痕が残った体を、横からピタッとくっつけた。まるで自分のキャラではなかったが、そうしているだけで安心感を得られる男というものに、初めて出会った。お互いにまだ全裸だったし、情事の余韻も残っていた。恍惚を分かちあった男女だけが醸しだせる親和的な空気が、ふたりの間には流れていた。

たまらなく心地よかった。もう少しで、これは恋の始まりかもしれない、と錯覚してしまうところだった。

「次はどういうセックスをしましょうか？」

剣持が訊ねてこなければ、本当に錯覚していたかもしれない。

彼の関心は、あくまでセックスなのだと思い知らされた。現役の男でなくなる前に、人生最高のセックスがしたい——そういう覚悟で悦楽を求めてさまよっている、性の求道者が剣持という男なのだ。お互いのプライヴェートやパーソナリティに踏みこむことなど、一ミリたりとも望んでいない。

それはそれで潔い態度だと言うしかないだろう。瑠依は自分が恥ずかしくなった。お金をもらっている以上、それも安くない報酬額である以上、仕事に徹しなくては申し訳ないと反省した。

「剣持さんこそ、どういうエッチがお望みなんです？」

瑠依はクスクスと笑いながら訊ねた。我ながらうまく笑えた。

「お金を払っているのは剣持さんなんですから、剣持さんの好きにしてください。わたし、なんでもしますから」

「ありがとう」

剣持はまぶしげに眼を細めて言った。

「でも不思議なんだ……ルイさんのように素敵な女性にそう言われても、自分がなにがしたいのか、具体的なイメージが浮かんでこない」

瑠依は首をかしげた。

「今日だって、是が非でもキミを縛りたかったわけじゃない。一時はずいぶん凝っていたんだけど、最近じゃ縛ることもなかったし……」

「とっても興奮しましたよ」

どういうわけか、眼を見て素直に言えた。

「縛られたのもそうだし、焦らされたのも、言葉責めも、お尻を叩かれたのも……」

「……ならよかった」

逆に剣持が眼をそらした。

「キミに相応しいプレイを考えたんだ。相応しいというか、キミが望んでいる、口にはできないけど求めてやまない、そういうプレイってなんだろうって……まあ、昨日の今日だから、あんなことしか思いつかなかったわけだけど……」

言いながら、どんどん眼つきが遠くなっていった。言葉を切ると、眼をつぶってしばらく黙っていた。暗闇の中で、なにやら思いを巡らしているようだった。

瑠依は瑠依で、剣持の言葉について考えていた。今日されたあれこれが、自分のために用意されたものだと思うと、胸が熱くなった。道理で、誂《あつら》えてもらったドレスのようにこの体にぴったりとフィットしたわけだ。

意地悪なことも変態っぽいこともされたけれど、終わってしまえば嫌なことはひとつもなかった。すべてが瑠依の性感を、ピンポイントで撃ち抜いてきた。わたしってこういうことに感じちゃうんだ――そんな気づきと発見の連続だった。

「なあ……」

剣持が長い沈黙を破って眼を開けた。

「ひとつ提案があるんだが……」

「なんでも言ってください」

瑠依は口角をもちあげて笑った。

「なんていうか、その……誰にでもあるじゃないか？　人には言えないファンタジーってやつが……」

「ファンタジー、ですか？」

「そう、セックスファンタジー。露骨な言い方で申し訳ないけど、オナニーするときの妄想だよ」

瑠依はさすがに言葉を返せなくなった。

「僕だっていい歳だ。女性にそこまで幻想をもっていない。女だってオナニーすることくらい知っている。とくに欲求不満とか、そういうことじゃなくてもね……知りあいの女性に言われたことがあるんだ。寝室にラブグッズを隠していない女なんて、この世にいないって。その人、小学校の校長先生だったけど」

剣持は苦笑したが、瑠依は笑えなかった。わたしは寝室にラブグッズなんて隠してませんけど、と言ってやろうかと思ったがやめておいた。道具を使わないだけで、ほとんど日課のように自慰はしていたから……。

「聞かせてくれないか？」

剣持が顔をのぞきこんできた。

「オナニーするとき、どんなことを妄想しているのか……」

瑠依は眼を泳がせた。たとえ肉体関係がある相手でも、別の男にいまの台詞を言われたとしたら、嫌悪感しか抱かなかったに違いない。

オナニーの妄想――それを告白するなんて、ちょっとあり得ない。

現実に起こったことなら、時間が経てばたいていのことは笑い飛ばせる。酒席での失敗談もそうだし、仕事上でのミステイクもそうだ。

下ネタも例外ではない。あと何年か経てば、「わたし、バックでされながらお尻叩かれちゃったことあるのよ」と、女子会で笑いながら話せる日が来るかもしれない。

しかし……。

オナニーの妄想は笑えない。

少なくとも自分のものは無理だ。欲望が無防備に剝きだしになっている。妄想は経験よりずっと生々しく、人の本性をさらけださせる。

それを開陳するなんて、恥ずかしすぎる罰ゲームだ。それ以上恥ずかしいことの例が、すぐには思いつかないくらいである。

瑠依が困惑顔でうつむいていると、

「ごめん」

剣持が髪を撫でてきた。

「さすがに無神経な質問だった。答えなくていいよ。恥ずかしいよね……」

瑠依の胸はざわめいた。

剣持と初めて会ったのは、まだ昨日のことだ。数日前からメールでやりとりはしていたが、一日前にジャズ喫茶で初めて顔を合わせた。正確には二十七時間前である。

その二十七時間の間に、彼は実にさまざまな顔を見せた。最初は眼つきが猛禽類のように鋭かったし、とにかく笑わない男だった。興奮してくると眼つきがますます険しくなり、赤鬼のようにも見えたものだ。

そうかと思えば、まぶしげに眼を細めて見つめてくれることが、何度かあった。たいていは褒め言葉とセットだった。お世辞でないことが伝わってくるから、瑠依のいちばん好きな表情かもしれない。

しかし、いま髪を撫でている剣持は、その百倍くらい甘い雰囲気を振りまいていた。表情だけではなく、髪を撫でる手つきからしてやさしさに満ちている。

蕩けそうだった。ぎゅっと抱きしめられて「愛してる」とささやかれたら、悶絶死したかもしれない。

だが、彼はセックスの求道者。そんな台詞は決して口にしない。愛だの恋だのではなく、冥土の土産にするための性の悦びだけを、死に物狂いで追い求めている。

そして瑠依は、そういう男に買われた女だった。

となると、自分にできることは……。

「笑ってもらえますか？」

瑠依の言葉に、剣持は首をかしげた。

「そんなことを考えてオナニーしてるんだぁ、馬鹿だなぁ、いやらしいなぁ、って笑い飛ばしてくれるなら、恥を忍んで話してもいいです……」

剣持は驚いたように眼を丸くした。まなじりを決している瑠依と、しばらく黙って見つめあっていた。やがて、ふっと笑い、抱きしめてくれた。単なる感謝の行動とわかっていても、瑠依はうっとりした。彼のために生き恥をさらそう、と覚悟を決めた。

2

午前中のうちに、江の島に着いた。

クルマで湘南に来たのは久々だったが、こんなに近かったっけ？　と驚いた。二子玉川から一時間もかからなかった。

ラパンをコインパーキングに停めると、海岸に向かって歩いた。空は抜けるように青くても、風はじっとりと湿っぽかった。潮風だからだ。肌がベタベタになりそうだったが、海が見えてくるとそんなことはどうでもよくなった。

「うおー、やってきたぜ湘南ーっ！」

ユーセイがタオルをまわしてはしゃぎはじめる。

「マジ、テンションあがりますよね。海ってどうしてこんなに興奮するんでしょうか？　俺、海なし県の群馬出身だからかなぁ」

「群馬だったんだ？」

「言ったじゃないですか。瑠依さんは岡山でしょ」

「そう。海なんて眼と鼻の先よ。まあ、漁港だけどね」

　穏やかな瀬戸内海を見て育ったので、上京後に初めて太平洋を見たときは、その雄大さに息を呑んだものだ。大学一年の夏、九十九里浜でダンスサークルの合宿があった。その夏のうちに、湘南にも訪れている。女子だけの四人グループで、横須賀線に乗って鎌倉へ。鶴岡《つるがおか》八幡宮を参拝し、小町通りでランチを食べて、今度は江ノ電で江ノ島へ。絵に描いたようなおのぼりさんである。

「どうします？　まず水族館に行きますか？　俺、江の島の上まで行ったことないんで、行ってみたいんですよね。エスカーっていうのがあるらしいんですよ。エスカレーターのことみたいですけど、なんでかエスカー」

「いいわよ、まかせる。あなたの好きなところに行きましょう」

　ビーチハットを潮風に飛ばされないように押さえながら、瑠依は言った。

　水族館もエスカーもその上にある展望灯台にも、行ったことがあった。浜焼きや生しらす丼を食べたこともあるし、七里ヶ浜にある海が見えるピザハウスのメニューは、いまでもそらで言えるくらいだ。

湘南初体験こそ女子だけのグループだったが、それ以外は男とふたりで訪れた。友達以上恋人未満のボーイフレンドと一緒だったこともあるし、ずっと年上の男にエスコートされて鎌倉プリンスホテルに泊まったこともある。

東京からちょっとデートで遠出しようというと、まず横浜、そして湘南なのだ。付き合いが深まれば北関東や箱根の温泉というパターンもあるけれど、男が告白を決意している勝負デートや恋愛初期は、圧倒的にそのふたつが多かった。

「なに笑ってるんですか？」

ユーセイが顔をのぞきこんでくる。

「えっ？　なんでもない」

「他の男とデートしたときのこと思いだしてたんでしょ？」

「やーねー、違うわよ」

言いつつも、瑠依の頬はゆるんでいる。恋愛やセックスに振りまわされないで生きてきたつもりでも、思い起こしてみればけっこういろんな男とデートしているものだ。頑張って青春を謳歌しようとしていた過去の自分が微笑ましい。

ユーセイはどうにもエスカーが気になるらしく、まず江の島に続く長い橋を渡った。夏休みにはまだちょっと早いのに、土産物屋が並ぶ仲見世はけっこうな賑わいだった。饅頭や甘酒の看板を見ては、いちいち喜んでいるユーセイがおかしくて、瑠依はクスクス笑いながら坂をのぼっていった。饅頭や甘酒なんて江の島名物でもなんでもなく、群馬にでもあるだろうに……。

エスカーで頂上までのぼると、ユーセイのテンションはマックスになり、

「すげえ、すげえ」

と展望灯台を指差してはしゃぎはじめた。ひとりではしゃいでいるだけならいいのだが、瑠依の手を取って走りだそうとする。キャラじゃない、と思ったが、瑠依は一緒に走りだした。カンカン、カンカン、とミュールを鳴らして……。

いままでデートした男の中にも、観光地に来るとやたらとはしゃぎたがる人がいたが、瑠依は絶対に付き合わなかった。いつだって冷めた眼つきで黙らせていた。

なのに、ユーセイが相手だと自然とはしゃげてしまうから不思議だった。

便宜上デートと言っているけれど、これはデートではないからだろう。男と女が距離を近づけるために行う、儀式や共同作業ではない。ユーセイは恋人候補でもなんでもなく、言ってみれば、遊園地やテーマパークにいるマスコットの着ぐるみのようなものだった。マスコットに冷めた視線を向けるのは、いくらなんでも大人げないだろう。

とはいえ、はしゃいでみたらはしゃいでみたで意外なほど楽しかったから、ユーセイには感謝しなければならなかった。十代でさえ味わったことのないような甘酸っぱい気分がこみあげてきて、気がつけば笑いがとまらなくなっていた。

ただ……。

自分たちがまわりからどう見られているのかを考えると、笑顔に翳りが差しそうだった。瑠依の今日の装いは、赤いギンガムチェックのブラウスに白い七分丈のパンツ、足元は身長差が出ないように踵の低いミュールである。

全体的に甘めのコーディネイトだが、それでも恋人同士には見えないだろう。パッと見、歳の離れた姉と弟。あるいは、田舎から出てきた縁者の男の子を案内している、親戚のおばさん……。

だが、それでいい。

瑠依はユーセイに釣りあう女になりたいわけではない。ただ一緒にいて、心を浄化してほしいだけなのだから……。

エスカーにはのぼりしかないから、帰りは自力で下までおりていかなければならなかった。ユーセイに手を引かれて走っていたときから、嫌な予感はしていた。ミュールがちょっと小さめなので、足の小指がズキズキ痛む。たぶん皮が剝けている。

それでも文句を言わずに海際までおりた。浜焼きに舌鼓を打ち、水族館でクラゲを眺め、片瀬西浜から鵠沼《くげぬま》方面に向かって海岸を散歩した。

もう夕暮れが近かった。先ほどまで目障りなほどたくさんいたサーファーも、ずいぶんと数が減ってきた。

ユーセイはさすがにはしゃぎ疲れたのか、それとも楽しかった一日が終わってしまうことに拗ねているのか、うつむいて砂を蹴るように歩いていた。珍しくむっつりしているので、会話もしばらく途切れたままだ。

しかたないな、と瑠依は胸底でつぶやいた。瑠依としては、これで今日という日が終わっても充分に満足だった。しかし、ユーセイが名残惜しく思っているのなら、この絵日記じみた時間をもう少しだけ延長してもいい。

浜焼きを食べているあたりから、瑠依はビールが飲みたくてしようがなかった。ハンドルキーパーのユーセイが飲めないので我慢したが、東京に戻ってからちょっと高級な焼肉屋に行き、キンキンに冷えたビールを思いきり喉に流しこんだら、一日を締めくくる最高のエンディングになるのではないだろうか？

「ねえ……」

声が重なった。お互い同じタイミングで話しかけようとしたのだ。気が合うな、と胸底で笑みをもらす。

「なによ?」

「瑠依さんからどうぞ」

「いいわよ、そっちが先で」

しばらく譲りあっていたが、

「俺の話、ちょっと重いですけど、それでもいいですか?」

ユーセイは妙に思いつめた顔で言った。

「いいよ。なんでも言ってごらん」

「実は俺……ホストをやめようと思いまして」

瑠依は棒を呑みこんだような顔になった。重いという次元の話ではなかった。ユーセイがホストをやめたら、会う術がなくなってしまう。心を浄化できなくなる。

「三カ月頑張ってみたんですけど、全然指名とれないし……向いてないなって、つくづく思い知らされたんで……」

瑠依には、ホストに向いている男というのが、どういうタイプなのかうまくイメージできなかった。〈スターランド〉でナンバー上位のホストを、店内で見かけたことはある。カッコいいことはカッコよかったが、いかにも自信に満ちていた。自信のある人間は魅力的だし、輝いて見えるとも思う。とくに男の場合は……。

とはいえ、純粋にルックスだけなら、ユーセイも負けていない。好みの部分も大きいかもしれないが、掛け値なしにそう思う。となると、足りていないのは気配りとかトーク術とか女を夢中にする色気、だろうか？

色気はない。それはわかる。ただ、気配りとかトーク術は、磨けばなんとかなるのではないだろうか？　ユーセイと話していて、瑠依はストレスを感じたことがない。若い男が女と話すときの、妙に構えたり、格好をつける感じがないからだ。女ばかりの家庭で育ったと言っていたから、そのせいかもしれないが……。

「ちょっと座らない？」

はーっと息を吐きだしてから、瑠依はその場に座りこんだ。ベンチもなにもない、ただの砂の上である。足の小指が痛くても頑張って歩いていたのに、すべての気力を奪われた感じだった。

「あっちに階段がありますけど……」

ユーセイが言ったが、瑠依は無視して動かなかった。もう一歩も歩きたくなかった。ユーセイがしかたなさそうに隣に腰をおろす。

お互いに、しばらく黙っていた。寄せては返す波の音だけが、繰り返し繰り返し耳に届く。その音に流されるように、浜辺にいる人間が去っていった。日暮れがすぐそこまで迫っているからだ。伊豆半島の向こうの空がピンクとオレンジに染まっている。

「ホストやめてどうするのよ？」

瑠依は横顔を向けたまま訊ねた。

「田舎に帰るわけ？　海なし県に」

「いえ……知りあいが六本木のイタリアンレストランでウエイターやってて、そこの厨房で見習いを募集してるっていうから……」

「今度はコックさんを目指すんだ？　ホストの仕事を三カ月で投げだしちゃうような根性なしに、厨房のきつーい修業が勤まるかしらね」

ユーセイが黙りこんでしまう。

「あのう……」

「なによ？」

「なんで怒ってるんですか？」

「べつに怒ってないわよ。チャラい生き方だなって呆れてるだけ」

「俺、ホストには向いてませんでしたけど、〈スターランド〉で働かせてもらってよかったと思ってます」

「へええ……」

「瑠依さんと知りあえたし……」

「お世辞を言っても、ホストやめるんじゃ、もうドンペリおろしてもらえないね」

「付き合ってもらえませんか？」

「はっ？」

驚いてユーセイを見た。いまにも泣きだしそうな顔をこちらに向けていた。雨の夜に捨てられた、びしょ濡れの仔犬みたいだった。

「付き合ってください」

「わたし二十九歳で既婚者なんですけど」

「知ってます」

「付き合えるわけないでしょ」

「好きなんです！」

手を握られた。反射的に振り払えなかったのは、昼間何度も握られたせいだった。腕は細いくせに力が強い。痛いくらいだ。

「……放して」

　地を這うような低い声で言った。冷めた眼で睨んでもいたが、それがユーセイに見えているかどうかは定かではなかった。日が暮れて、あたりは闇に包まれようとしていた。海では夜の足が早い。暗くなりはじめると、真っ暗になるまであっという間だ。夜が更けるほどに地上の星がギラギラと輝きだす、新宿歌舞伎町とはわけが違う。

「瑠依さんっ！」

　ユーセイが抱きついてきて、砂の上に押し倒された。瑠依はびっくりしてしまった。いくらあたりが暗くなったとはいえ、ここは片田舎の名もない海岸ではない。何度となく流行歌にも歌われている、日本有数の観光地である。闇の向こうに人の気配がする。人影が見えなくなったからといって、決して誰もいなくなったわけではない。

「ちょっといい加減にしなさい、怒るわよ」

　声を尖らせても、ユーセイは瑠依の体を放そうとしなかった。むしろ、ますます強く抱きしめてくる。

　そういう状況になってみると、ユーセイが見た目以上に華奢であることが伝わってきた。身長は同じくらいでも、彼のほうが体重が軽いのではないかとさえ思う。男に抱きしめられているというより、なんだか子供にしがみつかれているような感覚だったので、瑠依は困り果ててしまった。

3

熱いシャワーで汗を流した。

セックスの前に女がシャワーを浴びることを嫌がる男をひとり知っているが、夏の最中、一日中歩きまわった体は汗と潮でべたついていた。このコンディションなら、たとえ彼が相手でもバスルームにこもっただろう。

おまけに生理明けだ。足元に流れていくお湯に、血は混じっていなかった。生理は完全に終わったようだったが……。

バスルームを出ると、下着は着けずに備えつけのバスローブを着た。色は子供じみたパステルピンクだし、生地はペラペラで安っぽさに舌打ちしたくなる。

部屋に戻ると、

「どうぞー」

ユーセイに声をかけた。瑠依と入れ替わりに、そそくさとバスルームに入っていく。

「……ふうっ」

叩けば埃が舞いそうなソファに腰をおろした。皮の剝けている足の小指がひりひりしたが、フロントに電話をしても絆創膏を持ってきてくれるとは思えない。

ここは江の島に近い場所にあるラブホテル――コインパーキングからラパンを出して、三分と走らないうちに看板が見えた。「入って」とユーセイに言った。

「ここ、駐車場ないみたいですよ……」

しかたなく、元のコインパーキングに戻った。徒歩であらためて辿りついたホテルはひどく古ぼけた建物で、とても快適な部屋は望めそうになかったが、もうどうだってよかった。

先ほど、暗い砂浜でしがみついてきたユーセイに、瑠依は言った。

「ここじゃいや。ホテルに行きましょう」

頭に血が昇っている男を落ちつかせるための方便ではなかった。付き合うことはできないけれど、ユーセイが望むならこの体を自由にさせてもべつによかった。

ユーセイは勃起していた。ことさら股間を押しつけられたわけではないが、しがみつかれていたのでさすがにわかった。

瑠依はしらけてしまった。セックスが始まる五分前というこの状況に身を置いてなお、完全にしらけきっている。

要するに、ユーセイもただの生身の男だったわけだ。アニメの主人公でも、遊園地のマスコットでもなく、女を求める本能をもち、射精をしたがる……。

もちろん、それは意地の悪い言い方だろう。

ユーセイは最初から生身の男であり、アニメの主人公でも、遊園地のマスコットでもなかった。そうであってほしいと願い、生身のユーセイと向きあおうとしなかったのは、他ならぬ瑠依のほうなのだ。

ホストクラブとは、そういうことが可能な場所であると自分勝手に思っていたし、いままでも思っている。馬鹿高い料金をとるのだから、生身や現実のことなど忘れさせてほしいと、心の底から願ってやまない。

（……さすがの美形も着こなすのは無理ね）

バスルームから出てきたユーセイは、瑠依と揃いの安っぽいバスローブを着ていた。男物の色はパステルブルーだったが、可哀相になるほどみすぼらしい。

所在がなさそうにしているので、手招きして呼んだ。ユーセイは近づいてきたが、ソファの隣に座らなかった。脚を組んで座っている瑠依の傍らで、やはり所在なげに立っている。まるで口うるさい女教師と出来の悪い男子生徒のような図だったが、瑠依はかまわず訊ねた。

「あんたさ、そもそもどうしてホストになろうと思ったの？」

ユーセイは曖昧に首をかしげた。

「夢とかなかったわけ？　たくさん稼いでベンツに乗りたいとか、バーニーズで服を買いまくりたいとか、高層マンションに住んでみたいとか……」

「そりゃあ、できればそうしたかったですよ……」

「諦めてもいいんだ？」

「だって……向いてないし……」

拗ねたように答えるユーセイは、要するにいまどきの若者だった。歯を食いしばって夢を叶えようとするより、面倒なあれこれを全力で回避しようとする……ホストクラブからレストランに職場を変えたところで、どうせすぐにやめてしまうだろうと思うと、意見をする気も失せていく。

「瑠依さん、もっと頑張ってホストを続けたほうがいいって、そう思うんですか？」

「べつに。あんたの人生でしょ」

「じゃあ、どうしてそういうこと……」

「いい？　よく聞いて」

瑠依は背筋を伸ばし、ユーセイをまっすぐに見つめた。

「あなたがホストを続けるなら、いままで以上にお店に通ってあげる。ナンバーワンにするのは難しいかもしれないけど、わたしがあなたのエースになる。シャンパンタワーとか？

そういうのやったっていい」

そこまでどっぷりホスクラ遊びに嵌まってしまえば、月百万の愛人手当だけではとてもまかないきれないだろう。もっと稼ぐ必要がある。いよいよキモおやじや狒々爺にこの体を差しださなければならないだろうが、それでいい。

とうに覚悟は決まっていた。剣持のような男と出会ったのがイレギュラーで、本当はこの身を穢すために援助交際に足を踏みだしたのだ。

「でもね、ホストやめるなら、あなたとは二度と会わないよ」

ユーセイはハッとして瑠依を見た。

「じゃあ、なんでこんなところに誘ったんですか？」

「二度と会わないかわりに、寝てあげようと思っただけ。手切れ金みたいなものね」

「ホストを続けるなら……」

「シャンパンタワー」

「エッチは？」

「なしよ。あなた、枕営業はしないんでしょ」

「でも瑠依さんなら……」

「わたし、枕するようなホスト、大っ嫌い」

視線と視線がぶつかった。

「つまり……」

ユーセイはゆっくりと息を吸い、時間をかけて吐きだした。

「シャンパンタワーでエッチなしか、今日でお別れでエッチするか、どっちか選べってことですね？」

「よくできました」

「俺……」

不意にユーセイの顔がクシャッと崩れた。悲しげに笑っている。

「瑠依さんがなに考えているのか、全然わかんないんですけど……」

「わたしはいままでの関係が心地よかったの。指名がとれないからホストやめるんでしょ？　だったら、わたしが頑張ってお金遣って、そのぶん埋めあわせるって言ってるだけ」

「……やっぱよくわかんない」

ユーセイは力なく首を振ると、冷蔵庫のほうにトボトボと歩いていき、扉を開けた。中は自動販売機のような仕組みになっていた。ユーセイは自分の財布から百円玉を何枚か出し、缶酎ハイを二本買った。

「飲みませんか？」

一本渡してきたので、瑠依は受けとった。どうせならビールがよかったが、文句は言うまい。ユーセイからお酒をご馳走になるのは初めてだった。財布を見たのさえ初めてだ。

ユーセイがプルタブを開けたので、瑠依も倣った。お互いに仏頂面のまま、缶を合わせて乾杯する。ユーセイは立ったまま缶酎ハイを呷った。

「俺、ホストやめます……もう決めたことだから……」

「……そう」

「でも、エッチはしなくていいです。今日でお別れなら、してもしょうがないし」

瑠依も缶酎ハイを飲んだ。人工甘味料のたっぷり入ったレモン味の缶酎ハイが、こんなにも苦く感じられるなんてびっくりだ。

「ってゆーか、あんたお酒飲んじゃっていいの？　クルマどうするのよ？」

「ここに泊まっていきますけど……」

それがなにか？　という顔でユーセイは答えた。

「申し訳ないですけど、瑠依さんは電車で帰ってください。まだ時間早いし、大丈夫ですよね？」

「……うん」

時刻は午後八時を少し過ぎたところだった。電車は余裕であるが、遠い二子玉川までひとりで乗って帰るのかと思うと、気分が重くなっていく。

いや、それ以前に動揺していた。「今日でお別れなら、してもしょうがないし」というユーセイの言葉が、棘のように胸に刺さって抜けない。

ずいぶんあっさり引きさがるじゃないか、と思った。先ほどは強引にしがみついてきて、勃起までしていたのに……。

ユーセイが瑠依のことをわからないと言うように、瑠依もユーセイのことがわかっていないのかもしれなかった。ずっと年上で既婚者である自分と、彼は付き合いたいらしい。理解できない……。

「よーし、飲むぞ」

ユーセイは飲み干した酎ハイの缶をベコッと潰してゴミ箱に放り投げると、冷蔵庫から新しい缶酎ハイを抜いた。

「わたしにもちょうだい」

瑠依が空になった缶を振って見せると、

「帰らないんですか？」

ユーセイは眉をひそめた。

「心身ともに疲れ果てちゃったの。お酒飲んで元気出さないと帰れない」

「こっちは失恋の自棄《やけ》酒なのに？」

恨みがましく口を尖らせたので、

「じゃあいい、自分で買う」

瑠依はソファから立ちあがると、自分の財布から百円玉を出して缶酎ハイを買った。

（失恋か……）

二本目の缶酎ハイを飲みながら、その言葉を嚙みしめた。好意を抱いている相手に振り向いてもらえないことを、人は失恋と呼ぶ。恋人が心変わりしてしまい、不本意な別れを押しつけられるのもそうだ。瑠依にも経験がある。つらさや苦しさはよくわかる。

だが……。

それではいったい、推しを失う悲しみをなんと呼んだらいいのだろうか？「ユーセイ・ロス」だろうか？　人気の高いドラマやアニメが最終回を迎えたとき、そういう言葉がメディアを飛びかう。

ずいぶんと軽い。

いまこの胸にある悲しみを、そんな言葉では到底言い表せない。

ユーセイが二次元の住人ではないからだろうか？　いくらそういうふうに見ようと思っても、彼は間違いなく、自分と同じこの現実を生きている。

4

自動販売機式の冷蔵庫には、缶酎ハイが四本しか入っていなかった。ふたりで二本ずつ飲むとなくなってしまい、残っているのは缶ビールとソフトドリンクだけだった。

酎ハイを飲んでからビールに変えるのもなんだか違う気がして、瑠依はフロントに電話をした。歌舞伎町のラブホテルと違い、気の利いたワインなんて置いていなかった。缶酎ハイの追加を頼むと、冷えていないものが届いた。氷とグラスを一緒に届けてくれたのは、気が利いているのかいないのか……。

「俺、子供のときから年上の女の人に囲まれて育ったんですよ……」

ユーセイが問わず語りに話を始める。彼はベッドの上で涅槃仏《ねはんぶつ》のように横たわり、瑠依はソファで脚を伸ばしていた。ベッドとソファの距離は、一メートルくらいだろうか。その距離感が心地よかった。顔はよく見えるし、声もしっかり聞こえるけれど、手を伸ばしても届かない。

「ねえちゃんがふたりいたし、かあちゃんの妹も同居してたし、小学校から高校までほとんどの担任が女の先生。でも、憧れたこととか一回もなかったなあ。あっ、ねえちゃんたちの名誉のために言いますけど、ふたりとも美人ですげえモテるんですよ。友達にはさんざん羨ましがられましたけど、俺はべつになんとも……」

「そりゃそうでしょうよ」

瑠依は冷たく笑った。実の姉に異性を感じるほうが大問題だ。ユーセイと血が繋がっているのだから、きっと超絶美形のお姉さんたちなのだろうが……。

「だから、年上の女の人を好きになるとか、自分にはないだろうと思ってたんですけど……瑠依さんは全然タイプが違ったから、惹きつけられたんでしょうね。垢抜けているっていうか……」

「わたし、岡山よ」

「でも、東京長いんでしょ？」

「十一年になるのかな」

「俺の中だと、もう完璧に都会の女ですよ。なんて言うんでしたっけ？　ええーっと、うーん……あっ、ソフィスティケイテッド・レディ」

「そんなふうに言われたことないなあ……」

言われたことはなかったが、言われたら嬉しかった。

「それでいて、なんか可愛いところを隠しもってる感じがするんですよねえ。ミステリアスのドラまで乗っちゃってますよ」

どこがどのように垢抜けて見えるのか、なにをもって可愛らしさを隠しもっていると思うのか、根掘り葉掘り訊ねてみたかった。やめておいたのは、自分のことよりユーセイの話を聞きたかったからだ。

ホストクラブという空間にいるとき、プライヴェートな質問はなるべくしないよう心掛けていた。それが当然のマナーだと思っていたからだが、ラブホテルの部屋で寝転んで缶酎ハイを飲みながらであれば、なにを訊いてもかまわないだろう。彼と会うのは今日で最後になることだし、多少の無礼は許してほしい。

「じゃあさユーセイ、田舎にいたときは、年下の彼女と付き合ってたわけ？」

「へっ？」

ユーセイはキョトンとした顔をした。

「いたんでしょ、彼女？」

瑠依が追い打ちをかけると、

「どうですかねえ……」

ユーセイは苦笑いを浮かべて首をかしげた。そんなふうにとぼける彼を初めて見た。つまり、とぼけるのが下手だった。

「白状しなさいよ」

瑠依は酎ハイのグラスを持ったまま立ちあがった。ふらふらとベッドに近づいていって、ユーセイの隣にダイブした。体はぶつからなかったし、お酒もこぼさなかったが、ユーセイは驚いて眼を丸くしている。瑠依は酔っていた。もう缶酎ハイも五本目だ。

「ねえ、聞かせて……」

酔いでトロンとした眼で見つめる。

「綺麗な話だけでいい。二股三股をかけてたとか、そういう話は聞きたくない」

「どういう濡れ衣なんですか？　してませんよ、そんなこと」

「じゃあ、どんな子と付き合ってたの？」

「付き合ってません」

「いいから、もう白状しなさい。わたしたちが会うの、今日で最後よ。今後追及される心配もないから安心して」

「付き合ってませんってば」

ユーセイが頑なにとぼけるので、瑠依はイラッとした。酎ハイのグラスを枕元に置くと、ユーセイの顔に両手を伸ばし、双頬の肉をつまんだ。思っていたよりずっと柔らかく、搗《つ》きたての餅のように伸びたので、笑ってしまいそうになる。

「こんな綺麗な顔してるのに、彼女がいないわけないでしょ。初体験はいつ？　東京来るまでに何人とした？　五人までなら許してあげるから言ってごらん」

ユーセイは答えなかった。驚いたことに、瑠依の頰をつまみ返してきた。涙眼で睨みながら、上ずった声で言った。

「童貞なんですよ」

瑠依は言葉を返せなかった。嘘をついているように見えなかったからだ。

「好きな子がいなかったわけじゃないけど、告白してもフラれてばっかり。ユーセイは女みたいだから好きじゃないって。ナヨナヨしてて気持ち悪いって……」

若い女の子は残酷だ。相手が傷つくことをわざと言う。大人の女である瑠依の眼には中性的で美しく見える容姿も、欠点ばかりが眼につくのかもしれないが……。

「白状しましたから、手を離してもらっていいですか？」

瑠依がつまんでいた頰から手を離すと、ユーセイも離した。寝返りを打ち、こちらに背中を向けて胎児のように体を丸めた。

にわかに重苦しい空気になってしまい、

「……ごめん」

瑠依は神妙な声で言った。

「からかうつもりじゃ、なかったのよ……」

「嘘だ」

「えっ？」

「瑠依さん、俺が童貞なこと知ってたでしょ？」

「知らないわよ。なに言ってるの？」

「でも、一度同じテーブルについてくれた先輩が言ってましたよ。あの女は童貞ハンターだから気をつけろって。おまえ狙われてるぞって」

「なっ、なんなのそれっ……ちょっとこっち向きなさいっ！」

瑠依はユーセイの肩をつかみ、振り向かせた。ユーセイはまだ眼に涙をためていて、恨みがましく睨んできた。やはり、嘘をついているようには見えないが……。

「童貞ハンターは、雰囲気とか匂いで、童貞かどうか見抜けるんでしょ？」

「はあ？」

「デートをいったん断ったくせに、突然行こうなんて言いだしたのも、経験値の少ない俺を翻弄するためですよね？　面白かったですか？」

あまりの誤解の深さに、反論する気力も潰える。だいたい、童貞ハンターとはいったいなんなのだ？　経験のない男にセックスを教えるのが好きな女か？　馬鹿馬鹿しい。瑠依はいまままで、童貞の男と寝たこともない。

だが……。

そんなふうに思われてしまう心あたりが、ないわけではなかった。

たとえば、ユーセイには色気がない。線が細い中性的な容姿をしているせいだけではなく、もっと根本的に男らしさが欠落しているように見える。セックスの経験がないからだと言われれば、なるほどと膝を叩きたくなるが、瑠依はそういうところを積極的に愛でてきた。アニメの主人公みたいだと……。

「でもさ……」

瑠依は遠慮がちに声をかけた。

「わたしが童貞ハンターだったら、もうとっくにセックスしていると思わない？　ふたりともシャワー浴びて、こんなペラペラのバスローブ着て……」

「焦らして楽しんでるんでしょう？」

瑠依はふーっと深い溜息をついた。

「わかった、もういい。わたし帰るね……」

ベッドをおりる前に、傷つけてしまったお詫びと、楽しかった時間のお礼を言いたかったけれど、言葉にならなかった。

黙したままベッドからおりようとすると、ユーセイが後ろから抱きついてきた。

「帰らないで……」

上ずりきった声が、胸に嵐を起こす。

「童貞ハンターでもいいから、俺、瑠依さんとエッチしたい……」

ユーセイが嗚咽をもらしはじめたので、瑠依はしばらくの間、そのまま動けなかった。

5

「わたし……童貞ハンターじゃないよ……」

ウエストにまわってきているユーセイの手に、瑠依はそっと触れた。

「それだけは信じてほしいけど……ユーセイの童貞なら、もらってあげてもいい。もらってほしい？」

ユーセイは瑠依の背中に顔を押しつけていた。嗚咽をもらしながらうなずいているのが、伝わってくる。

「泣いてちゃエッチできないでしょ」

振り返り、ユーセイの体をあお向けに横たえる。自分は正座してユーセイの顔を上から見下ろし、涙のあとを指で拭ってやる。

視線が合うと、胸の中の嵐は風速五〇メートルのハリケーンになった。

推しと寝ることを、瑠依は本当に考えたことがなかった。

ホストクラブに行く女は、結局のところ枕営業を期待している——そんな記事をネットニュースで読んだことがあるが、とんでもない勘違いだ。少なくとも瑠依は、小指の先ほども枕営業なんて期待したことがない。ユーセイにはむしろ、そういうことからもっとも遠い存在でいてほしい。セックスを感じさせない男だからこそ、彼は瑠依の推しになった。

そのユーセイと寝る……。

おまけに彼は、セックスの経験がないという。瑠依は童貞の男と寝たことがないし、基本的には自分がリードすることも得意ではない。例外は夫だが、あれにしたって、彼がそうしてほしいというから付き合っただけだ。

目の前に並んだハードルが多すぎて、気が遠くなりそうになる。

しかも、失敗は許されない。これがユーセイの初体験となるわけだから、できるだけいい思い出にしてあげたい。最初の女としてずっと忘れないでほしいとか、そこまで図々しいことは考えないけれど、残念な思い出の当事者になるのはつらい。

ユーセイを見た。

ようやく泣きやんだようだった。涙眼で固唾を呑み、こちらの出方をうかがっている。

瑠依はどうすればいいか迷っていた。夫を相手にするときのように、こちらが一方的に愛撫をして、騎乗位で合体するのがいちばん簡単そうだったが、気が進まない。そういうセックスに甘んじている夫のことを、尊敬することができないからだ。

「しょ、正直に言うね……」

震える声をユーセイに投げた。

「わたし……どうしていいか……わかんないんだけど……」

「俺が相手だと、その気になりませんか？」

「……そうかも」

ユーセイは一瞬悲しそうな顔をしたが、ふっと笑って両手を伸ばしてきた。わけがわからないまま、瑠依も両手を伸ばした。腕をつかまれ、強い力で引き寄せられた。

「えっ？　ちょっ……まっ……」

なす術もなく、あお向けになったユーセイに覆い被さる格好になった。バランスをとるために馬乗りになると、下からぎゅっと抱きしめられた。息がとまった。暗い砂浜でされたときは子供がしがみついてきたようだったが、今度はきちんとハグだった。

「じゃあ……こうしているだけでいいです」

耳元でユーセイがささやいた。目頭が熱くなりそうになり、瑠依はあわてて涙をこらえた。まったく生意気なやつだ。童貞のくせに、ずっと年上の女を泣かせるようなことを言うなんて……。

いや……。

童貞だから、なのかもしれない。セックスの熱狂を、自慰とは異次元の満足感を知らないからこそ、ユーセイはこんなにもやさしいのだ。

その清らかさが、まぶしかった。ユーセイのことが、愛おしくてたまらなくなった。胸に沸きたつ熱い思いを感じながら、急に恥ずかしくなってきた。このラブホテルに備えつけのバスローブはペラペラで、しかも、瑠依は下着を着けていない。

少年のように薄いユーセイの胸板に、ブラジャーに保護されていない乳房が押しつけられていた。下からハグされているのだから、逃れようがない。果実のように丸々としている隆起が、平らになりそうなくらいだった。その存在を意識していないはずはないのに、ユーセイはなにも言わない。触ってもこない。

恥ずかしさのレベルが、一段階アップした。

乳首が熱く疼きだしたからだ。コリコリに硬くなって、それをユーセイに気づかれているような気がしてしようがなかった。

彼はどこまでも清らかなのに、いやらしくて淫らな自分にがっかりした。セックスを知っているからだ、と言い訳したかった。セックスには、この世に生まれてきた悦びのすべてが詰まっている。そのことを、瑠依はつい最近になって知った。ユーセイにも教えてあげたい。自分に剣持のような手練手管がないことが、もどかしくてしかたがない。

——素直になれよ。

耳元であの男が言った気がした。

——手練手管なんて関係ない。素直になれば全部解決する。

瑠依はその言葉にすがりついた。幻聴に決まっているのに、すがりつかずにはいられなかった。顔をあげて、ユーセイと視線を合わせた。

「手、離して」

ユーセイはわけがわからないという顔をしたが、抱擁をゆるめてくれた。瑠依は彼に馬乗りになったまま、上体を起こした。

「はっ、裸、見てもらってもいいかな？」

ユーセイの顔がこわばる。

「恥ずかしいけど……見てほしい……いいよね？」

ユーセイは顔をこわばらせるばかりでうなずきもしなかったが、瑠依はバスローブのボタンをはずしはじめた。安物のバスローブはボタンの数もケチッており、三つはずすと前が全開になった。瑠依は袖から腕を抜き、バスローブを脱ぎ捨てた。

ユーセイの視線は定まらなかった。瑠依の顔を見ているのだが、すぐに黒眼が泳ぎだして乳房に向かう。視線を感じ、乳首が疼く。見たかったらもっとまじまじ見ればいいのに、今度は下腹の黒い茂みに視線は移る。二十九歳でも垂れることなく張りつめている乳房はそれなりに自信があるが、濃すぎる陰毛はコンプレックスだ。

顔が燃えるように熱くなっていった。早くも紅潮しているような気がして恥ずかしい。馬乗りの体勢をやめ、ベッドの上で体育座りになった。

「ユーセイの裸も見せてよ」

「えっ……」

「いいでしょ、わたしも裸なんだから」

「……じゃないですか」

「はっ？　聞こえない」

「瑠依さんはスタイル抜群じゃないですか」

「あんた、裸にならないでエッチするつもりだったわけ？」

「……わかりましたよ」

眼を合わせずにボソッと言うと、上体を起こしてバスローブを脱いだ。予想以上に痩せていた。肩にも腕にも胸にも、筋肉の隆起が見当たらない。骨格の標本を彷彿とさせる。

だが一箇所だけ、筋肉がパンパンに張りつめているところがあった。ペニスである。そこだけが、まるで別の生き物のようだった。勃起した姿がちょっとグロテスクで、正視するのが怖くなるほどの男らしさが漂っている。剣持と変わらないくらい長大なサイズにも驚いたが、体全体が華奢なので巨根感がすごい。

「隠さないでよ」

ユーセイが背中を向けたので、後ろから肩を押した。

「じゃあ、瑠依さんも隠さないでくださいよ」

振り返り、横眼で睨んでくる。体育座りで両膝を抱えている瑠依は、乳房も股間の茂みもしっかりと隠していた。

「じゃあ見せっこね」

心臓が暴れまわっていたが、瑠依は不敵に笑ってみせた。自分の負けず嫌いな性格に辟易しながら、両脚を伸ばしていく。ふたつの胸のふくらみは露わになったが、ユーセイは不満そうだ。女の体の構造上、座って脚を伸ばした状態では、性器は見えない。剛毛すぎるのが悩みの陰毛は見えているが、そのせいもあって性器は完全に隠れている。

「もっと見たい？」

甘い声でささやいた瑠依は、視界が濡れていることに気づいた。欲情の涙だと思うと、頬がゆるんだ。自分はいま、推しに欲情しているらしい。それをごく自然に受け入れていることが、なんだかおかしい。

「笑わないでくださいよ」

ユーセイが泣きそうな顔で睨んでくる。

「どうせ小さいチンチンだって思ってるんでしょう？」

全然逆よ、と瑠依は胸底でつぶやくと、ゆっくりと両脚を開いていった。ユーセイの視線を感じながら、両脚をM字にひろげて女の花をさらけだした。

「わたし、濡れてる？」

ユーセイは首をかしげた。陰毛が濃いので、それに隠れて花びらがよく見えないのかもしれない。

右手を股間に伸ばし、人差し指と中指を割れ目に添えて、ひろげた。

「どう？」

ユーセイが泣きそうな顔でうなずく。

「ピカピカしてます」

「ユーセイのオチンチン見て、興奮したからだよ」

困った顔で眼を泳がせる。

「責任とってよ」

「……どうすればいいですか？」

自信なげな上目遣いを向けてくるユーセイに、瑠依は手招きした。両脚をひろげたまま、あお向けに倒れた。ユーセイが四つん這いで近づいてくる。瑠依に上体を覆い被せる体勢になり、息のかかる距離まで顔と顔が接近した。

「キスして」

精いっぱいの素直さで、ユーセイに求めた。ユーセイの唇が、瑠依の唇に触れた。ほんの一瞬だった。ユーセイはすぐに唇を離し、悪戯が見つかった子供のような顔をした。

瑠依も困惑していた。缶酎ハイの味がするだろうと思っていたキスは、人工甘味料よりずっと甘酸っぱい味がした。

「もっとたくさんして……」

瑠依はユーセイの頭を抱きしめた。

「唇だけじゃなくて、体中にキスして……お願い……たくさんキスしてほしい……」

胸のふくらみにユーセイの顔を沈めて身をよじる。その体勢ではどこにもキスなどできそうになかったが、抱擁をとく気にはなれない。
ふたりの長い夜はまだ始まったばかりだから……。

第五章　ラストダンス

1

眼を覚ますと、自宅の寝室にもかかわらず一瞬どこだかわからなかった。

アラームをセットしていないので、混乱してしまったのかもしれない。病に伏せっているわけでもないのに、このところ起床時間を決めずに床についている。

隣のベッドは空だった。

夫と別居しはじめて、すでに十日が経過している。淋しい、という感覚はなかった。無駄だな、と思う。このマンションの部屋は2LDK、七十二平米ある。夫婦ふたりが充分に暮らせるスペースを、ひとりで使っているのはもったいない。

きっかけは朝帰りだった。いや、昼帰りと言ったほうが正確だろうか。ユーセイと江の島のラブホテルに泊まり、帰宅したのは正午に近かった。

夫は会社を休んで、瑠依の帰宅を待っていた。仕事が生き甲斐の男が、会社を休むなんて思っていなかった。妻の無断外泊に、ずいぶんとショックを受けているようだった。

浮気公認を口にしつつも、それに耐えられるほど強いメンタルを、彼はもちあわせていなかったのだ。それも裏に隠れてコソコソやっているのではなく、堂々の昼帰り。もしかすると、瑠依が本当に浮気をするとは思っていなかったのかもしれないが、だとしたら女を甘く見すぎである。

「しばらく別居してお互いに頭を冷やそう」

昼帰りの翌日、夫はそう言って家から出ていった。見るからに憔悴しきっていたが、都内にある実家に戻るようなので健康面の心配はしなかった。

ただ、このまま離婚になるだろうと覚悟した。お互い頭を冷やしたところで、セックスレスが解決するとは思えない。妻の浮気によって傷ついた夫のナイーブな神経が、早々に回復することもないだろう。

今回の一件で、夫の打たれ弱さが無残なまでに露見した。だが、考えてみれば打たれ弱くて当然なのだ。小学校から名門私立に通い、基本的にずっと勝ち組として生きてきた人なので、負け方がわからないのである。

離婚を覚悟しても、瑠依に動揺はなかった。我ながら冷たい女だと思うが、夫に対する罪悪感さえ皆無だった。人として嫌いになったわけではないけれど、愛は跡形もなく消えていた。いや、そんなものは最初からなかったのかもしれない。

夫が悪いわけではない。

瑠依に愛がわかっていなかったのだ。

女が男を求める欲望や衝動を、二十九歳まで知らずに生きてきた。愚かな話だった。この世で大切なのは愛しあうことだけだという真理に眼をつぶり、よくいままで生きてこられたと自分で自分に感心してしまう。

ユーセイと出会わなければ、死ぬまで眼をつぶったままだったかもしれない。それはそれで、幸せな人生だったろうか？　満たされることがなくても、毎日が穏やかに過ぎていく。安定は決して悪いことではない。

満たされることを求め、欲しいものは欲しいと叫ぶことは恐ろしい。下手をすれば、すでに手に入れているものをすべて失う結果になる。生活が不安定になり、先行きは予断を許さなくなる。まるで嵐の海に船を漕ぎだすようなものだが、瑠依はいま、そんな恐ろしさに立ち向かうことにさえわくわくしている。

ひとりではないからだ。

物理的に離れていても、あの日以来、そのことを疑ったことはない。心はいつも、ユーセイと一緒だ。

あの日――。

江の島の古ぼけたラブホテルでの出来事を、瑠依は死ぬまで覚えているだろう。感じた手触りを、味を、匂いを、声を、色彩を、すべて鮮明に……。

ユーセイは童貞だった。瑠依がそれを奪った。自分の人生でそんなことが起こり得るなんて、夢にも思っていなかった。

相手はなにも知らないのだから、リードするのは大変だろうと思った。聖母のような慈愛に満ちた精神で、大人の階段をのぼらせてあげなければと緊張した。

しかし、ユーセイはなにも知らないわけではなかった。考えてみれば当たり前で、セックスにまつわる情報なんて、そこらじゅうにあふれているのだ。ましてや彼は、生まれる前からインターネットが発達していた世代。

裸になって抱きあい、キスを始めたあたりまでは瑠依がリードしていたけれど、すぐにユーセイのほうが積極的になった。生まれて初めて手にした乳房を揉みしだき、舌を伸ばして先端を舐めてきた。

もちろん、拙い愛撫だった。女が感じるポイントをわかっていなかったし、力の加減もできていなかったが、瑠依は黙って受けとめた。ちょっと見当はずれの荒々しい愛撫が、むしろ新鮮だったからである。

なにより、眼を血走らせて鼻息をはずませている表情に、胸がときめいた。女顔で中性的なのに、乳首を吸っているとちょっとだけ男らしく見える。ちょっとだけなのがいい。アニメの主人公のような雰囲気を、すっかり失ってはいないということだから……。

乳首を吸われていたときはまだ余裕があり、ユーセイを興奮させようと可愛い声であえいでいた瑠依だったが、愛撫が下半身に向かってくると冷静ではいられなくなった。瑠依の上に覆い被さっていたユーセイの体が、次第に遠のいていく。

（この子、クンニするつもりなのかしら？）

手マンもせずに舐めようとするなんて、なかなか大胆だと思った。しかし、先ほど両脚を開いてユーセイを挑発したのはこちらだった。見せられたら舐めたくなるのが、男という生き物なのかもしれない。

「あああっ！」

花びらに唇を押しつけられ、瑠依は本気の声をあげた。さらに、ヌルリと差しだされた舌が、縦横無尽に動きはじめる。闇雲に舐めているだけなのに、瑠依はあんあんと声をあげてしまう。ユーセイに自信をつけさせるために、演技をしているわけではなかった。本当に気持ちよかった。

不意打ちで、舌が感じるところに触れるからだ。来るとは思わないタイミングで、性感を刺激される。

たとえばユーセイは、割れ目に唇を押しつけながら、顔を左右に振ってきた。そうすると、鼻の頭がクリトリスにあたる。洗練されていない刺激だし、肉芽はまだ包皮を被った状態なのに、腰がビクンッと跳ねてしまう。

おまけに童貞は、限度を知らない。花びらがふやけるかと思った。彼が納得するまでクンニは延々と続いて、三十分くらい舐められていた。

「顎が痛くなってきました」

ユーセイが口のまわりを拭いながら笑ったとき、瑠依はすでに息も絶えだえだった。相手が慣れた男なら、三十分もあれば何度かイカされているはずだ。しかし、初めての男だと、さすがに一回もイケなかった。イレギュラーな快感は持続せず、オルガスムスに至る山をつくれない。一回もイケずに舐められつづけるのがこんなにも疲れ、こんなにも恥ずかしいとは思わなかった。

ユーセイは再び上に覆い被さってくると、

「入れてもいいですか？」

眼を輝かせながら訊ねてきた。

瑠依はうなずいた。挿入前にフェラをしてあげるつもりだったが、肩で息をしている状況では、そんな気にもなれない。黙って両脚をひろげていく。

ユーセイはなかなか入ってくることができなかった。まるでお猿さんのように、真っ赤な顔をして腰を押しつけてくるが、ペニスの先端が入口ではじかれる。穴の位置がよくわかっていないのだろうし、入れる角度もそうなのだろう。

手伝ってあげようかとも思ったが、瑠依は動かなかった。ただ入れればいいのなら、ペニスに手を添えて誘導してやればいい。こちらが上になれば話はもっと簡単だ。しかし、楽をして快楽だけを知った男の未来は暗い。夫のようなマグロ男になってほしくない。

「ううっ……すいません……」

ユーセイは紅潮した顔を脂汗で光らせながら、悔しげに唇を嚙みしめた。女が準備万端整えているのに、貫くことができない自分が情けないに違いない。それでも、瑠依は助けなかった。慰めさえ口にしない。

自力で乗り越えてほしかった。この体とひとつになりたいなら、自分のもてるすべてを総動員して挑みかかってきてほしい。人間には本能がある。諦めないで挑みつづければ、そのうちきっとなんとかなる。大人の階段をのぼりきり、天国の扉を開くことができる。

「……んんっ！」

瑠依の顔が歪んだ。ようやく、入ってきた感触がした。ユーセイが眼を見開いてこちらを見ている。そのまま入ってきて、と眼顔で伝える。

ユーセイが腰を前に送りだした。勃起しきったペニスが、中に入ってくる。思った通りに大きかったし、予想を超えて硬かった。拙い性技とは裏腹に、ペニスの存在感は女殺しだ。結合の衝撃が脳天まで響いてくる。

「あああーっ！」

根元まで埋めこまれると、瑠依はのけぞって声をあげた。じっとしていられず、両手を伸ばしてユーセイにしがみついた。

「はっ、入ってますか？」

「うん、入ってる」

瑠依がうなずくと、ユーセイは動きだした。いきなり動きだすのは悪手だが、とりあえずやりたいようにやらせてやる。

ユーセイはひどくぎくしゃくした動きで、腰を使ってきた。いや、腰を使っているというより、体ごと前後に動いてなんとかペニスを抜き差ししている。

先は長そう、と瑠依は胸底で溜息をついた。

男の初体験はこんなものなのだろうか？　あるいは彼にセンスがないのか、唖然とするほど動きがぎこちない。この調子では、女を悦ばせる腰使いができるようになるまで、相当場数を踏まなければならないだろう。二回や三回ではとても無理そうだ。十回……いや二十回か。

瑠依の心配など露知らず、ユーセイは紅潮した顔から汗をしたたらせて奮闘している。表情をうかがうたびに、瑠依の胸は高鳴った。ギラついた眼つきといい、呼吸の荒々しさといい、まさに発情期の牡犬そのもの……。

可愛くてしようがなかった。本能に目覚めつつあるのは仔犬である。ユーセイはまだ大人の男になりきっていない。大人の男になろうと必死に頑張っている……。

「ああっ、いいっ……気持ちいいよ、ユーセイ……」

瑠依は声をあげて身をよじった。少しはサービスしてあげようと大げさに反応したのだが、次の瞬間、体の芯に電流が走った。

身をよじったことで、性器と性器がこすれたのだ。

気持ちよかったのはユーセイも同じようで、いまの快感を再現しようと腰の動かし方を変えてきた。元よりペニスは長くて太くて硬い——動きのコツさえつかんでしまえば、女を悦ばせるスペックは充分にある。

「ああっ、いやっ……あああっ、いやあああっ……」

瑠依は焦った。にわかに気持ちよくなったピストン運動に戸惑ってもいたし、下から腰を使っていることを羞じらってもいた。しかし、次々に押し寄せる快楽の波が、戸惑いも羞じらいもさらっていく。ユーセイのリズムに合わせて、裸身が躍動しはじめる。ピストン運動に操られて、淫らなダンスを踊りだす。

気がつけば、瑠依は手放しでよがり泣いていた。事ここに至っては、自分の体をむさぼっているのが童貞だという意識はなかった。腰使いは拙くても、快楽の熱量がすごい。相手が推しだからだろうか？　それともユーセイがついに、大人の男になったからか？

イッてしまいそうだった。オルガスムスの前兆が、体の内側を震わせている。ピクピクッ、ピクピクッ、という淫らな痙攣が、刻一刻と激しくなっていく。

だがさすがに、いったん落ちついて状況を鑑みないわけにはいかなかった。瑠依は生理が終わったばかりで、ユーセイはコンドームを着けていない。ふたりで快楽の海に溺れていき、正気を失ってはまずい。中出しされてしまっては大変なことになる。

「瑠依さんっ……瑠依さんっ……」

ユーセイがいまにも泣きだしそうな顔で見つめてくる。

「でっ、出そうですっ……もう出ちゃいそうっ……」

「うっ、うん……」

少し可哀相だったが、ユーセイの肩を押して体を起こさせた。結合をとき、膝立ちにさせて、自分は四つん這いになる。いまのいままで自分の中に埋まっていた肉の棒が、湯気でもたてそうな熱気を放ってそそり勃っている。自分の漏らした女の蜜をたっぷりと浴びて、卑猥すぎる光沢を放っている。

「ううううっ！」

根元を握りしめると、ユーセイは顔を歪めた。瑠依は自分の蜜を潤滑油にしてしごきながら、亀頭に口唇を近づけていった。長大さに眼を見張りながら頬張って、ねちっこく吸いしゃぶりはじめる。

「るっ、瑠依さんっ……瑠依さあああああんーっ！」

ユーセイが腰を反らせる。天を仰ぎ、握りしめたふたつの拳を震わせている。気持ちがいいらしい。感じてくれているのなら、瑠依も嬉しい。彼の悦びは自分の悦びだと、体が熱くなっていく。

男をフェラで射精に導くコツは、タイミングを見極めることだ。快楽には波があるから、それが最高潮に高まったとき、いちばん強い刺激を与えてやる。ヌルヌルした根元を手指でしごきながら、唇の裏側のつるつるした部分でカリのくびれをこすりたてる。手指と口唇の動きを連動させて、ピッチをあげていく。

「あああああっ……ああああああああああーっ！」

ユーセイが悲鳴にも似た声をあげ、次の瞬間、口の中でドクンッと爆発が起こった。瑠依はすかさず、双頬をべっこりとへこませて吸いたてた。放出と競うように吸引し、執拗に根元をしごき抜く。

ユーセイは激しく身をよじっていた。タコ踊りのようで滑稽だったが、瑠依は見なかったことにした。射精がおさまると、最後の一滴まで吸いあげてから、ペニスを口唇から引き抜いた。口の中に溜まっている粘液は、喉を動かして呑みこんだ。少し苦かった。夫にもしたことがない精子の嚥下だったが、少しも嫌悪感は覚えなかった。

「ううう……」

ユーセイはうめき声をもらして、ベッドに倒れた。あお向けになり、真っ赤に染まった顔を腕で隠す。伸ばした両脚が、まだピクピクと痙攣している。

「ねえ、大人の男になった感想は？」

ユーセイは呼吸を整えることで精いっぱいらしく、言葉を返してこない。

拗ねた瑠依は唇を尖らせた。ユーセイの両脚の間で四つん這いになり、いまだ隆々と反り返ったままのペニスを、つん、と指で突《つつ》いてやる。舌を差しだし、根元から裏筋に向かって、ツツーッ、ツツーッ、と舐めあげていく。

「くっ、くすぐったいです……」

ユーセイが焦った声をあげたので、

「お掃除フェラっていうんだよ」

瑠依は鼻に皺を寄せて悪戯っぽく笑った。

「終わったあとのオチンチン舐めるのって、女にとって最高の愛情表現なんだからね。受けとめてる？　わたしの愛情……」

チロチロッ、チロチロッ、と亀頭を舐めながら言ったので、ユーセイはうなずくことさえできなかった。紅潮した顔を、ただひたすらにこわばらせるばかりだ。

亀頭に付着していた残滓はすぐになくなったが、瑠依は根元をつかんで本格的にフェラに没入していった。もはや愛情表現という意識はなかった。ただ純粋に舐めたかっただけだ。

舐めれば舐めるほど、ユーセイのペニスは硬さを取り戻していった。これが二十歳そこそこの精力かと、圧倒されずにはいられなかった。顔が熱くなり、鼓動が乱れてしまうがない。こんなに硬いなら続けてできるのではないかと、淫らな感情が胸に芽生える。

（そうよ。わたしイキそうだったのに、イッてないし……）

ユーセイを無事に射精まで導くことができたのは、悦び以外のなにものでもなかった。自分の絶頂を後まわしにしたことに悔いはない。中出しのアクシデントもなく、つつがなく童貞の卒業式を終えることができて満足だ。

しかし、瑠依の中にいまだくすぶっているものがあるのも事実であり、両脚の間が疼いてしょうがなかった。もう一度ユーセイとひとつになりたかった。いやらしい女だと思われてもかまわないから、騎乗位でまたがって腰を振りたてたい。下でもイキそうだったのだから、上になれば絶頂なんてすぐそこだ。

「あっ、あのう……」

ユーセイが気まずげに声をかけてきたので、瑠依は顔を向けた。

「なあに？」

「もう一回、してもいいでしょうか？」

瑠依の心臓は、ドキンとひとつ跳ねあがった。

「続けてできるの？　男の人は少し休憩が必要でしょ」

「全然できると思いますけど……」

朗報だった。ユーセイがしたいのであれば、こちらがいやらしい女だと思われなくてすむ。

当たり前だが、できればそんなことは思われたくない。

「なんか、セックスってすごいんですね……すげえ気持ちいい……」

「そお？　オナニーとそんなに変わらないいんじゃない？」

照れた瑠依が意地悪を口にすると、

「そんなことないですよ！」

ユーセイは真顔で身を乗りだしてきた。

「相手が瑠依さんだったから……気持ちよかったんだと思います……」

「……よかったね」

「やっぱり……」

「やっぱり？」

「瑠依さん、可愛かったし……」

「はっ？」

「エッチしてるとき、すげえ可愛かったですよ。声とか……表情も……」

「ユーセイ！」

睨みつけると、悪戯っぽく首をすくめた。

瑠依は恥ずかしくて死にそうだった。気を取り直すためにわざとらしく深い溜息をついてから、ユーセイに言った。

「じゃあ、ほら……かかってきなさい」

騎乗位はいったん保留して、再び正常位で下からしがみついた。

遅かれ早かれ、もう一度繋がれば確実にイケるはずだった。初体験で女をイカせるなんて、ちょっと得がたい経験に違いない。生意気なことを口にしたのは許せないが、中イキをユーセイのお手柄にしてあげよう。

2

二十歳そこそこの精力は恐るべきものだった。

ユーセイが特別なのかもしれないが、チェックアウトの午前十時までに、五回も射精した。午前八時ごろ、もういい加減帰らないとまずいと瑠依が言っても、ユーセイは体を離してくれなかった。

人間にはやはり、本能というものが宿っているらしい。最初はあれほどぎこちなかったユーセイの腰使いも、帰るころにはそれなりに様になっていた。正常位でイカされたあと、別の体位もやってみたいと言われ、バックを試した。お互いの性器の角度の関係なのか、バックのほうがいいところにあたった。瑠依は顔を見られないのをいいことに、自分でも引いてしまうほど乱れてしまった。正常位より簡単にイケた。

それから、正常位とバックを交互にやって、全部で五回。瑠依が騎乗位のカードを切るタイミングもないほど、盛りのついたユーセイは自分で腰を動かしたがった。もちろん、全然かまわなかった。ユーセイが射精したのは五回だが、瑠依は十回以上オルガスムスに達したはずだ。

ラブホテルを出ると、眩暈を誘うほどまぶしい夏の陽射しが襲いかかってきて、

「すいません、瑠依さん……」

ユーセイから泣きが入った。

「俺、もう完全に電池切れです。東京まで運転して帰る自信がありません……」

でしょうね、と瑠依は胸底でつぶやいた。外の明るさの中で見ると、ユーセイの疲労困憊ぶりは痛々しいくらいだった。眼の下には黒々とした隈ができ、瞼がいまにもくっつきそうになっている。

「居眠り運転で事故るわけにはいかないから、クルマの中で仮眠とります。瑠依さんは電車で帰ってください。すいませんけど……」

「いいわよ。わたしなら大丈夫」

クルマで仮眠ではなく、まともなホテルに連れていってあげたい気もしたが、家のことも気になった。結婚して初めての無断外泊。先ほどスマホを確認すると、夫から鬼のような数の着信記録が残っていた。

「じゃあ、気をつけてね」

ユーセイに手を振って歩きだした。道は知らなかったが、スマホで地図を確認するまでもなかった。線路が見えていたからである。

「ちょっと待ってくださいよ」

ユーセイが追いかけてきた。

「駅まで送っていきますから、いったんクルマを取りにいきましょう」

ゆうべ泊まったラブホテルには駐車場がなかったので、ユーセイの愛車ラパンは、少し離れたコインパーキングに駐車してあった。

「いいわよ、眠いんでしょ」

「いやでも、ひとりで帰すのに送りもしないって、さすがに……」

「いいから、いいから。わたしちょっと歩きたいし……」

歩きたいのは嘘ではなかった。体はくたくたに疲れていたが、気分は清々しかった。入道雲の浮かんだ青空や、耳に届く蟬の鳴き声に、「ありがとう」と声をかけたくなる。海辺の街の空気は東京よりずっと長閑《のどか》で、清々しい気分で散歩をするのにうってつけだった。

（ユーセイのこと、嫌いにならなかったな……）

セックスすれば幻滅や失望が待っているだけだと思ったのに、そうはならなかった。むしろ、以前にも増して好きになっていることに気づいて戸惑う。ユーセイはもう、現実感のないアニメの主人公ではなかった。欲望をもったひとりの男として認識しているのに、それでもなお嫌いになんてなれない。

振り返ると、ユーセイがついてきていた。駅まで徒歩で送ってくれるつもりらしい。

「あのう……」

声をひそめて問いかけてくる。

「これからどうなっちゃうんでしょうねえ、俺たち……」

瑠依は曖昧に首をかしげ、言葉を返さなかった。

「瑠依さんが出した二択は、シャンパンタワーでエッチなしか、エッチしてお別れか、でしたよね？　エッチしたからお別れですか？」

「ホストはやめるんでしょ？」

「……はい」

「イタリアンレストランのほうは、もう話ついてんの？」

「いえ、これから面接の段取りなんかをしてもらって……」

「レストランで働きだしたら、忙しくてわたしとなんか会ってられないよ。飲食業って、基本、週休一日だし」

「でも、働かなきゃ食べていけないし……」

駅が見えてきた。線路を渡れば到着というところまで来て、カンカン、カンカン、と踏切がけたたましく鳴りだした。やたらと長い遮断棒が行く手を遮り、瑠依とユーセイは立ちどまった。轟音をたてて、目の前を急行電車が通過していく。

「わたしが囲ってあげましょうか？」

声を張ったつもりだったが、ユーセイに声は届いていないようだった。瑠依はユーセイの肩をつかみ、耳元で叫んだ。

「あんたさ！〈スターランド〉でいくらもらってるの？」

ユーセイは言いづらそうな顔をしてから、しかたなげにVサインをつくった。

「二十万？」

ユーセイがうなずく。

「いろいろ引かれて、手取りは十七万くらいですけど……」

「わたしがそれ払ってあげる」

「意味がわかりませんよ」

「雇ってあげるって言ってるの」

「瑠依さんって、会社経営してるんですか？」

「そうじゃない。ホストよ！　わたし専属のホストになって！」

瑠依はほとんど、ユーセイの耳に唇を押しつけていた。人目がなければ甘嚙みしたいほど、可愛らしい耳をしている。

「わたしね、あんたとするセックスが気に入ったの。だから、月に二十万で買いたい。わたしとエッチしているとき以外は、なにしててもいいから……どう？」

急行電車が去っていき、カンカン、カンカン、という音がとまった。天まで届きそうな遮断棒が、ゆっくりと青空に向かって屹立していく。

瑠依はその場から動けなかった。ユーセイもそうだった。停まっていたクルマが前に進みだし、瑠依たちの後ろで待っていた通行人たちが眉をひそめて追い越していっても、固唾を吞んで見つめあっていた。

「水揚げ、ってやつですか？」

ユーセイの顔には、うっすらと怒気が浮かんでいた。プライドを傷つけてしまったのかもしれなかった。客がホストを愛人のように囲うことを、夜の世界では水揚げという。ひどい言葉だが、瑠依も後には退けなかった。

「そうね、水揚げ」

「俺のこと好きなんですか？」

「さあ」

瑠依は微笑を浮かべながら首をかしげた。

「でも、セックスはよかったよ。嘘じゃない」

ユーセイが複雑そうな顔をする。

「セックスだけ？」

「最高の讃辞でしょ」

「少し考えさせてもらっても……」

「ダメ」

「えっ……」

「水揚げされて、わたしのものになりなさい！」

瑠依は人目もはばからず、ユーセイに抱きついた。ユーセイは戸惑っていたが、それでもぎこちなく応えてくれる。湿っぽい潮風に吹かれてなお、抱擁が熱く燃えあがっていく。

柄にもなくはしゃいでしまったのは、未来が薔薇色に輝いて見えたからだ。

男と女が付き合うのに、なぜ金銭を介在させるのか？　もうひとりの自分が言った。昨日ユーセイだって「付き合ってください」と言っていたではないか。その気持ちに応え、婚外恋愛として普通に付き合えばいいじゃないか。

だが、違うのだ。普通に付き合うのはなにかが違う。

もうすぐ三十歳になろうという女と、二十歳そこそこの美形の若者——一円も払わずに付き合うのは申し訳ないという、年齢的な負い目もある。それに、ユーセイがイタリアンレストランなんかで働きはじめたら、逢瀬の時間がなくなってしまう。それでは付き合う意味がない。いままでの給料を補塡してあげるほうが、ずっと現実的に違いない。

だが、そういう理由以上に、瑠依にはこだわっていることがあった。

愛がわずらわしかった。

そんなもの本当に必要なのだろうかと、近ごろずっと考えている。

いまこの時点で自分は、ユーセイのことを愛していると思う。だが、自分の気持ちにもかかわらず、その実体はよくわからないし、心変わりをしないという保証もない。夫のことだって、結婚前や直後は愛していると思っていたのだ。自分の気持ちですらそうなのに、他人の愛なんてもっと信じられない。

愛さえなければ、物事はもっとシンプルだ。

瑠依はユーセイとセックスがしたい。ユーセイもそうだろうが、その一方で生活費を稼ぐ必要がある。そして瑠依には、少なくないお金が入ってくる予定がある。

ならばセックスとお金を分けあえば、どちらにとっても有益ではないか。愛なんて曖昧なものが入りこむ余地がなく、明確なギブ・アンド・テイクが成立する。

それでもふたりは男と女、たとえ幻想でも愛のようなものが必要だと言うなら、こういうふうに考えればいい。

ユーセイは生身の人間だが、瑠依にとっては推しでもある。そのふたつが両立するのは難しいと思っていたが、意外なことに両立した。

推しのためにお金を遣うのは当たり前だ。それが最上級の愛情表現なのだ。

お金は入ってくるだろう。

推しのために、この身を削ればいいだけだ。

剣持ひとりをあてにしているわけではなかった。欲望を満たすことに血まなこになり、好みの女を抱くためなら金に糸目をつけない亡者のような連中が、この国にはたくさんいるではないか。街にもネットにも、うんざりするほどうようよしている。

瑠依には彼らが、札束の群れに見えた。

キモおやじや狒々爺がいる限り、女が食いっぱぐれることはない。

ユーセイは安心して、自分に水揚げされればいい……。

3

そのホテルの窓からは、新宿歌舞伎町を見下ろせた。

まだ陽が高いところにあるせいだろう、地上二十五階から眺める歌舞伎町はゴチャゴチャして、美しくなかった。それでも、すぐ近くに新宿東宝ビルのゴジラヘッドが見え、遠くに東京スカイツリーを望む眺めには解放感があり、じわっと気分があがっていく。

ラブホテルも悪くはないが、やはり本格的なシティホテルには敵わない。しかもスイートルーム。リビングとベッドルームが別々になっている室内は広々とし、調度も洗練されていて、まるで映画のセットのように雑駁《ざっぱく》とした日常から切り離されている。

チラッとのぞいたバスルームには、びっくりするほど大きな浴槽が設置されていた。ジャグジー付きならいいな、と期待してしまう。

剣持との待ち合わせは午後三時。

なのに瑠依は、午後一時過ぎにチェックインした。気持ちが落ち着かなくて、家でじっとしていられなかった。剣持と会うのは二週間ぶり――週に一度の逢瀬を一回飛ばした。

「準備をしっかり整えておきたいんでね。一週間じゃ間に合わないかもしれない」

剣持は今日、瑠依に特別な経験をプレゼントしてくれることになっている。

妄想の具現化だ。

二週間前、瑠依は剣持に乞われ、自慰をするときのセックスファンタジーを告白した。妄想を開陳すること自体に底知れぬ恐怖と恥ずかしさを覚えたが、なるべく包み隠さず、ありのままを伝えた。

「決して珍しいことじゃないと思うな……」

話を聞きおえた剣持は、思慮深い表情で言った。

「女の人で、そういう妄想をしているというのは……」

そういう妄想とは、レイプである。無法者に凌辱されることを願ってもいないし、望んでもいないが、理不尽に輪姦されるシチュエーションを思い浮かべながら自慰に耽ると、瑠依は手放しで興奮してしまうのだった。

「男でも、複数の女にレイプされたいって願望がある人がいるからね。まあ、主にマゾヒストだろうけど」

「わたしにも、マゾっぽい欲望があるんでしょうか？」

あるとすれば意外だった。夫をはじめ、いままで付き合った男たちが瑠依に求めてきたのは、マゾとは真逆の女王様のようなキャラクターだったから……。

「どうなんだろう？　女の人には、たいていそういう欲望がありそうだけど」

「……なんだか恥ずかしい」

瑠依は熱くなった双頰を両手で包んだ。バックから貫かれながら、尻を叩かれたり、アヌスに指を入れられた直後だった。瑠依は激しい絶頂に達した。おまえはマゾだと決めつけられても、反論できそうになかった。

「もしよかったら……」

剣持が顔をのぞきこんできた。

「その妄想を具現化してみないかい？」

「えっ……」

瑠依は息を吞んだ。

「まさか……実際にレイプされるってことですか？　それはさすがに……」

「いやいや、犯罪行為であなたを辱めたいわけじゃないですよ。そうじゃなくて、複数の男に愛撫され、代わるがわる貫かれるという状況をプロデュースするんです。古い友達に、AV関係の芸能事務所を経営している男がいましてね。彼に頼めば、安全かつ仕事のできる男優を紹介してもらえるでしょう。あとは、複数プレイに相応しい場所を確保……こういう場合、リアリストで合理主義者の僕も、さすがに夜景の見える高層ホテルを予約しますよ。ムードが大切ですからね……」

妄想と現実は、まったく違うものだと瑠依は思う。剣持が指摘したように、自慰のときにレイプされる場面を思い浮かべている女は少なくないような気がするが、それを現実に横すべりさせたいと思っている者は皆無だろう。いるとしても例外中の例外に違いない。

剣持の提案には、不安と恐怖しか覚えなかった。

暴力的に犯されなくとも、見知らぬ男たちの前で裸になるのは怖いし、生きた心地がしないほど恥ずかしいに決まっている。そもそも複数プレイなんて、おぞましい変態性欲者がやるようなことに違いない。電マ、緊縛、スパンキング……そこまではともかく、複数プレイまで経験したら、真っ当な人間に戻れなくなりそうだ。

それでも瑠依は断らなかった。

怖いし、恥ずかしいし、おぞましく感じるからこそ、やってみたいと思った。

瑠依の望みは、推しのために我が身を削ることだからである。

ユーセイと楽しいひとときを過ごすためなら、恥という恥をかかされ、涙が涸れるまで泣かされてもよかった。いやむしろ、ユーセイのためにそういうことをされると思うと、怖いくらいに興奮してしまった。

午後三時きっかりに、剣持は部屋にやってきた。

珍しく、ドレッシーな格好をしていた。光沢のあるシルバーグレイのスーツ、純白のシャツ、深紅のネクタイ。胸ポケットに同色のチーフを差している。

上背があるので格好よかった。サングラスをかけて赤い絨毯の上を歩けば、往年の映画スターにも見えたかもしれない。

「準備はいいかい？」

近づいてきて、瑠依の全身をゆるりと眺めた。

「はい……」

うなずいた瑠依は、白いワンピース姿だった。自分が主人公になりたいとき、女は白いワンピースを着たがるものだ。純白のウエディングドレスに身を包んで以来、そういう欲望はなくなったと思っていたのに、新調してしまった。

遠慮してもしかたがないと、思いきり扇情的なデザインにした。ノースリーブで、体の線がしっかり出ている。丈は長いが、スリットが入っていて脚が見える。今日は複数の男たちを、全員同時に興奮させなければならない。

「素敵だよ」

褒め言葉を口にしつつも、剣持の眼つきは険しかった。それが彼の欲情の証であることを、瑠依はもう知っている。ただ、今日に限っては、ただ険しいだけではない気がした。茶色がかった黒い瞳に、なんとも言えない愁いが浮かんでいる。

「どうしたんですか？　そんなにじろじろ見て……」

瑠依がクスッと笑うと、

「眼に焼きつけておきたいと思ってね」

剣持も苦笑してくれたのでホッとした。

「何度見ても魅力的な体だ……綺麗なのにたまらなくセクシーで、男心をくすぐられる」

「剣持さんは、脱いだところも見てるじゃないですか」

裸だけではなく、乱れているところも見られている。絶頂に達して情けなく歪んだ顔も、絶頂が欲しくてプライドを捨てたところも……。

「本気になっちまったのかもしれないな……」

剣持はひとり言のようにボソッとつぶやくと、瑠依に背中を向けて窓辺に立った。

「キミの妄想を具現化するに際し……ひとつ、僕の妄想もつけ加えさせてもらえないだろうか？」

「……なんでしょう？」

瑠依が不安げに訊ねると、剣持は振り返った。悲しみに打ちひしがれているような眼つきで、まっすぐにこちらを見た。

「イカないでほしい」

「えっ……」

「キミはこれから、三人の男を同時に相手する。全員、若いAV男優で、僕が直々に面接して選んだ。精力はありあまっているし、女の扱いも達者だから、キミは乱れるだろうね。いまから眼に浮かぶ……しかし、どんなに乱れても、イクのだけは我慢してくれないか？　誰に抱かれてもイカないでくれ……それは最後に……僕に抱かれるときまで、大切にとっておいてくれないか……」

瑠依は言葉を返せなかった。啞然としていた、と言ってもいい。さすがにそれは無理だろう、と胸底でつぶやく。相手は見ず知らずの男たちだから、感情が入りこむ余地はない。それでも、AV男優ということはセックスのプロである。意地でもこちらをイカせようとするはずだし、それが仕事と心得ているに違いない。

なにより……。

「剣持さん、それが見たかったんじゃないんですか？」

挑むような眼を向けると、瞳がうっすらと涙で潤んだ。

「わたしが寄ってたかって犯されて、泣きながらイキまくるところが見たくて、こんなことする気になったんでしょ？　妄想の具現化なんて恩着せがましく言ってても、本当はそういう……わたしのみじめな姿を……」

「否定はしない」

剣持は静かに答えた。

「キミのそういう姿を想像すると、たまらなく興奮した。平静を装っていたけど、キミの妄想を聞きながら、僕の心拍数は大変なことになっていたよ。なにしろ目の前で輪姦されるんだからね……ネトラレどころじゃない……ネトラレをはるかに超えた……」

瑠依は困惑に首をかしげた。ネトラレというのは、妻や恋人、あるいは片思いの相手でもいいのだが、愛する女を寝取られることだ。そのことにショックを受けながらも、どうしようもなく興奮してしまう性癖を指す。

「おかしくないですか？」

瑠依は遠い眼で言った。

「どうして、わたしが寝取られて……ＡＶ男優に寄ってたかって輪姦されて、剣持さんが興奮するんです？」

興奮するためには、前提がいる。剣持が瑠依を愛していなければならない。少なくとも、お金で買っている以上のなんらかの感情がなければ、ネトラレは成立しない。人間関係のまったくない、赤の他人同士がセックスしているのを見て興奮するのは、のぞき魔だ。

「……すまない」

剣持はふっと笑った。

「久々に大仕掛けなプレイをするんで、ちょっとナーバスになっているのかもしれないね。いまの話は忘れてくれてかまわないよ。今日はとにかく、好きなように楽しんでくれ。僕もそうする」

瑠依はハッとした。

部屋の扉がノックされる音が聞こえてきたからだった。

4

男たちが三人、ドヤドヤと部屋に入ってきた。

スイートルームのリビングがにわかに息苦しく感じられたのは、ただ単に人が増えたからではなかった。三人が三人とも、普通ではない存在感を放っていたからだ。

全員、清潔感のある短髪で分厚い体をし、歳は若かった。一見、体育会でアメフトでもやっている大学生ふうなのに、醸しだす雰囲気に尋常ではない色気がある。ホストクラブの王子様には決して出せない、獣じみた色気だった。先立ってAV男優だと知らされていたから、そんなふうに見えるのだろうか？

「それじゃあ、まずはシャワーを浴びていただきたい。セックスの前に男が身を清めるのはマナーだからね」

剣持が指示を出すと、「オスッ！」という声があがった。息の合った礼儀正しさも、こういう状況だとなんだか怖い。三人はまたドヤドヤとバスルームに消えていったが、リビングには彼らの色気の残滓が漂っていた。汗の匂いに似ているが、少し違う。怖じ気づかずにはいられない若牡のフェロモンが、むんむんと漂ってきて瑠依を身構えさせる。

（本当に、あの三人と……するの？）

両膝が震えだし、もう少しでその場にへたりこんでしまうところだった。

タイミングよく剣持がやってきて、

「あっちで待ってよう」

とベッドルームにうながされる。リビングとベッドルームを仕切る引き戸は開け放たれているから、身を清めた男たちはノックもせずに入ってこられる。

「どうしたんだい？」

剣持に腰を抱かれた。

「キミらしくもない、緊張しすぎだよ」

不意打ちでキスをされたので、瑠依は眼を見開いた。軽い口づけではなく、舌を差しだしてからめてくる。唾液が糸を引いて光っている。この男は本当に意地が悪い。そんなに濃厚なキスをされたら、女のスイッチが入ってしまうではないか……。

「……あふっ」

息がとまるようなキスに翻弄され、瑠依は立っていられなくなった。後ろがベッドだったので、尻餅をつくように腰をおろす。ラブホテルのベッドより広かったので、小さく驚いた。海外仕様なのだろうか？　四人家族が一緒に横になれそうなほど幅がある。

「彼らとは昨日のうちにミーティングして、段取りはすべて伝えてある。僕は高みの見物を決めこませてもらうよ」

剣持は窓際のひとり掛けソファに腰をおろし、長い脚を組んだ。ベッドとの距離は二メートルもない。特等席、というわけだ。

（見られるのね……あの男たちに犯されているところを、剣持さんに……）

ドクンッ、ドクンッ、と瑠依の心臓は破裂しそうな勢いで鳴っていた。深いキスによって紅潮させられた顔は悲痛に歪み、いまにも涙がこぼれ落ちてきそうだ。

やっぱりやめますっ！　と叫んで部屋を飛びだしたら、どうなるだろうか？

そうしたいわけではなく、そういう選択肢も心の片隅に置いておかないと、正気を保っていられなくなりそうだった。本気で怖くなったり、嫌悪感を覚えたら、ためらうことなく逃げだそうと思った。これは本物のレイプではない。逃げだしたところで、力ずくで部屋に戻され、犯されるわけではない。

「失礼しまーす」

陽気な口調で言いながら、三人の男たちがベッドルームに入ってきた。全員下着姿だったので、瑠依は慌てた。黒いビキニブリーフ、赤いボクサーパンツ、水色のTバック——見たこともないようなきわどいデザインにも驚いたが、全員ガチムチの筋肉質で体格がいい。裸をさらす商売だから、しっかり鍛えているらしい。

「しかしお綺麗な方ですね……」

三人がこちらに眼を向け、近づいてきた。口許に余裕の笑みを浮かべている。さすがAV男優と讃えるべきか、緊張している気配はまったくない。

「よっ、よろしくお願いしますっ！」

瑠依は勢いよく立ちあがって深々と頭をさげた。堂々としていられない自分が情けなかった。さあ、わたしの妄想を具現化して——という顔でもしていればいいのに、平静すら保っていられない。

　ゆっくりと顔をあげ、三人の顔を順番に見る。もう誰も笑っていなかった。ギラついた視線が、全身に注ぎこまれる。タイトフィットの白いワンピースが露わにしている胸の丸みや、腰のくびれを、視線で撫でているのがはっきりわかる。セックスは一対一でするものであり、瑠依はいままで、欲望に駆られた視線を三人分同時に受けとめたことがなかった。いや、もうひとりいる。窓際のソファから剣持がこちらを見ている。

「あっ……」

　胸のふくらみに触られたので、ビクッとしてしまう。二の腕やヒップにも……。

「ううっ……」

　瑠依は唇を嚙みしめて身をすくめた。分厚い体の三人が迫ってきて、押しくら饅頭の真ん中にされたような格好になる。

　彼らの手つきはいかにも無遠慮だったが、粘りつくような卑猥さをたたえていた。胸やお尻の丸みを味わうように撫でまわされ、剝きだしの二の腕を揉まれた。瑠依は早くも泣きそうになった。涙を流しながら土下座すれば、許してもらえるだろうか？　わたし本当はこんなことしたくないんです……。

「すごいですね……」

黒いビキニブリーフがささやいてくる。彼の手指は瑠依の臍の下あたりを、ねちっこく撫でさすっていた。

「まだなんにもしてないのに、オマンコが熱くなってますよ……」

「うっ、嘘よっ！」

反射的に叫んだが、返ってきたのは卑猥な笑みだった。

「べつにいいじゃないですか、こんな状況で格好つけなくたって。これが奥さん理想のハーレムプレイなんでしょ？　夢を叶えてくれるご主人がいて、羨ましい限りです」

どうやら彼らは、剣持と瑠依が夫婦であると思っているようだった。否定しようにも説明が面倒だったし、すぐにそれどころではなくなった。

左右から脚を抱えこまれ、瑠依は背中からベッドに倒された。悲鳴をあげる間もなく、両脚がM字に割りひろげられていく。

「服を皺にしちゃまずいかな……せっかく素敵なドレスなのに……」

黒ビキニが言うと、

「かまわないよ！」

窓際から剣持が声を張った。

「着替えはちゃんと用意してある。皺にしようが汚そうが……いや、彼女は少しMっ気があるから、破ってあげると興奮するかもしれないね」

男たちはニヤニヤ笑いながら目配せしあうと、次の瞬間、瑠依に襲いかかってきた。ビリビリッと音をたてて、白いワンピースの生地が引き裂かれた。力ずくでホックをはずされ、ボタンを飛ばされ、手の込んだレースや刺繡が台無しになっていく。

「ああっ、いやあああっ……いやあああああーっ！」

瑠依は声の限りに悲鳴をあげた。乱暴に服を毟りとっているように見えても、痛くされなかった。そのあたりは充分に配慮されていたが、屈強な男三人にビリビリと服を破かれていく恐怖に背筋が凍りついた。

しかも、白いワンピースの下から現れたのは、純白のランジェリー三点セット。にわかに顔が熱くなっていく。ガーターストッキングまで穿いて、まるで初夜の花嫁のようだ。瑠依には瑠依なりに思うところがあってその装いにしたのだが、男たちは笑っている。このおばさん、やる気満々じゃん……。

瑠依は悲鳴をあげ、いやいやと首を振った。手脚もジタバタさせて抵抗を試みたが、相手が男三人ではどうにもならない。ハイヒールを脱がされた。手脚を押さえつけられ、ベッドに磔《はりつけ》にされたような格好にされてしまう。

男たちは瑠依を動けないようにしつつ、性感もまさぐってきた。最初のターゲットは乳房だった。左右から別々の男に揉みしだかれる。ブラジャーのカップに太い指が食いこんでくる。

さらに脚だ。

ガーターストッキングなので、太腿の付け根が少しはみ出している。そこに指が這ってくる。尺取虫のようにいやらしく蠢《うごめ》いては、生身の白い素肌をくすぐりまわす。

「すいません！」

黒ビキニが剣持に声をかけた。

「大変申し訳ないですが、バスルームからローションを持ってきてもらっていいですか？ボトルごとお湯に浸けて温めてありますから……」

「ふんっ、僕はADじゃないんだがなあ……」

剣持は苦笑しながら立ちあがった。

「これでもいちおう、一社提供のスポンサーなんだぜ……」

バスルームから持ってきたボトルを、男たちに手渡した。彼らは今日の段取りについて説明を受けているようだが、瑠依はなにも知らされていない。知っていたら、服を破られただけでこんなに取り乱したりしない。燃えるように熱くなった顔と、昂る呼吸が恥ずかしい。まるで本当にレイプされているみたいだ。

「安心安全の海藻成分ですから……」

黒ビキニが、ボトルからローションを垂らしてきた。

「口に入っても害はありませんので、ご心配なく……」

ねっとりと胸元に落ち、胸の谷間に流れこんでくる。まだブラジャーを着けているのにおかまいなしだ。体中にローションが垂らされると、六つの手、三十本の指が、いっせいに襲いかかってきた。

「あああっ……あああああっ……」

ローションまみれの体を揉みくちゃにされ、瑠依は悶え泣いた。下着と素肌の間にまでローションが流れこんできているから、全身のヌルヌルが気持ち悪くてしようがない。男たちの手指は、もはや遠慮会釈なくブラジャーの中にまで入ってきて、生身の乳房をまさぐってくる。粘土をこねるように、丸いふくらみが揉みしだかれる。とろみのあるローションの感触が、乳首をいやらしいほど尖りきらせていく。

みじめだった。リアルなレイプではなくても、レイプに遭っているのと変わらない羞恥や屈辱を、瑠依は嚙みしめていた。なぜこんなシチュエーションを思い浮かべて自慰をしていたのか、自分で自分がわからなくなっていく。

これはたしかに、瑠依の妄想の具現化だった。場所が薄暗い倉庫ではなく、高級ホテルのスイートルームだったり、男たちが犯罪上等のレイパーではなく、金で雇われたAV男優だったりという違いはあるが、それなりに忠実に再現されている。

なのに興奮しないのは、いったいどういうわけだろう？

ローションまみれの乳首を指でつままれれば声をあげて身をよじるけれど、心は冷めていく一方だった。窓際のソファで脚を組み、こちらを見ている剣持の視線が、刻一刻と冷めていっているからかもしれない。

剣持は興奮していなかった。険しい眼つきをするどころか、憐れむようにこちらを見ている。その視線に傷つく。せめて興奮してほしい……。

だが……。

唐突に男たちの愛撫がとまると、そんなことは言っていられなくなった。まるでお遊びはここまでと宣言するように、男たちはあるものをつかんで瑠依に見せつけてきた。

全員がむんずと握りしめているのは、電マだった。それも、以前剣持が使っていたものよりずっと大きく、女の細腕ほどもある。それが三本……。

「ダッ、ダメッ……」

瑠依はひきつりきった顔を左右に振った。電マの威力ならよく知っている。記憶が戦慄を呼び起こす。

5

悲鳴が頭のてっぺんから飛びだした。

眼を開けているのになにも見えず、自分の悲鳴のせいで耳もよく聞こえない。

体の感覚までなくなったわけではなかった。むしろ、そちらはしっかりしている。胸のふくらみの頂点に、振動する電マのヘッドがあてがわれている。左右ともだ。乳首にジャストミートしているが、ブラジャーの上からだった。にもかかわらず、電流じみた快感が胸の奥まで響いてきて、体の芯を震わせる。

巨大電マは、まだ一本残っていた。それが下腹にあてがわれる。クリトリスを直撃しなかったのは、たぶんわざとだろう。振動するヘッドが、子宮の上でぐるぐる動く。もはや快感ではなく単なる衝撃に、体の内側を掻き混ぜられる。だが、呆れるほど強烈な電マの衝撃は、じわじわと快感のほうに傾いていくものなのだ。

「許してっ！　許してっ！」

瑠依は真っ赤になって声をあげ、激しく身をよじった。できることなら力ずくで逃げだしたかったが、男たちが手脚をしっかり押さえている。片手で押さえて、片手で電マだ。瑠依はベッドの上に磔になった状態で、身をよじることしかできない。

「あああーっ！」

ブラジャーのカップが乱暴にめくりおろされ、乳首が露わになった。すかさず、電マのヘッドが襲いかかってくる。喜悦の嵐に息もできない。

「奥さん、電マと相性いいんですね？」

黒ビキニが、股布を指でまさぐってきた。瑠依の股間にはまだ、純白のショーツがぴっちりと食いこんでいる。二重になった生地越しに、女の割れ目をねちっこくなぞられる。

「なんかすげえシミになってますよ。濡らしすぎなんじゃないですか？」

「嘘っ！　嘘よっ！」

先ほど体中にローションをかけられたとき、ショーツの中にも流しこまれたのだ。だが、それでは濡らしていないのかというと、そんなことはなかった。股間の疼きは尋常ではなく、熱い脈動まで刻んでいる。これで濡れていないわけがない。新鮮な蜜を大量に分泌して、ローションを洗い流す勢いかもしれない。

「嘘かどうか、確かめてみます？」

黒ビキニが、ショーツの両サイドをつまみあげた。ストラップの上から穿いているので、ショーツだけを脱がすことが可能だ。黒ビキニは、いくぞ、いくぞ、とフェイントをかけながら、時間をかけてショーツをめくりおろしていく。

「いっ、いやあああーっ！　いやあああああーっ！」

瑠依はその日でいちばん大きな悲鳴をあげ、自分でも引くくらい必死に手脚をバタつかせた。これがレイプを模した和姦である以上、ショーツを脱がされることはあらかじめわかっていたことだった。それでも抵抗せずにはいられない。悲鳴をあげ、ジタバタせずにはいられない。

なぜなのか？

「うわっ、ハハハッ……」

ショーツを脱がすと、黒ビキニが眼を丸くして笑った。他のふたりも剝きだしになった股間をのぞきこんで、ニヤニヤしている。瑠依は抵抗をやめた。ジタバタするかわりに、嗚咽をもらしてむせび泣いた。

陰毛がなくなっていた。剣持に命じられ、ＶＩＯすべての毛を処理していた。エステサロンに行き、ブラジリアンワックスを使った。レーザーによる永久脱毛ではないので、ひと月ほどでまた生えてくるらしいが、とりあえずいまはつるつるのパイパンだ。アーモンドピンクにぷっくりとふくらんだ花びらが、無防備にさらけだされている。

「すげえな、オマンコ丸見え」

「こうして見ると、意外に綺麗なもんなんだな」

「奥さんが綺麗なだけだろ。美人っていうのは、オマンコまで綺麗なんだよ」

男たちは熱い視線でパイパンを観察し、瑠依はむせび泣きつづけている。覚悟を決めていたはずなのに、やはりショックは大きかった。下の毛が濃いのはコンプレックスだったが、なくなったらなくなったで心細くてしかたがない。

「最近はAV女優もパイパンが花ざかりだからな。ここはじっくり、パイパンレディの責め方を研究させてもらおうじゃないか」

黒ビキニが言い、なにかを取りだした。ヴァイブだった。サイズはそれほど大きくなく、先端がゆるやかにカーブしたフォルムは洗練されていたが、深紫の色合いが妖しい。いかにも女性が開発した女性のためのラブグッズという雰囲気で、逆にそれが恐怖を誘う。

「いきますよ……」

丸みを帯びたヴァイブの先端で、花びらをめくられた。敏感な粘膜に新鮮な空気を感じ、瑠依は顔をこわばらせた。黒ビキニは瑠依の顔と股間を交互に眺めながら、ヌプヌプと浅瀬を穿ってきた。遠慮がちと言えば遠慮がちだが、獲物を狙う蛇のような眼つきでこちらの反応をうかがっている。少しのリアクションも見逃さず、感じるポイントを探りあてては、そこをねちっこく責めてくる。

「くっ……」

ヴァイブが奥まで入ってくると、瑠依は顔をそむけた。そのヴァイブはやはり、女性が開発したものらしい。先端がいいところにあたっている。男根のグロテスクさを誇示するようなヴァイブにはない繊細さで、Gスポットを刺激される。

それを操っている黒ビキニの手つきも、呆れるくらい繊細だった。抜き差しをせずに、ぐっ、ぐっ、ぐっ、とGスポットを押してくる。押しているのかいないのか、よくわからないほど微弱な刺激だった。それが執拗に続く。ぐっ、ぐっ、というリズムが、体にしみこんでくる。だが、いかにも弱い。もっと強い刺激が欲しい。もどかしさに身をよじったら最後、みずから腰を動かして、ヴァイブを迎えにいくようになる。

「ああぁっ……」

紅潮しきった顔に、汗が噴きだしてくる。眼にまで流れこんでくるほどだから、汗の粒がびっしりと顔中を覆い尽くしているかもしれない。

「調子が出てきたみたいじゃないですか、奥さん……」

赤いボクサーパンツが、声をかけてきた。瑠依の顔は限界までひきつった。赤パンツは右手に電マを握りしめていた。振動するヘッドがパイパンの股間に近づいてくる。

「……ぐっ！」

刺激がクリトリスを直撃し、瑠依は眼を見開いた。それは戦慄を誘うほどの、暴力的な快感だった。あまつさえ、肉穴にはヴァイブが埋まったままだ。黒ビキニがゆっくりと抜き差しを開始する。妖しいカーブをたたえた先端を、Gスポットに引っかけるようにして抜いていく。また入ってくる。Gスポットに引っかけられる……。

「ああっ、いやっ……いやあああああっ……」

たまらず身をよじったが、完全に逆効果だった。瑠依がジタバタすれば、ラブグッズを操る男たちの手にも熱がこもる。ヴァイブが抜き差しされるピッチがあがり、振動する電マのヘッドが、クリトリスにぐいぐいと押しつけられる。

水色のTバックが、瑠依の後ろにまわりこんできた。バックハグのような体勢で、左右の乳首をつまんできた。その刺激も泣きたくなるほど痛烈だったが、上体を少し起こされたので剣持と眼が合った。

ますます冷めた眼をしていた。それもそのはずだった。誰に抱かれてもイカないでくれ、と剣持は言っていた。にもかかわらず、瑠依はイキそうになっている。まだ抱かれてもいないのに、ラブグッズによる前戯だけで、オルガスムスに追いこまれそうになっている。

唇を噛みしめた。

血が出るくらい強く噛んで、自分を奮い立たせた。

まだイクわけにはいかなかった。誰に抱かれてもイカないでくれ、というのは、どう考えても無理難題、理不尽な要求だった。それでも、剣持がそれを望むなら、死力を尽くして成し遂げるしかない。

剣持の冷めた眼つきが恐ろしかった。ヴァイブと電マで責められているのに、寒気が起こりそうだった。

瑠依と剣持は、愛情によって結ばれているわけではない。冷めた眼つきの先にあるのは、だから愛の終焉ではなく、愛人契約の解除である。つまらない女だと見限られたら、鼻をかんだティッシュのように捨てられる。月百万の報酬が入ってこなくなる。

そんな現実は、とても受け入れられない。月百万がなくなれば、ユーセイを水揚げできなくなる。自分専属のホストをもつという、薔薇色の未来に暗雲が垂れこめてくる。もちろん、他の男とも援助交際するつもりだが、剣持ほど太いスポンサーがすぐに見つかるとは思えない。

つまり……。

彼を失望させてはならなかった。むしろ、見直してもらいたい。AV男優三人を向こうにまわしてイクのを我慢しつづければ、剣持の心も震えるはずだ。主人の言葉を忠実に守る犬にように、可愛いと思ってくれるに違いない。

瑠依は覚悟を決めるように大きく息を吸いこむと、

「あんがい退屈なのね……」

挑むような眼を、前にいる黒ビキニと赤パンツに向けた。

「AV男優っていうからどんなセックスをするかと思ったら、電マにヴァイブ？　ふふっ、勃たなくなったおじいちゃんみたい」

「どうしたんですか？　奥さん……」

黒ビキニが頬をひきつらせて苦笑した。

「急に挑発的なこと言いだして、なにか気に障ることでもありました？」

「セックスのプロなら、自分の道具で勝負しなさいって言ってるの。パンツ脱いでかかってきなさいよ。ヴァイブなんかチマチマいじってないで……」

男たちが視線を交わしあう。

「まあ、いいですけど……」

黒ビキニが立ちあがった。

「でも、そんなふうに挑発されちゃうと、加減ができなくなっちゃいますよ。AV男優って、セックスマシーンじゃないですから。ナメられたらギャフンと言わせたくなる、人間くさい生き物ですから……」

黒ビキニがブリーフを勢いよくおろすと、勃起しきった男根が唸りをあげて反り返った。若いくせに黒光りしている、けっこうな業物《わざもの》だった。気圧《けお》されそうになったが、瑠依もここで引くわけにはいかない。噛みつきそうな顔で睨んでやる。

黒ビキニもこちらを睨み返してきながら、コンドームを着けた。剣持の配慮だろう。いや、彼らしいエゴイズムというべきか。べつに瑠依に気を遣ったわけではなく、自分以外の男に生挿入をさせたくないのだ。

「ケツを向けてくださいよ、奥さん」

黒ビキニはバックスタイルをご所望らしい。いいだろう、と瑠依は彼に尻を向けて四つん這いになった。全身に違和感があった。破かれたり、めくられたりしていたが、瑠依は白いランジェリーを着けたままで、脱がされたのはショーツだけだ。セパレート式のストッキングまで着けている。その上からヌルヌルしたローションを大量にかけられているから、普段なら絶対に味わうことがない違和感が、素肌という素肌にまとわりついている。

いっそ脱がしてほしかったが、レイプを模したプレイならこれが正装、という考え方もあるのかもしれない。

後ろで膝立ちになった黒ビキニは、瑠依の下着を脱がすことなく、突きだした尻に迫ってきた。桃割れの間に指を這わせて濡れ具合を確認すると、黒光りしている業物の切っ先をあてがってきた。

「いきますよ……」

身構える瑠依の割れ目に、亀頭がずぶっと沈む。そのまま入ってくる。奥の奥まで濡れているはずなのに、圧迫感がある。見た目より大きいらしい。しかもかなり硬いものが、むりむりと入ってくる。

「んんんんーっ！」

最後まで埋めこまれた。女らしい声を放つのはなんとかこらえたが、嫌な予感がした。この男はセックスが下手じゃない、と結合しただけで直感が走った。

黒ビキニは結合直後の休憩時間をたっぷりとってから、ガーターベルトを巻いている瑠依のウエストを両手でつかんだ。女の体の扱い方をわかっているようだった。であれば、次の動きはスローな抜き差し――と予想したのに、いきなり怒濤の連打を放ってきた。

瑠依は驚いて悲鳴をあげた。パンパンッ、パンパンッ、と尻が打ち鳴らされ、フルピッチで突きあげられる。

「どうですか奥さんっ！」

黒ビキニが叫んだ。

「ご主人の前で味わう他人棒の味は格別でしょう？　たまらないでしょう？」

始まった瞬間は、ただ驚いた。しかしすぐに、喜悦の暴風雨が襲いかかってきた。連打なうえに一打一打に力がこもっているから、刺激が子宮まで届く。ずんずんっ、ずんずんっ、といちばん奥を突かれれば、女は冷静でいられない。

「くぅうっ……くぅううぅーっ！」

瑠依は歯を食いしばり、手元のシーツを手繰り寄せてぎゅっと握った。そんなことではとてもやり過ごせないほどの快感が、四つん這いの肢体を揺さぶり抜く。

黒ビキニは、瑠依に挑発されてムキになっているようだった。男の連打は普通、そんなに長くは続かない。なのに全然終わらない。黒ビキニも息をとめて腰を振りたてているだろうが、受けるこちらも同様だ。

息苦しさに意識が霞み、けれども快楽だけはやたらと鮮明になっていく。パンパンッ、パンパンッ、と尻を鳴らすリズムが、体を侵食してくる。このリズムに乗れば、天国に送ってやるぞと勃起しきった男根は主張している。

そんな誘いに乗るわけにはいかなかった。瑠依は乱れた髪を掻きあげて、窓際のソファに視線を送る。剣持と視線が合う。彼の眼つきは、まだ冷たいままだ。

ようやく連打がとまった。それでも、のんびり呼吸を整えている暇はなかった。背中のホックをはずされた。まだ着けたままだったブラジャーを奪われ、間髪をいれず、後ろから手が伸びてくる。両手で双乳をすくいあげられ、力まかせに揉みくちゃにされた。指と指の間で、淫らに尖った乳首が押しつぶされる。

「くぅうっ……」

刺激に身をよじれば、両手で後ろに引き寄せられた。上体を起こすような格好になり、さらに乳房が揉みこまれる。耳のあたりで、熱い吐息がはずんでいる。振り返ってキスをするよう迫られたが、それだけは断固拒否する。

黒ビキニが双乳から手を離したので、瑠依はシーツに両手をついた。バックスタイルで四つん這いになる場合、瑠依はたいてい肘までつく。そのほうが楽だからだが、後ろから双肩をつかまれて上体を反らされた。胸を突きだす格好にされ、再び怒濤の連打が始まる。

「ああっ、いやっ！」

後ろから双肩を引き寄せられているので、結合感が深まった。こちらの体勢が変わったので、挿入の角度も微妙に変わり、先ほどとは違うところに先端があたる。今度のほうが刺激的だ。おまけに男根がどんどん硬くなっていく。

「あああーっ！　はぁあああーっ！」

もはや声をこらえているのは不可能だった。傍若無人な連打に翻弄され、瑠依は不様に双乳を揺れはずませている。それでも、絶頂まではまだ遠かった。剣持の冷たい視線を意識すれば、快楽に没頭することはない。相手がＡＶ男優でも、このままやり過ごせる手応えを覚える。

「いいですねえ、奥さん……」

目の前に、ニヤニヤ笑いながら赤パンツがやってきた。いや、赤いボクサーパンツはすでに脱ぎ去られており、隆々と反り返った男根を見せつけながら膝立ちになった。

「俺のいい女の定義は、犯されれば犯されるほど美しくなっていくこと。ひどい目に遭えば遭うほど輝くこと……奥さんは合格かな？　もう一歩かな？」

両手を伸ばし、からかうように双乳をタプタプと揺すってくる。乳首をつまんで乱暴に引っぱる。体中ローションまみれなうえ、新たに発情の汗もかいているから、引っぱられた乳首は指と指の間からツルンッと抜ける。抜けるときのなんとも言えない刺激に、瑠依の顔は歪んでいく。

赤パンツはひとしきり双乳をもてあそぶと、反り返った男根にコンドームを被せた。黒ビキニと交替するのかと思ったが、そうではなかった。瑠依の口唇に、勃起しきった男根を突きたててきた。

「ぅんぐうううーっ！」

乱暴に押しこまれたので、瑠依は眼を白黒させた。ゴムの臭いが不快だったが、そんなことはどうだってよかった。黒ビキニ同様、赤パンツもまた、怒濤の連打を打ちこんできた。口唇に向かってである。瑠依の頭をむんずとつかみ、顔ごと犯すような勢いで腰を振りたてはじめた。

一瞬で、呼吸ができなくなった。続いて涙が流れ落ち、舌や唇をコントロールできなくなる。怒濤の連打を受けとめるためには、とにかく全力で口を開いているしかない。口内に溜まった唾液が、無残な音をたてた。白濁した唾液はすぐに隙間からあふれだし、顎を伝ってシーツまで糸を引いていく。

もちろん、後ろからは黒ビキニが突いてきている。怒濤の連打が続いている。どれだけすさまじい肺活量の持ち主なのか、いっこうに休憩する気配がない。

(たっ、助けてっ……)

オルガスムスの前兆が疼きだし、瑠依は震えあがった。口唇を男根で塞がれている息苦しさがトリガーとなった。意識が朦朧としていくほどに、快楽だけが生々しくなって、たとえようもない魅惑を放つ。それに五体を乗っとられれば、絶頂をむさぼれる。なにも考えずに、肉の悦びに溺れられる。

ダメだと思っても、頭の中はすでにオルガスムスに占領されていた。このままイッたらどれだけ気持ちいいか、そのことばかりを考えている。体はとっくに快楽に乗っとられ、後ろから前から送りこまれるリズムに翻弄されきっている。乱れた前髪の向こうに剣持の姿を探そうとしても、涙に霞んでなにも見えない。

「ぅんぐっ！　ぅんぐぅぅぅうーっ！」

ビクンッ、と腰が跳ねた。制御できない痙攣が、ぶるぶるっ、ぶるぶるっ、と五体の肉という肉を震わせ、瑠依はオルガスムスに達した。

6

コンドームを被せられた男根が、口唇からずるずると抜かれていく。

「奥さん、いまイッたでしょ？」

ククッ、と喉の奥で赤パンツが笑う。

「ああ、イッたな。オマンコも締まったよ、しっかり」

黒ビキニが腰をまわしながら言う。怒濤の連打は休止され、ウイニングランのように男根で中を掻き混ぜてくる。

「イッ、イッてない……」

瑠依は震える声を絞りだした。口唇を犯されたおかげで顎が痺れ、舌もうまく動かなかった。それでも否定しないわけにはいかない。「イクッ！」と宣言しなかった以上、事実を揉み消す余地はまだあるはずだった。

「嘘つかないでくださいよ、奥さん」

「アハハ、絶対イッたって。あんなに体中ビクビクさせといて、しらばっくれるのは図々しいですよ」

「イッてない！」

瑠依は振り返って黒ビキニを睨みつけた。険しく細めた眼から、涙がボロボロこぼれ落ちた。顔を前に戻すと、赤パンツを睨んだ。ふたりとも余裕綽々の表情をしていたが、瑠依だけは必死の形相だった。剣持の前で、絶頂したことを認めるわけにはいかなかった。ＡＶ男優ふたりがかりとはいえ、あっさりイッてしまったふしだらな体を呪う。

「まあ、いいじゃないか」

いつの間にか、水色Ｔバックが隣であお向けになっていた。

「続きをしようぜ、続きを」

このホテルのベッドは異様に横幅が広いから、瑠依が男ふたりを相手に奮戦している傍らにも、まだ彼が横たわるスペースが残されていた。当然のようにＴバックは脱ぎ去られ、コンドームが装着された男根を臍に張りつけていた。

「そうだな。今度こそシラを切れないように、きっちりイカせてやればいいさ」

赤パンツが言い、黒ビキニが肉穴から男根を抜いた。四つん這いになっている瑠依は、ふたりに両側から抱えあげられた。いやいやと身をよじってみたものの、なにをされようとしているのかわかっていなかった。

瑠依はあお向けになった水色Tバックの上に乗せられた。騎乗位だが、ただの騎乗位ではなかった。水色Tバックに背中を向けた、背面騎乗位。「合体っ！」と赤パンツが笑いながら言い、性器を結合させられた。まるでロボットアニメのロボットにでもなった気分だったが、男たちが目指している最終形態はまだ先にあった。

背面騎乗位の体勢で、両脚を大きく開かれた。結合した時点で多少は開いていたが、もっと身も蓋もないM字開脚だ。体勢が苦しく、爪先立ちになっているのに、さらに上体を後ろに倒され、水色Tバックに背中を預ける格好になる。

「えっ？　ええっ？」

瑠依は激しくうろたえた。なにがなんだかわからなかった。性器こそ繋がっているものの、とてもセックスの体位とは思えなかった。だいたい、これでどうやって気持ちよくなるのだろう？　騎乗位だから女が動くのか？　あお向けで男の上に乗り、両脚をM字に開いているこの体勢で？　サーカス芸人ではないのだから、そんなアクロバティックなことができるわけないではないか。

「いい格好ですよ、奥さん」

「パイパンだから、チンコがぶっ刺さってるのが丸見え。エロすぎ」

黒ビキニと赤パンツに下卑《げび》た笑いを浴びせられ、瑠依は顔から火が出そうになった。たしかに、ちょっとあり得ないほど恥ずかしい格好を披露していた。だが、恥ずかしさに心を凍りつかせる一方、安堵しているもうひとりの自分もいた。こんなわけのわからない体位なら、間違ってもオルガスムスに導かれることはないだろう、と。

甘かった。黒ビキニと赤パンツは、手に手に電マを握りしめた。スイッチが入れられ、ブーン、ブーン、とヘッドが振動しはじめる。ブラジャーの保護を失い、丸々としたフォルムを誇示している乳房に、ふたつのヘッドが襲いかかってくる。

「あっ……くぅうっ！」

振動するヘッドはすかさず隆起の裾野を這いだして、頂点に向かっていく。すぐに乳首を刺激してこないのがいやらしい。丸みをなぞるように、裾野を何度も往復する。刺激されていない乳首のほうが熱くなり、いやらしいくらい疼きだす。

「あううっ！」

ヘッドが左右の乳首に直撃すると、瑠依はしたたかにのけぞった。電マを追い払おうとしても、下にいる水色Tバックが両手を押さえてくる。しかも、この背面開脚騎乗位は、激しく身をよじることを許してくれなかった。性器が繋がっているうえ、本能が男の上から転落するのを拒むのだ。動いてないから快感もないのだが、無意識にバランスをとってしまう。転落しないためには、じっとしているのがいちばんいい。左右の乳首を嬲りものにされても、甘んじて受けとめるしかない。

「あああっ……あああっ……」

ふたつの電マのヘッドが離れると、瑠依の腰はガクガクと震えた。乳首への刺激も眼がくらむようだったが、新たな戦慄がこみあげてくる。

無防備にさらけだされ、刺激をされても甘んじて受けとめるしかないのは、乳首だけではなかった。乳首よりはるかに敏感で、女の官能の中枢と言っていい器官に、黒ビキニと赤パンツの視線が向かう。そのすぐ下の割れ目では、水色Tバックの男根を咥えこんでいる。深々と貫かれている。この先の展開を考えたくない……。

瑠依は視線をさまよわせた。剣持を見るためだが、窓際のソファにいなかった。すぐ側に立っていた。ベッドの横で腕組みし、怖いくらいに険しい眼つきでこちらを見ていた。

「盛りあがってきたじゃないか」

剣持が言い、AV男優たちが得意げにうなずく。

「この先はどうなるのかな？」

「どうなるって……」

黒ビキニがクックッと笑い、

「奥さんの本性を目の当たりにできますよ」

赤パンツが楽しげに言った。

「それともやめますか？　いまやめれば、奥さんは首の皮一枚繋がります。『秘すれば花』の秘するべきところが、まだほんのちょっと残ってますから」

「いや」

剣持はきっぱりと首を横に振った。

「トドメを刺してやってくれ」

黒ビキニと赤パンツは満面に笑みを浮かべてうなずき、瑠依に視線を向けた。瑠依の顔面はこわばりきっていた。剣持がすぐ側に来たことで、恥ずかしさの度合いが十倍くらいに跳ねあがった。彼に失望されたくなかった。ただお金のためだけではない、といまになって気づく。瑠依にとって、剣持は特別な存在だった。本物のセックスを教えてくれた男だった。この世に生まれてきた悦びを教えてくれたのと同義だった。

そんな男の前であられもなく乱れ、絶頂に達するのは恥ずかしい。誰に抱かれてもイキまくる女だと思われたくない。剣持にとって瑠依は、至上のセックスを味わうための単なる道具かもしれない。しかし、道具にだって心はある。これ以上、恥をさらすのは嫌だ。

「あああっ……あああああっ……」

振動する電マのヘッドが、内腿を這いまわりはじめた。二本の電マが左右に分かれて、いやらしく動く。太腿の下半分はガーターストッキングに包まれているが、極薄のナイロンなど電マが相手ではなんの防御にもならない。ストッキングの上部を飾る美しいレースの花模様が、かえって憐れを誘うだけだ。

黒ビキニと赤パンツは、執拗に内腿に電マのヘッドを這わせてきた。たしかに敏感な部分だった。ベッドの中で男に撫でさすられれば、下腹の奥まで熱く疼く。

それでも瑠依は、自分の体の反応を予想できなかった。

気がつけば腰が動いていた。股間を上下させて、剝きだしの割れ目に咥えこんだ男根を、しゃぶりあげていた。大胆な動きではなく、ほんの二、三センチの動き幅だったが、どうしてそんなことができるのか自分でもわからなかった。先ほどまで、身をよじることもできなかったのに……。

「腰が動いてますよ、奥さん」

「マン汁もすごいな。シーツに水たまりができてる」

黒ビキニと赤パンツが卑猥な笑みをもらし、

「気持ちいいですよ、奥さん」

後ろにいる水色Tバックが、耳元でささやいた。

「チンポしゃぶってくれて、ありがとうございます。こっちもお礼をしないとな……」

下から二本の手が伸びてきて、双乳をつかんだ。ぐいぐいと指を食いこませる、揉み方が上手い。丸みを帯びた肉の塊だけではなく、心まで揉みほぐされるようだった。この愉悦にたゆたえ、と手指が伝えてくる。欲情を手繰り寄せられる。内腿を這う電マの刺激と相俟って、瑠依の中でなにかが溶けだしていく。

たまらなかった。

考えてみれば、こんな逆ハーレムプレイ、普通なら絶対に経験できない。この世にいる女の中で、これほどの愉悦が味わえるのはごくひと握り、いや、ひとつまみに違いない。そんなことを一瞬思った。愚かだった。トドメを刺せと命じられたセックスのプロが、いつまでもそんな甘ったるい愛撫を続けているわけがなかった。

「あああああああああーっ！」

眼を見開いて絶叫した。電マのヘッドが、ついにクリトリスに押しつけられた。陰毛の保護もないので、ブーン、ブーン、と唸りをあげている振動がダイレクトに肉芽に届く。体の芯までしたたかに響き、頭の中が真っ白になる。

押しつけてきたのは黒ビキニだった。五秒ほどで離された。正気に戻る暇は与えられなかった。すぐに今度は赤パンツが、振動する電マのヘッドをクリトリスに押しつけた。

「あああーっ！　はぁあああーっ！」

黒ビキニと赤パンツは、交互にクリトリスを刺激してきた。一回に押しつけられるのは五秒ほどと短くても、それが延々と繰り返されるのだから、頭がどうにかなりそうだった。こんなのすぐイッてしまうと思った。我慢できるわけがなかった。

（終わったな……）

電マの刺激に揉みくちゃにされながらも、瑠依は一瞬、泣き笑いのような表情を浮かべた。もう剣持の姿を確認することはなかった。見なくても、視線だけは感じていた。凍りつくような冷たい視線が、素肌ではなく、胸に刺さる。

「イッ、イクッ！　イクウウウウウーッ！」

喜悦に歪んだ声を絞りだして、瑠依は果てた。下腹の奥で爆発が起こり、眼をつぶると瞼の裏で金と銀の火花が散った。爆発そのものも痛烈だったが、なかなか余韻に移らなかった。快感の極み、ピークのところに長く留められた。電流じみた快感が、さざ波のように手足の先まで到達した。結合部を中心に、小さな円が大きくなっていく感じは、夜空にあがる打ちあげ花火を彷彿とさせた。快感の輪が二重、三重、四重と次々にひろがっていき、体中をビリビリと痺れさせる。

しかし、それをじっくり嚙みしめている暇はなかった。

クリトリスから電マは離れていたし、黒ビキニと赤パンツは勝ち誇った顔で恍惚にゆき果てていく瑠依の姿を眺めていたが、水色Tバックが下から腰をつかんできた。ローションまみれのガーターベルトごとがっちりつかみ、動きだした。驚いたことに、下から怒濤の連打を送りこんできた。

「はっ、はぁあああああああーっ！」

瑠依は声の限りに叫んだ。叫ばずにはいられなかった。オルガスムスに達した直後の女体はとても敏感なので、刺激されてもくすぐったい。快感よりも苦痛が勝る。それを知っている気が利いた男は、さりげなく休憩を与えてくれる。結合をとかずとも、少しの間、キスをしたり、見つめあったりしているだけでいい。気が利かない男も中にはいるが、そういう場合は自分で言うしかない。

「やめてっ！　いまイッたから！　イッたばっかりだからあああーっ！」

動かないでほしいと哀願しても、無視されたのは初めてだった。水色Tバックは気が利かないのではなく、わざとやっている。いままで溜めに溜めていたエネルギーを爆発させ、下から激しく突きあげてくる。

いっそ失神してしまいたいという時間が、しばらく続いた。しかし、適応能力に長けているのもまた、女体の特徴のようだった。苦痛に感じていた刺激が、次第に快感の色に染まりはじめた。あるところで、劇的に入れ替わった。新しい扉を開けた実感が、たしかにあった。苦痛の向こうには、歓喜の大海原が拓けていた。

先ほどまで、電マの刺激はクリトリスに与えられていた。いまは中を刺激されているからというのもあるかもしれない。瑠依の場合、中のほうが感じる。玄人が下から送りこんでくる逞しいリズムに、なす術もなく翻弄されてしまう。

「ああっ、いやっ……ああっ、いやっ……やっ、やめてっ……そんなにしたら、またイッちゃうっ……またイッちゃうからあああっ……」

黒ビキニと赤パンツが、よがりはじめた瑠依を指差して笑う。

「イケばいいじゃないですか、遠慮しないで」

水色Tバックも、耳元で笑っている。

そんな中、笑っていない男が、この部屋の中にひとりだけいた。剣持がベッドにあがってきた。手の届く距離で、よがりによがっている顔を見られた。

「そんなに気持ちいいのか？」

聞き覚えのある声より、ずっと低い声で訊ねられた。瑠依に返す言葉はなかった。背面開脚騎乗位という身も蓋もない体位で、汗まみれの乳房をバウンドさせていた。いまにも連続絶頂に達しそうなこの状況で、言い訳なんてしても無意味だった。

「気持ちがいいのかって訊いてるんだぞ」

黙っていると、腕を取られた。わけがわからなかったが、黒ビキニは剣持の意図を察したようで、反対側から腕を取ってきた。下からの怒濤の連打が続く中、瑠依は上体を起こされた。両脚をM字にひろげたまま、中腰でしゃがんだような格好にされた。

必然的に結合部に全体重がかかった。女の割れ目に突き刺さっている男根が、余裕で子宮に届いた。普通の騎乗位でも、女が両脚を立てると結合感が深まるものだ。それと同じで、ただでさえ翻弄されていた怒濤の連打にブーストがかかる……。

いや……。

ブーストはかからなかった。水色Tバックは唐突に動くのをやめた。なにが起こったのかわからなかった。男の腰使いには仕切り直しが多々あるが、そういうことでもなく、本当に動かなくなってしまった。

「あああっ……ああああっ……」

瑠依は呆けたような声をもらしながら、腕をつかんでいる剣持を見上げた。眉尻と眼尻を限界まで下げ、涙を流しながらすがるように見つめたが、剣持はただ、猛禽類のように険しい表情で見つめ返してきただけだった。

実際、瑠依がすがろうとしたところで、彼にできることはなにもなかった。ひとつだけあったとすれば、眼をつぶることだろう。自分から腰を動かし、股間をこすりつけて愉悦をむさぼりはじめた瑠依の浅ましい姿を、その瞳に映さなかったことだけだ。

「ああっ、いいっ！　いいいいいーっ！」

瑠依は一瞬にして我を失った。もはや恥のかきようもないと思うと、快楽に没頭する以外に逃げ道はなかった。クイッ、クイッ、と股間をしゃくるほどに、自我が崩壊していった。自分はもう人間ではないと思った。ただ一匹の獣の牝ですらなく、複数の男たちの慰みものにされる淫らなオモチャ……。

「ああっ、イキそうっ……すぐイキそうっ……剣持さん、イッてもいい？　オマンコ気持ちいいから、もう我慢できないっ……あああっ、イクッ……もうイクッ……オッ、オマンコ気持ちいいいいーっ！　ああああああーっ！」

獣にはあり得ないふしだらさを振りまいて、瑠依は絶頂に達した。連続して二度目にもかかわらず、いや、だからこそかもしれないが、一度目を軽々と凌駕する大爆発が起こった。ロケットで宇宙の彼方まで飛ばされていくような衝撃があった。だがすぐに降下が始まり、下り勾配だけが延々と続くジェットコースターに乗っているような感覚の中、次第に意識が薄らいでいった。

水色Tバックが下からの連打を再開しなければ、そのまま失神していただろう。

7

静かだった。

まるで深い海底にいるようだ。

先ほどまで熱狂に次ぐ熱狂、興奮の坩堝《るつぼ》にあったスイートルームのベッドルームも、いまはもう誰もいない。瑠依だけがひとり、いたるところに汗ジミができているベッドの上で手脚を放りだしている。荒々しくはずんでいた呼吸はずいぶん前に鎮まっていたが、起きあがる気力がわいてこない。

お腹の上に、精子の溜まった皺くちゃのコンドームが、三つ並んでいた。それを払いのけることもできないのだから、起きあがる気力なんてあるわけがなかった。

いったい何回イッたのだろう？

あまりに多すぎて数える気にもならなかった。ＡＶ男優三人を相手に大立ちまわりを演じたのだから、十回やそこらじゃきかない。よく覚えていないが、彼らはそれぞれ一度ずつしか射精していないはずだ。みんな若かったから二回戦だってできたはずで、もしそういう展開になっていたら、自分はどうなっていただろう？　人間、性的快楽の過剰摂取で死に至ることがあるのだろうか？

もしあるなら、そういう最期も悪くなかった。事切れる前に、きっとこの世でいちばん美しい景色を見ることができる。生きながら、天国の空気を胸いっぱいに吸いこめる。

だが、死ななかったばかりに、残されたのは地獄の景色だ。

プレイが始まる前、「誰に抱かれてもイカないでくれ」と剣持は言った。あとから取り消したけれど、それが彼の本音であることは疑いようがない。剣持のような男でも、愛人が自分以外の男に抱かれてイカないでほしいと考えるなんて笑ってしまいそうになるが、そういう問題ではない。

無念だが、瑠依は剣持の期待に応えることができなかった。裏切った、と言ってもいいかもしれない。おそらく愛想を尽かされる。月百万円の報酬が消えてなくなり、ユーセイを水揚げする計画も暗礁に乗りあげる。

絶望だ。

自己嫌悪もひどい。

身を削るのも、身を穢すのも、推しのため——そういう境地を目指していたはずなのに、結局、瑠依がいちばん今日のプレイを堪能した。欲望の翼を全力でひろげて謳歌した。もちろん、謳歌しようと思って謳歌したわけではない。それでも、事実としてあれだけ続けざまにイキつづけたのだから、どんな言い訳をしても虚しい。

もし今日この部屋で起こったことが動画で撮影されていたとして、事情を知らない第三者に見せたらどう思うか？　AV男優たちは意地悪なこともしてきたけれど、すべては瑠依の快楽へと繋がる伏線だった。ニンフォマニアの女が若い男を集めて逆ハーレムプレイに淫していたとしか思えないのではないだろうか？

「ずいぶん待たせるじゃないか」

剣持の声がしたので、瑠依はハッと我に返った。リビングとベッドルームを仕切る引き戸は開け放たれており、そこに立っていた。バスローブの白さがまぶしかった。さすが高級ホテルというべきか、ラブホテルに備えつけのそれとは違い、柔らかそうなパイル地だ。

「すっ、すいません……」

瑠依はあわてて体を起こし、お腹の上に載っていた三つのコンドームをベッドの下に放り投げた。ホテルユーザーのマナーとしては最低だが、ティッシュで丁寧に包んでゴミ箱にそっと捨てる気にはなれなかった。

「あっ、あのう、みなさんは……」

無残に乱れた髪を直しながら訊ねた。焼石に水だった。無残なのは髪だけではなかった。首から下のほうがもっと深刻だ。

「とっくに帰ったよ」

でしょうね、と胸底でつぶやく。リビングから人の気配が漂ってこない。

「僕のお楽しみはこれからなんだが、グロッキーかい？　スタミナ切れならルームサービスでなにか頼むし、眠るなら眠ってもかまわないが……」

「いえ……」

瑠依は跳ねるようにベッドからおりて、剣持に近づいていった。絶望的な未来に、ほんの少しだけ明かりが差した気がした。あれだけの醜態をさらしたのに、剣持はまだ、この自分を抱いてくれる気があるらしい。

「それにしてもひどいな……」

剣持は瑠依の様子を見て眉をひそめた。プレイ中に全身にかけられたローションが、乾いてカピカピになっていた。ブラジャーとショーツは脱がされたものの、ガーターベルトとストラップ、それにセパレート式のストッキングは着けたままだ。

「とにかくそれをなんとかしよう。バスルームへ行くんだ」

瑠依はうなずいた。自分のバッグからバレッタを出し、手早く髪をアップにまとめてから、バスルームに向かう。

一方の剣持は、先にシャワーを浴びたようだった。スーツからバスローブに着替えていたし、顔の血色もいい。

この部屋のバスルームはガラス張りだった。巨大な浴槽にお湯が張られていたので、剣持が浸かっていたのかもしれない。

「えっ……」

瑠依は眼を丸くした。剣持も一緒にバスルームに入ってきたからだった。

「僕が流してあげよう」

剣持が右手でシャワーヘッドをつかんで言った。お湯を出し、左手でそれに触れて温度を確認してから、瑠依の体にかけてきた。

「あああっ……」

声が出てしまった。お湯をかけられると、先ほどまでぐったりしていた体が、にわかに生気を取り戻していくようだった。カピカピに乾いて用をなさなくなったローションの残滓も、お湯を浴びてヌメリを取り戻していく。

瑠依は剣持にお湯をかけてもらいながら、ガーターベルトをはずし、セパレート式のストッキングを脚から抜いた。あちこちでかさぶたを剝がすような感覚があったが、肌にはダメージを負っていないようなのでホッとする。ローションの残滓も落とそうとするが、ヌメリを取り戻したら取り戻したで、こすってもなかなか落ちてくれない。

瑠依は全裸だった。お湯をかけている剣持は、お湯だけではなく熱い視線も裸身に注ぎこんできた。羞じらうことはできなかった。いまさら羞じらったところで、カマトトかブリッ子にしか見えないだろう。

だが、かといって恥ずかしくないわけではない。とくに、股間を洗おうとすると顔が熱くなった。立ったままではガニ股にならなくてはならないし、自分だけしゃがむのも気が引ける。よけいな気を遣わないで、さっさとしゃがんでおくべきだった。

「僕が洗ってあげよう」

剣持はシャワーヘッドを左手に持ち替えてから、瑠依に身を寄せてきた。

「いえ、あの……大丈夫です」

遠慮しようとしたところで、剣持はやりたいことをやる男だ。左手で下腹にお湯をかけながら、右手でパイパンの股間に触れてきた。

瑠依は身をよじった。やけにヌルヌルしていた。体の上のほうから流れてきたローションが、股間に溜まっているのだろうか？　とにかく、これはちょっとやそっとじゃ落ちなそうだ。

「感想を聞かせてくれよ」

ヌルヌルの股間をいじりながら、剣持が訊ねてきた。

「オナニーの妄想を具現化できて、どんな気分だった？」

「それは……」

瑠依は紅潮した顔をひきつらせた。しばし視線を泳がせてから、上目遣いで剣持を見た。

「怒りません？」

「ああ」

「イマイチでした」

剣持が怪訝な顔をしたので、あわててフォローの言葉を足す。

「っていうのはですね、剣持さんのせいもあると思うんです。剣持さんと知りあって、わたしなんかじゃ想像もできないくらいすごいこといろいろされて……それがあったから、自分の妄想なんてつまらなくなってしまったというか……」

媚びた口調になっている自覚はあった。しかし、言っていることは嘘ではない。たしかにインパクトがあるプレイだったし、普通の人間にはAV男優を三人も調達する実行力なんてない。そういう意味ではいい人生経験になったと思うが、純粋に興奮したのは剣持とのセックスのほうだ。

「キミはやっぱり素敵な女性だな……」

感心しているようにも、皮肉を言っているようにも聞こえる口調で、剣持は返した。

「僕の前であれだけイキまくっておいて、まさかイマイチなんて感想が出てくるとは思わなかったよ」

「そっ、それは……」

瑠依は気まずげに身をすくめた。

「自分でもいやらしすぎたなって思います。でもそれだって、剣持さんに開発されたからだと思いますけど……」

「今度は責任転嫁かい？」

「いえ……反省します」

「本当かな？」

「反省が足りないかもしれません。おっ、お仕置きしていただけませんか？」

上目遣いで、すがるように剣持を見る。

「いやらしすぎるわたしを、お仕置きしてください……お願いしますっ！」

頑張れ、頑張れ、と自分を励ます。ここが運命の分かれ道だった。ユーセイを水揚げしたいなら、どんなにみっともなく媚びても、剣持に愛想を尽かされるわけにはいかない。

すぐには言葉が返ってこなかった。

剣持は押し黙ったまま、瑠依の顔をじっと見つめていた。あまりに長く沈黙が続くので、シャワーがお湯を吐きだす音が耳障りなほどだった。

剣持は、瑠依の真意を見透かそうとしているようだった。きっと見透かされてしまうだろうとわかっていても、瑠依には媚びへつらうしか道はない。期待には応えられなかったけれど、愛人契約は継続してほしい。

「……たしかにそうだな」

剣持がようやく口を開いた。

「たしかにキミはいやらしすぎる。いやらしすぎる女にはお仕置きが必要だ。かなりきつくなりそうだが、それでもいいかい？」

瑠依はまなじりを決してうなずいた。

「じゃあ、そこに両手をついて尻を出すんだ」

剣持が指差したのは、鏡だった。そのバスルームの壁には、全身が映る巨大な鏡が設置されていた。ガラス張りのうえに壁の一面が鏡だから、実際にも広いスペースが、ことさら広く見える。

「そのまま待っていたまえ」

剣持はバスルームを出ていくと、なにかを持って戻ってきた。電マとヴァイブだった。AV男優たちが部屋に残していったのだろう。

（またなの……）

瑠依はがっかりした。かなり深い落胆だった。それらラブグッズの効力は認めざるを得ないが、いま欲しいのはそれではなかった。この前のように、いや、この前以上の非情さで、尻を叩いてほしかった。尻の双丘が真っ赤に腫れあがり、痛みに立っていられなくなるくらい打ちのめしてほしかった。瑠依は泣きたかったのだ。痛みで号泣したかった。

とはいえ、お仕置きの方法をチョイスするのは、お仕置きをする側の特権だ。される側のこちらに、口を挟むことはできない。不満を顔に出すこともはばかられる。

剣持が電マのスイッチを入れる。バスルームの中なので、ブーン、ブーン、という振動音の反響がすごい。

「あっ……くううっ……」

振動するヘッドが、逆Vの字に開いた両脚の付け根にあてがわれた。後ろからにもかかわらず、剣持は正確にクリトリスの位置を把握していた。

瑠依の両脚は震えだした。電マというのは、本当に恐ろしい文明の利器だった。先ほどさんざん味わったはずなのに、刺激がたまらなく新鮮だった。あられもなくイカされるまで、時間はかからないだろうと思った。

しかし……。

剣持の真の目的は、お馴染みの電マプレイではなかった。瑠依は「ひっ！」と声をあげて鏡越しに剣持を見た。

「まだ体にローションが残ってるから、簡単に入ったな」

鏡に映った瑠依の顔は、尻尾を踏まれた猫のようだった。もちろん、人間には尻尾なんてない。剣持は尻の穴に指を入れてきたのだ。

「ううう……やっ、やめてくださいっ……」

瑠依は震える声で言った。声だけではなく、全身がおぞましさに震えていた。剣持が尻の穴に指を入れてきたのは、初めてではなかった。あのときも鏡の前だった。剣持は瑠依を後ろから犯しながら、何度も何度も尻を叩いてきた。嵐のようなスパンキングの果て、クライマックス中のクライマックスで、尻の穴に指を入れられた。

アヌスとヴァギナは8の字の筋肉で結ばれているから、前の穴に咥えこんでいた男根をぎゅっと食い締めた。すさまじい一体感と密着感に、瑠依は半狂乱でゆき果てた……。

だが、いまはあのときとずいぶん状況が違う。クライマックスどころか、剣持とのセックスはまだ始まったばかりだし、アヌスに埋められた指がマッサージをするように動いている。前回はただ入れられただけだったのに、きつく締まっているすぼまりをほぐそうとしているかのようだ。

（まっ、まさか……）

瑠依は戦慄した。そこは不浄な排泄器官であり、指で触れられるだけでもおぞましい。だが、女がそう考えるほど、執着してくる男は確実に存在する。剣持はまさか、指よりも太いもので犯そうとしているのか？

瑠依の体には、とくに股間にはローションがかなり濃厚に残っていた。いったん乾いていたが、お湯をかけられてヌメリを取り戻した。それを潤滑油にすれば、アナルセックスは可能かもしれない。やってやれないことはないのかもしれないが……。

「お仕置きというからには……」

剣持がすぼまりの中で指を動かしながら言った。

「オマンコを犯されて気持ちよくしてもらえるなんて、ゆめゆめ思っていないだろうね？」

「ううう っ……」

鏡に映った瑠依の顔は生々しいピンク色に染まりきり、きつくこわばっていた。後ろの穴に異物を感じつつも、クリトリスには振動する電マのヘッドがあてがわれているのだ。新鮮な蜜が大量にあふれ、内腿まで垂れてきている。

「わっ、わたし……」

鏡越しに剣持を見た。

「お尻の穴を……犯されますか？」

「さあ。どうだろうね」

剣持はアヌスから指を抜き、電マのスイッチを切ると、バスローブを脱いだ。ブリーフも脚から抜き、勃起しきった男根を露わにした。

8

「力を抜くんだ」

そう言われても、瑠依は身構えるのをやめることができなかった。

意思の力ではどうにもならない。本能が拒んでいる。そこはそのための器官じゃないと叫んでいる。

アヌスに亀頭をあてがわれていた。剣持は何度か入ってこようとしたが、すぼまりがきつく口を閉じているせいで失敗した。

「そうかたくなるなよ。キミほどいやらしい女なら、こっちもすぐに気持ちよくなる」

剣持が口許に皮肉な笑みをもらす。

「ううう っ……」

両手をついた鏡越しに、瑠依は涙眼で剣持を見つめた。力を抜け、力を抜け、と自分の体にメッセージを送る。剣持はなにも、瑠依を辱めようとしているわけではない。みずからの欲望によってそれを求めているアナルセックス狂でもない。

これはお仕置きなのだ。悪いのは自分なのだ。自分以外の男に抱かれてイカないでくれという、剣持の期待に応えられなかった。お金で買われた愛人なのに、彼を裏切って醜態という醜態をさらしきった。

「むううっ……もう少しで入りそうだぞ」

すぼまりが強引に押しひろげられ、

「捨てないでくださいねっ！」

瑠依は必死の形相で叫んだ。

「そこを犯してもいいから、捨てないでっ……おっ、お願いしますっ……捨てないでくださいっ……捨てないでええっ……おおおおおーっ！」

すぼまりをむりむりとこじ開けられる衝撃に、息がとまった。これは辱めではないとわかっていても、肛門を犯されるのは屈辱以外のなにものでもなかった。ついにここまで堕ちるのかと、燃えるように熱くなった顔から脂汗がポタポタと垂れていく。

「よし。先っぽが入ったぞ。これさえ入れればあとは楽なんだ……」

入れる方はそうなのかもしれないが、入れられる方は楽でもなんでもなく、その苦悶は想像を絶していた。なにしろ剣持の男根は長大で、かなり太い。気持ちがいいとか悪いとかの前に、切れたらどうしようという恐怖がすさまじい。剣持はアナルセックスの経験が豊富なようだから、信じて身を預けるしかないが、だからといって恐怖が消えることはない。

「気分はどうだい?」

剣持が訊ねてくる。背中からヒップにかけて、フェザータッチでくすぐられる。心地よい刺激にビクッとなりそうになるが、怖くて動けない。

「おっ、お仕置きなので我慢しますっ……わたしが悪いんですっ……」

「よくわかってるじゃないか」

「いやらしい女でっ……ごっ、ごめんなさいっ……ごめんなさいっ……」

会話をしつつも、恥ずかしくてしようがない。いまこの瞬間もアヌスを犯されていると思うと、自分が人間ではなく、畜生になってしまった気がする。

「しっかり反省しているのは評価してもいい。だが、これくらいで許してもらえると思ったら大間違いだぞ」

「おっ、お尻で射精してくださいっ……」

「そういう問題じゃない！」

剣持は声音を尖らせると、瑠依の上体を起こそうとした。瑠依は一ミリも動きたくなかったが、剣持の意志は固そうだった。しかたなく力を抜いて体を預ける。上体が起こされると、次に体が沈んでいった。剣持はバスルームの床に座ろうとしていた。立ちバックから背面座位へ、後ろの穴で結合したまま体位変更だ。

「あああああっ……」

両脚をひろげられると、泣きそうになった。幸いなことに、体位変更のプロセスで後ろの穴に痛みは走らなかったけれど、なんの救いにもならなかった。

あぐらをかいている剣持の上で、瑠依は両脚をＭ字に開いていた。正面は鏡である。映っているのは、排泄器官を貫かれている女――パイパンのせいもあり、男根が深々と刺さっているのがよくわかる。

「こっちが淋しそうだな？」

「ひっ……」

瑠依の顔はひきつった。剣持の右手が、股間に伸びてきたからだった。脱毛でつるつるになった恥丘を撫でられた。剣持はこんもりと盛りあがった恥丘の形状を味わうように指を這わせつつ、さらに下まで触れてくる。

「うっ……くっ……」

花びらの合わせ目をなぞられ、瑠依は唇を引き結んだ。声をこらえた理由はふたつあった。ひとつは、アヌスを貫かれている状態でいやらしい声など出したくなかったこと。もうひとつは、花びらの合わせ目をなぞる指が、やけにスムーズに動いたからだ。ローションの残滓のせいだ、と自分に言い訳しても虚しい。たしかにそれもあるだろうが、すべてではない。八割方は、新たに漏らした発情の粘液に違いない。

「興奮してるのか？　うん？」

耳元で剣持がささやく。右手で花びらの合わせ目をなぞりながら、左手で乳房を包みこんでくる。節くれ立った大きな手で、やわやわと揉みしだく。

「お仕置きされてるのに、こんなに濡らして……」

剣持が花びらから指を離すと、蜜が長い糸を引いた。

「早くもお尻で感じはじめてるのか？」

「ちっ、違いますっ！」

瑠依は声を裏返した。

「感じてなんてっ……お尻で感じてなんてっ……あううううーっ！」

「どうした？　いやらしい声なんかあげて。感じてないんだろう？」

　剣持の右手の中指は、クリトリスをとらえていた。包皮を剥いては被せ、被せては剥く。淫らなリズムに、瑠依の腰は揺らめきだす。アヌスで感じているわけではなかった。そんなふうにクリトリスをもてあそばれているからいやらしい声が出てしまったのだ、と言ってやりたかった。

　だが、言葉は喉元でつまって口から放たれない。剣持の指の動きが変化したからだ。包皮を剥ききった敏感な肉芽を、直に触れてきた。その前に薄桃色の粘膜を撫で、潤滑油にするための蜜を付着させることを忘れなかった。

「くっ……くぅううううーっ！　くぅうううううーっ！」

　瑠依は首に筋を浮かべて悶絶した。剥き身のクリトリスを直にねちねち撫で転がされれば、女なら誰だってそうなる。敏感な肉芽はあっという間に燃えるように熱くなって、奥までジンジン疼きはじめた。

　すぐにイキそう、という感じではなかった。しかし、そのときは遠くもない。こんなふうに性感帯をいじり抜かれていれば、そのうちイッてしまうに決まっている。後ろの穴を征服されたまま……。

暗色の不安に追い打ちをかけるように、

「これを使ってみるかい？」

剣持が鼻先になにかを突きつけてきた。深紫の色合いが妖しいヴァイブだった。それもまた、AV男優たちの置き土産だ。先ほど剣持が、電マと一緒にバスルームに持ってきた。

「ダッ、ダメッ……」

瑠依はいまにも泣きだしそうな顔で首を振った。女性が開発したと思しきそのヴァイブは、洗練されたフォルムをたたえ、女性の性感を的確に刺激してくる。先端がいいところにあたる。それと電マとのコラボで、先ほどもイカされそうになったのだ。

しかし、興奮している男はいつだって天邪鬼だ。女がダメと言えば言うほど、恥ずかしがれば恥ずかしがるほど、それをやりたがる。

丸みを帯びた先端で、アーモンドピンクの花びらをめくりあげられた。正面の鏡に、なにもかも映っている。蜜を浴びた花びらは淫らなほどにテラテラと光り、その奥では薄桃色に輝く無数の肉ひだが、薔薇の蕾のごとき形状に渦を巻いている。薔薇の蕾のように美しいのに、物欲しげにひくひくと息づく様子は泣きたくなるほどいやらしい。

パイパンになったせいで、なにもかもつぶさにうかがえた。瑠依自身、自分の性器をここまでしっかり見たのは初めてだった。

恥ずかしかった。だがそれ以上に、恐ろしくてたまらず体の震えがとまらない。アヌスに男根を埋めこまれた前の穴にヴァイブを入れられたら、いったいどうなってしまうのか？前の穴にピストン運動を送りこまれながらアヌスに指を入れられたときの衝撃が、震える五体に蘇ってくる。深紫のヴァイブは決して大きくはないが、指ほど小さくも細くもない。ごく一般的なペニスと変わらないサイズである。

「くっ……」

先端が入ってきたので、瑠依は鏡から顔をそむけた。そむけたところで、肉穴にヴァイブは入ってくる。濡れた肉ひだの中に沈みこみ、ゆっくりと奥まで……。

「あああっ……あああっ……」

瑠依はあわあわと口を動かしながら、鏡越しに剣持を見た。助けを求めたつもりだった。洗練されたフォルムに誤魔化されていたが、ヴァイブは思ったより大きかった。肉穴の中で思いがけないほどの存在感を放ち、先端がGスポットにゆうゆう届く。

クリトリスの裏側だ。剣持がねちっこい手つきで、ヴァイブを操る。ぐりんっ、ぐりんっ、とGスポットを穿っては、ゆっくりと抜いていく。またゆっくり入ってきては、Gスポットをぐいぐい押しあげる。

さらに、剣持は左手の中指でクリトリスまでいじりはじめた。ヴァイブの動きに連動させ、恥丘を挟んで裏側と表側から、女の急所を責めたててくる。

「あああっ……あああああーっ！」

鏡に映った自分の顔を首から上だけトリミングして誰かに見せれば、ホラー映画のワンシーンだろうと断定されるかもしれない。眼尻が切れそうなほど眼を見開き、顎がはずれそうなほど大きく口を開いて、顔中をひきつらせている——モンスターと鉢合わせになり、いまにも襲いかかられそうな憐れなヒロインを彷彿とさせる。

しかし、首から下はハードコアポルノそのものだ。無防備にさらけだされたふたつの胸のふくらみ、M字開脚の中心に突き刺さっている深紫のヴァイブ、節くれ立った男の指にいじりまわされているクリトリス——もちろん、モザイク処理などされていない。

「ゆっ、許してっ……もう許してくださいっ……」

瞳いっぱいに涙を溜めて鏡越しに剣持を見た。

「泣きごとを言っているわりには、腰が動いているじゃないか」

剣持が険しい表情で睨んでくる。実際、腰は動いていた。激しく振りたてているわけではないし、動かそうと思って動かしているわけでもないが、ヴァイブの先端にGスポットをえぐられれば、どうしてもビクッとしてしまう。クリトリスをねちっこくいじりまわされれば、どうしようもなく腰がわななく。

「それに……キミも感じているだろう？」

剣持が意味ありげに笑った。

「さっきからすごい締まりだよ。息をするのも苦しいくらいだ……」

瑠依ももちろん感じていた。前の穴にヴァイブを入れられた瞬間から、後ろの穴の締まりが増したのだ。感じるほどにその傾向は強まっていき、ぐいぐいと食い締めている。そのくせ肛門が切れるのではないかという恐怖は刻一刻と薄らいでいき、かわりになんとも言えない淫らな感覚がオーバーラップしてきた。考えると怖くなってくるが、どうしようもなく腰が動いてしまうのは、前の穴を刺激されているからだけではなく、アヌスにも刺激が欲しいからなのかもしれなかった。

「それじゃあ、そろそろ……」

剣持が熱っぽくささやいた。

「お仕置きの仕上げにかかるとしよう……」

鏡越しに眼が合った瞬間、瑠依の心臓は縮みあがった。剣持の眼つきは、いままで見たことがないほど険しくなっていた。さらに顔中が真っ赤に上気している。いつか見た赤鬼が、また出現したのだ。

「はっ、はぁうううううーっ！」

瑠依の顔もまた、みるみる真っ赤に染まっていった。剣持がヴァイブのスイッチを入れたからだった。AV男優たちは使わなかったが、ヴァイブである以上当然、振動したりスウィングしたりする機能がついている。

女性による女性のためのラブグッズと思しきそのヴァイブは、先端だけが激しく震えた。先端とはつまり、Gスポットにあたっている部分だ。

(ダッ、ダメッ……こんなのどうにかなっちゃうっ……こっ、壊れるっ……頭がっ……頭がおかしくなるっ……)

パニックに陥りそうになっている瑠依の右手を、剣持がつかんだ。わけがわからないまま、結合部に導かれた。

「自分でヴァイブを持ってるんだ。落としたりしたら、もっときついお仕置きだぞ」

続いて剣持は、瑠依の背中を押してきた。背面座位で上体を前に倒せば、女が四つん這いになったバックスタイルに体位が変更だ。瑠依は右手でヴァイブを持っているので左手しかつくことができなかったが、なんとかバックスタイルになることができた。

「おおおっ……」

くびれを両手でつかんでいる剣持が、眼をつぶって天を仰ぐ。

「すっ、すごい締まりだ……ヴァイブの振動も感じる……こんな……こんなにも感じるセックスが、この世にあったなんて……」

感嘆に声を震わせて言うと、カッと眼を見開いた。鏡越しに視線と視線がぶつかりあう。

「動くよ」

瑠依の顔は限界までひきつっていた。だが、うなずいた。うなずくしかなかった。

「おっ、犯してくださいっ……瑠依のお尻、おっ、犯してっ……壊れるくらい、犯しまくってくださいっ……」

媚びへつらっているわけではなく、心からの言葉だった。後ろにいる剣持のまわりに、黄金色のオーラが見えたからだった。オーラとはつまり、強い欲望だ。女の上に君臨し、支配したい——ロックオンされているのは自分なのに、瑠依は少しも怖くなかった。むしろ選ばれた光栄さに、身震いがとまらなかった。自分から率先して支配され、人身御供《ひとみごくう》になってもいいとさえ思わせるなにかが、このときの剣持にはたしかにあった。女を虜にしてやまない、魔性のオーラを放っていた。

「むううっ……」

剣持が動きはじめた。さすがに前の穴で結合しているときのように、突きあげてきたり、連打を放ってきたりはしなかった。スローピッチの上にスローピッチを重ねたような慎重さで、ゆっくりと抜き、ゆっくりと入り直してくる。動いている幅も狭く、たぶん二、三センチくらいだ。

それでも、瑠依に訪れた衝撃は常軌を逸していた。男根が一ミリ動くほどに、そこが性愛のための器官でないことを思い知らされた。痛いというより苦しく、抜かれるときにはそのまま体が裏返されるのではないかという戦慄が訪れる。

性愛器官ではないということは、潤滑油になるような粘液を分泌することもない。用意周到な剣持は小まめにローションを垂らしてきたが、それでも抜き差しがスムーズになることは最後までなかった。

とにかく苦しくてしようがなかった。苦しさから逃れようとするなら、右手に持ったヴァイブに活路を見いだすしかなかった。瑠依は自分の体を信用しようと思った。淫蕩すぎる我が身こそ、いまは天から垂らされた蜘蛛の糸だった。経験したことがないこの苦しさも、愉悦の海に溶かせないとは限らない。

肉穴に埋まっているヴァイブは、先端が振動したままだった。ただ、剣持から持つのを引き継いだり、体位を変更したりしているうちに、あたるべき場所がずれていた。まずはそれを修正し、振動する先端をきっちりとGスポットに押しつける。

「あおおおっ……」

自分のものとは思えない野太い声をもらしながら、ヴァイブを動かしはじめた。ゆっくりと抜き、ゆっくりと入り直す——剣持の動きにシンクロさせようとしたのだが、できなかった。十往復もしないうちに剣持のピッチを追い抜き、限界に近いスピードで抜き差ししていたからである。

「あおおおおーっ！　はぁおおおおおーっ！」

獣じみた声を振りまきながら、夢中になって肉穴を穿つ。自慰といえば指だけに頼り、寝室にラブグッズを隠している女を見下していた瑠依だが、間違っていたと思った。なぜいままで使わなかったのだろうと、後悔がこみあげてくるほど気持ちよかった。

この体が深紫のヴァイブと、すこぶる相性がいいのかもしれない。とにかく、振動している先端がいいところにあたる。Gスポットをぐりぐり押しても気持ちいいし、凹みに引っかけるようにして抜き差しすれば、あまりの快感に熱い涙があふれてくる。

アヌスを犯されている苦しさが消えたり、薄まったわけではなかった。だが、苦悶は苦悶のまま受けとめることができた。苦しいからこそお仕置きなのだろうと思った。お仕置きにもかかわらず、剣持を受け入れていることがたまらなく嬉しかった。不浄の排泄器官とはいえ、剣持に犯された以上、これからは特別に意味のある性愛器官になるだろう。

「たまらないよ……」

剣持が息をはずませながら言った。

「こんなに素晴らしいセックスは初めてだ……こんなにもすごい一体感のある……これぞ究極……これぞ至高のセックスだ……」

うわごとのように言う剣持は、眼の焦点が合っていなかった。ともすれば、正気を失っているのではないかと不安になるほどだった。そのせいもあり、この世ならざるものに見えた。いったいなんだろうと思った。ひとつしか思い浮かばなかった。色と欲で腐敗した街に降臨した神だ。

剣持が羨ましかった。鏡に映っているのは彼ひとりではなかった。獣のような格好で尻の穴を犯され、みずから握りしめたヴァイブで狂ったように前の穴を穿っている自分もまた、いよいよ人間離れして見えた。

苦しい苦しいと言いつつも、鏡に映った自分は、どう見ても手放しでよがり泣いていた。紅潮しきった顔を脂汗でテラテラに光らせ、さらにくしゃくしゃに歪めきって、獣じみた野太いあえぎ声を撒き散らしている。

もちろん、人間ではないからといって、神の類いであるわけがなかった。尻の穴を犯されてよがるのは畜生だ。さながら、牝豚といったところか。

最低だった。瑠依は間違っても、自分のことを牝豚と認めるような女ではなかった。そういう類いの自虐ギャグを言う女も大嫌いだったが、現実に牝豚なのだからしようがない。鏡に映った自分が他のものには見えないのだから、受け入れるしかない。

牝豚……。

受け入れた瞬間、すさまじい解放感が訪れた。光に満ちた雲の中に、裸で飛びこんでいくような——人間をやめるのはこれほどまでに心地いいのかと驚嘆した。眼もくらむような解放感が、この世で最低の女のテンションを、最高潮にまで引っぱりあげた。

「ああっ、ちょうだいっ！　もっとちょうだいっ！」

声の限りに叫んだ。

「突いてっ！　突きまくってっ！　お尻が壊れるまで犯し抜いてっ！」

「出すぞっ！　尻に出すぞっ！」

呼応するように剣持が叫び、腰使いに力をこめてくる。アヌスが男根を受けとめることに慣れてきたのか、剣持の腰使いはピストン運動そのものだった。興奮の雄叫びをあげながら、怒濤の連打を放ってくる。もはや遠慮や容赦はまったくない。

「はっ、はぁおおおおーっ！　はぁおおおおおーっ！」

瑠依は歓喜のあまり涙を流した。手放しで泣きじゃくった。

人間に腕が二本しかないことが、もどかしくてしようがなかった。右手にはヴァイブ、左手は上体を支えている。乳房を揉んだり、乳首をひねりあげたりしたくても、左手を使うわけにはいかない。

上体を支えられなくなれば、前に潰れて鏡を見られなくなってしまうからだ。見つめあいながら恍惚を分かちあうのが、剣持のセックスの流儀だった。眼を閉じるな、顔をそむけるなと、何度も注意された。教えは忠実に守りたかった。守ったご褒美として、肛門の奥に煮えたぎるような熱い精を注ぎこんでほしかった。

しかし……。

鏡に映っている剣持の眼が、不意に真っ黒になったような気がした。

最初は錯覚だろうと思ったし、そもそも涙に曇った視界はそれほどクリアではなかった。それでも、どう見ても剣持の眼は白眼の部分が真っ黒になって、光を失っているようにしか見えない。

突然、動きがとまった。瑠依は鏡越しに剣持を凝視していた。少し前まであれほど力強く放っていた黄金色のオーラが消えてなくなり、それどころか生気そのものが伝わってこなくなった。

次の瞬間、こちらに倒れてきたので悲鳴をあげた。愛撫をするためとか体位の変更とか、そういう雰囲気ではまったくなかった。根元を斧で打たれた巨木のように倒れてきて、ドサッと背中に覆い被さった。

瑠依はわけのわからないまま剣持の下から抜けだし、

「……どっ、どうしたんですか？　剣持さん？」

様子をうかがうと、息をしていなかった。とても現実のこととは思えなかったが、手首を触っても脈を打っていないし、胸に耳をあてても心臓の音は聞こえなかった。

剣持は死んでいた。

後々わかったところによれば、彼は末期癌を患っており、余命半年という宣告を受けていたらしい。

ただ直接の死因は癌ではなく心臓発作で、原因は精力剤の過量服用ということだった。オーバードーズである。

剣持は雑貨輸入業者という立場を利用し、以前から外国製のあやしい精力剤や強壮剤を買いあさり、自己判断でカクテルして飲んでいたらしい。中には麻薬成分が含まれていたり、ほとんど覚醒剤のようなものまであったというから驚いた。

なるほど、五十代後半という年齢にそぐわないほどの精力絶倫ぶり、とくに男根の屹立する角度と硬さの謎がとけた気がしたが、そんな危ない薬を服用してあれだけ激しいセックスをしていれば、心臓がどうにかなってもしかたがないだろう。

剣持の自宅マンションを家宅捜索した新宿警察署は、日本の法律上所持することが許されない成分を含む錠剤、カプセル剤、アンプル剤等を大量に押収したと、メディアを通じて発表した。

警察は当然、瑠依にも疑いの眼を向けてきた。飲み物などに混ぜられ、知らないうちに服用させられていた可能性は否定できないし、そうでなくても体液を啜りあうような濃厚なセックスをしていたから不安だったが、尿検査の結果は陰性だった。

最終章

煙が眼にしみた。

ナチュラルアメリカンスピリット――自分が吸っている煙草の煙なので、誰にも文句を言うことはできない。

ここは新宿歌舞伎町のはずれ、花園神社の近くにあるジャズ喫茶。もう一年以上前になるが、初めて援助交際をした相手と待ち合わせた場所だ。そのときは相手がここを指定したのだが、いまは瑠依が好んで足を運んでいる。

ここは落ちつく。いかにも昭和の遺物といった風情の古ぼけた店内は、煙草のヤニによって飴色に染まり、いつでもジャズのレコードがかかっている。最初に来たときは泥水のように濃いコーヒーがまずくて唖然としたが、スモーカーになってからは悪くないように感じるので不思議なものだ。

なにより、ここは歌舞伎町のラブホテル街へのアクセスがいい。それも人通りの少ない道を通っていけるから、売春稼業にうってつけだ。

客を待つとき、瑠依はいつも店内に一卓だけある窓辺のテーブル席に座る。なぜかそこだけ天井が低くなっていて窮屈な感じがするので、常連客には人気のない席だが、瑠依の仕事にはメリットがあった。

援助交際の相手はネットの出会い系サイトやマッチングアプリ、あるいはSNSで探している。あらかじめ値段交渉をし、写真も交換するのだが、それでも実際に会ってNGを出してくる節度のない者がたまにいる。そういう輩のために瑠依は、「窓辺の席に座ってますから、外から見て気に入らなければ店に入らなくていいです」と、あらかじめすべての客に伝えていた。瑠依は約束の時間から十分待って、誰も来なければ席を立つ。

窓辺の席のいいところは、実はもうひとつある。仕事とは関係ない。

大通りが見えることだ。ここは新宿歌舞伎町、昼間でもキラキラと輝いているホストクラブのアドトラックがひっきりなしに行き交っている。

フィーチャーされているのはたいてい、人気ホストの写真だ。正統派系、王子様系、アイドル系、V系とタイプはいろいろあるけれど、ユーセイの顔に出くわすと頰がゆるむ。のぼりつめたものだと、しみじみ思う。

一億円プレイヤーを続々と輩出している現在のホスト業界では、上には上がいるだろうが、アドトラックに顔が出るようになったのだからたいしたものだ。

正統派寄りのホストクラブ〈スターランド〉では芽が出なかったユーセイだが、二〇〇メートルと離れていない〈カプリコーン〉という可愛い系の店に移籍するとブレイクした。スタートダッシュには瑠依もずいぶんと貢献し、シャンパンタワーだの飾りボトルだの湯水のようにお金を遣ったものだ。もうすでに懐かしい。

この一年はめくるめく毎日だった。

出会いと別れ、終わりと始まりが交錯する季節が、人生には何度かあるらしい。

瑠依は歌舞伎町から職安通りを渡ったところにあるワンルームマンションに引っ越し、ユーセイと同棲を始めた。それに先立って、正式に離婚が成立した。「しばらく別居してお互いに頭を冷やそう」と言って家を出ていった夫は、結局一度も連絡してくることがないまま、義母が代理で離婚届を持ってきた。

「性格の不一致で別れるということで、慰謝料を払う義務もないと思いますけど……あなたも大変でしょうから……」

そう言って三十万円の入った封筒を渡してきた。受けとるつもりはなかったが、向こうも頑なだったので新居に引っ越す際の足しにした。

歌舞伎町の近隣に住むことにしたのは、仕事のためだった。剣持を失ったあと、瑠依は本気でセックスワーカーになる決意をした。もちろんお金も必要だったが、剣持の最期に居合わせたことに、運命というか契機というか、そういうものを感じたからだった。

余命宣告を受けてなお、危ない薬を服用しつつ、至高のセックスを求めつづけた剣持の生き方は、夏の終わりの打ちあげ花火のように迫力があった。

会ったのはたった三回だが、瑠依はずいぶん影響を受けたと思う。剣持は口先だけではなく、セックスに対する知識や経験が豊富なようだったし、実行力もすごかった。彼と出会わなければ決して知ることのなかった世界を、たくさん知ることができた。

瑠依とした最後のセックスが、剣持にとって至高のものだったかどうかわからない。そんなことを口走っていたような気もするが、あの男のことだ。生きていればきっと、また新たなやり方にトライしていただろう。昨日の至高は、今日の至高に塗り替えられたに違いない。その場に誘ってもらうことができなくなったのが、心から残念だ。

瑠依はそれまでの自分からは考えられないくらい、セックスが好きになった。好きという言葉が軽いなら、人生における優先順位のトップになったと言ってもいい。

剣持、そしてユーセイのおかげである。

ユーセイは剣持とは逆に、セックスに対してまっさらだった。二十歳を過ぎているのに、瑠依が童貞を奪うまで性体験がなかった。

ただ一度味を占めると、本能が目覚めるのは早かった。初体験の時からその片鱗を見せていたが、ユーセイは見た目とは裏腹に精力がありあまっている。一度始めたら、精根尽き果てるまで瑠依を離さない。

やり方はごくノーマルで原始的と言ってもいいような気がするが、マンネリに陥ることはなかった。

瑠依にとって、ユーセイは唯一無二の推しだからだ。隣に座って話をして、ただそれだけで何十万も払っても満足していた男が、セックスしてくれるのである。はっきり言って、キスをしただけで、ハグをされただけで、素肌が触れあっただけで、軽いエクスタシーに達するくらい、瑠依はユーセイに夢中だった。ついでに言えば彼のペニスはかなり立派だから、肉体的満足度も高かった。

「ねえねえ、瑠依さん。俺もそろそろ仕事しようと思うんだけど……」

ユーセイがそう言いだしたのは、同棲を始めてひと月くらいが経ったころだった。

なんとなく、予感はあった。

瑠依は当時、とても忙しくしていた。剣持という太客は失ってしまったものの、売春稼業のすべりだしは好調で、金離れのいい常連客がいきなり何人も見つかったし、単発の客も予想以上に釣りあげることができた。月百万の稼ぎをいちおうの目標にしていたのだが、最初の月からゆうにクリアすることができた。

そうなると、次の月も好調を維持しようとするし、できることならもっと稼ぎたいという貪欲さも頭をもたげてくる。瑠依は自分でも驚くほどの情熱をもって、セックスワークに取り組んだ。ネットでの相手探しも、会ってからのあれこれも、すべてに全力投球だった。援助交際やパパ活なんて、ちょっとした小遣い稼ぎで適当にやっている女が大半だろうから、誠意を尽くして一生懸命やればかならず結果はついてくると思っていた。

実際そうなったのだが、となると、ユーセイと過ごす時間が削られる。

ユーセイにはエステティックサロンで働いていると嘘をつき、毎日昼過ぎに部屋を出ていた。アポがなければ午後八時や九時には帰宅したが、夜遅くに会いたいという話が舞いこめば、残業を偽った。稼ぐためにはとにかく数をこなさなければならなかったし、数をこなしていればその中から常連になってくれる人も現れる。好循環が生まれ、波に乗れる。

ユーセイには申し訳なかったが、ふたりの生活を維持するためだった。最初から望外に稼げたので、約束の月二十万円だけではなく、服を買いなさいとか、美容院に行きなさいとか、なんだかんだで倍近い額の現金を渡していた。

ただ、ユーセイにしてみれば、生活の心配がなくなったのはいいとしても、暇で暇でしょうがなかったのだろう。これといった趣味もなく、ひとりで飲み歩いたりギャンブルにのめり込むような性格でもなかったから、そのうち「働きたい」と言いだすのではないかと思っていた。

「仕事って、なにかあてがあるの？　まさか六本木のイタリアンレストラン？」

「違いますよ。ホスクラです」

あまりにも意外だったので、瑠依はキョトンとしてしまった。

「こないだ職安通りを歩いてたら、〈スターランド〉の先輩とばったり会ったんですよ。俺、けっこう仲よくしてた人で、その人も全然売れてなかったから、ふたりで傷の舐めあいをしてたっていうか……でも店をやめたから、気まずくて連絡することもなくて。どうしてるかなーって、気にはなってたんですけどね。で、聞いたら、〈スターランド〉やめたって。あやっぱり、って……でも、そのわりにはやたらとニコニコしてるから、なんかいいことありました？　って訊いたら、新しく入った店で指名が調子いいって。今日もこれから焼肉屋で同伴だ、とかすげえ自慢されて……」

「そういうこともあるのかしらねえ……」

瑠依にはよくわからない話だった。昼職の人間が転職して成功したという話はよく聞くが、ホストクラブはホストクラブだろう。どこへ行っても違いなんてあまりないように思えた。ホストクラブにもさまざまな傾向の店があることを、瑠依は知らなかったのだ。〈スターランド〉以外のホストクラブに行ったことがなかったから……。

「それで、興味あるならおまえもうちの店来いよって誘われちゃって……なんかビビッときたんですよ。ってゆーのも、その先輩と俺、雰囲気似てるから、先輩がウケてるなら、俺もウケるに違いないって……」

「安直ねぇ……」

瑠依は苦笑するしかなかった。

「自分はホストに向いてないって、あんなに力説してたのに……忘れちゃった？」

「だって全然指名とれなかったし」

「今度だってとれないかもしれないでしょ」

「大丈夫ですよ、先輩がとれてるんだから」

本当に能天気な男だと心から思ったが、暇をもてあましているくらいなら、働いたほうがいいに決まっている。

今度こそ長く続くだろうとか、ましてや売れっ子になるなんて小指の先ほども思わなかったが、実のところ瑠依も、ユーセイがゴージャスな店内でパリッとスーツを着こなしているところを見たかった。一緒に暮らしていると、どうしたってだらしない格好ばかりを目の当たりにしてしまう。たまにはお互いにめかしこんで気取ったレストランに行ってみたいと思っても、仕事を優先しているとなかなか難しい。

そんなわけで、つれない素振りをしていても、ユーセイのホスクラ復帰を内心で楽しみにしていた瑠依だったが、ユーセイの出勤初日〈カプリコーン〉に行って驚いた。

誰もスーツなんか着ていなかった。〈カプリコーン〉は、ドレスダウンしたカジュアルな服装でもてなしてくれる店だったのである。それも、可愛い系を謳っているので、色使いもファンシーなら、ふわふわした服も多い。

ユーセイもパジャマのような格好をしていた。ブランドものだと胸を張っていたが、ジェラートピケだった。メンズも扱っているのだろうが、基本的にはガーリーなテイストで知られるルームウエアのブランドである。髪をセットしているし、薄化粧もしているから、家で見るのとは印象が違ったが……。

(なんなのこの店……)

正直、自分の肌には合わないと思った。初出勤祝いにシャンパンをおろしても、全然酔えなかった。ホストがそんな調子だから、客層も〈スターランド〉に輪をかけて若かった。未成年はいないだろうから、正確には精神年齢が幼いのだろう。服装も仕草もしゃべり方も、ＪＫですか？　みたいな子ばかりで、気合いを入れてマックスマーラのシャツ型ワンピースを着ていった瑠依は、完全に浮いていた。

　とはいえ、ユーセイにはとてもフィットしたようで、「昨日もラスソン歌っちゃいましたよ」とたびたび自慢してくるようになり、入店した月から指名数が三位だったという話を聞いたときには、天変地異でも起こるのではないかと心配になった。

　肌に合わない店でも、瑠依は〈カプリコーン〉によく足を運んだ。最初のころはユーセイに恥をかかせたくなくてお金を遣っていたが、ナンバー3になると、今度はナンバーワンにするために頑張った。

　わたしってこんなに勤勉な女だったんだ、と自分でも驚いてしまうくらい、セックスワークに励んだ。たまたま知りあったSMバーのママに気に入られ、太い客をまわしてもらえるようになったので、売上は倍々ゲームだった。

　これしかできませんという特別な性癖をもたず、その一方でどんな性癖にも柔軟に対応できるのがよかったのかもしれない。マゾヒストの客には高身長の女王様っぽい容姿が好まれ、サディストの客にはアナルセックスOKなところを気に入られた。

　ママの紹介してくれた顧客は一般人ではなく、経営者、投資家、資産家といった富裕層ばかりで、中には芸能人やスポーツ選手もいた。声がかかれば最優先で対応して、〈カプリコーン〉で月に三百万は遣っていた。

　おかげでユーセイを無事ナンバーワンにすることができたが、そうなると店に行っても隣にいる時間が短くなる。他にも指名客がたくさんいるからである。かわりに接客してくれるホストになんて用はないが、ヘルプをぞんざいに扱う客はホスクラでは軽蔑されるので、逆に気を遣ったりして苛々する。煙草を吸うようになったのはこのころだ。

おまけに、ユーセイを指名している子――いわゆる担当の「被り」が嫌なやつばかりだった。こちらがドンペリの白を飲んでいると、ピンドンをおろす。シンデレラのボトルを飾っていると、ドルフィンを飾る。そうやって伝票でマウントをとろうとする。

ホスクラは、担当ホストが被っている客同士が張りあう戦場である――というのは知識としては知っていたが、〈スターランド〉ではライバル不在だったので、ユーセイが〈カプリコーン〉に移籍してから身をもって実感させられることになった。

ユーセイを指名する客にはある特徴があった。いまの歌舞伎町を象徴するようなタイプが多かった。いくら流行っていても瑠依だったら絶対に着ないであろう、地雷系・量産系の服を着て、メンヘラふうの眼つきをしている――はっきり言って相当不愉快な思いをさせられたが、相手は十代にしか見えない子ばかりなので、相手にしてもしかたがないと、自制心を働かせるしかなかった。

高額な伝票でマウントをとってくるのは、まだいい。推しの売上に貢献してくれていると思えば我慢もできたが、そのうちネット上で中傷されるようになった。ＳＮＳもそうだし、匿名掲示板ではもっとひどかった。「ババア」「死ね」と平気で書かれた。

さすがに耐えられなくなってユーセイに相談すると、

「見なきゃいいじゃないですか」

と笑い飛ばされたので激怒した。SNSであろうが、匿名掲示板であろうが、見ないことなんてできない。悪口を言われているとわかっていて、それを確認しないでいられるのは聖人か馬鹿であり、瑠依はそのどちらでもないからだ。

ユーセイが売れていくほどに、ふたりの間には距離ができていった。推しがナンバーワンになったことは、喜ぶべきことだし、誇ってもいいと思う。だが、店に行かなければ話すこともできず、自宅ではユーセイの寝顔を見るだけの生活が続くと、心が寒くなっていくのをどうすることもできなかった。

ユーセイがホストに復帰して半年後、月の収入を超えられた。瑠依の仕事も順調をキープしていたので、感嘆するしかなかった。

ふたりはまだ、狭いワンルームに住んでいた。お金もあるし、気分も変えたかったので、瑠依は広い部屋への引っ越しを提案した。ユーセイも快諾してくれたので、富久町のマンションに新居を構えた。築年数は三十年以上経っているが、室内はリフォームが行き届いていて、陽当たりもよかった。なにより、新宿区にしては家賃が安かった。悪くない物件に思えたが、これが大失敗だった。

2LDKだったので、寝室を別々にした。帰宅時間がバラバラだし、それも深夜や明け方になることもあるふたりだった。ワンルームのときは、先に寝ているとユーセイが帰ってきたときに起こされ、あとから帰れば寝ているユーセイに気を遣って大変だった。

しかし、寝室を分けてしまうと、一緒に住んでいる実感が消えてなくなった。ふたりの間に、ますます距離ができたような気がした。寝顔を見たり見られたりしていたワンルームでの生活が、懐かしくてしようがなかった。

ただ、セックスだけはよくなっていった。ふたりとも忙しかったし、タイミングを合わせるのもひと苦労なので、十日に一度くらいしかできなかったが、するたびにこのまま燃え尽きてしまうのではないかと思うほど、夢中になって快楽に溺れた。

最初は、たまにしかできないせいだと思った。お互いに溜めに溜めていたものを爆発させているに違いないと、前向きにとらえていた。

疑問が胸をよぎっていったきっかけは、些細なことだった。ユーセイのやり方に、なんとなく違和感を覚えたのだ。たとえば体位を変えるときなどに、瑠依の体を扱いづらそうにしている。

ふたりの身長は同じくらいだった。たいていのカップルが、男より女のほうが小さい。日本人女性の平均身長は約一五八センチ。一七〇センチある瑠依の長身はもてあまされる。昔付き合っていた男に言われたことがある。「なんか邪魔くさいね」

邪魔くさいのはおまえのほうだと即刻別れたが、彼の言いたいことはわからないでもなかった。セックスのとき腕力や体力を使うのは圧倒的に男なので、女が小さいほうが負担が少ないのである。

ただ、ユーセイにはそういう感覚がないはずだった。理由ははっきりしている。瑠依しか知らないからだ。ひとりの女としかセックスしていないのだから、比較できない。そもそも比較しようと思わない。日本語しかしゃべれない人間が、「英語より日本語のほうが感情表現が豊かだ」なんて言わない。それを言うのは、バイリンガルである。

浮気を疑った。セックスがよくなる一方なのは、他の女と遊ぶことでベッドテクに磨きをかけているからではないかと勘繰った。件《くだん》の匿名掲示板をその気になって眺めていると、さまざまな「匂わせ」が見つかった。

高額伝票で担当被りを威嚇してくるような人間は、「匂わせ」が得意だ。はっきりそうとは明言せずに、担当との仲のよさをアピールしてくる。肉体関係を示唆する。自分がいちばん愛されていると主張する。

「ねえ……」

ある日、ユーセイに訊ねた。

「あんた浮気しているでしょう？」

証拠はつかんでいなかった。つかむのが怖かった、と言ってもいい。嘘でもいいから否定してくれれば、その言葉を信じようと思った。

訊ねたのは店だった。目障りな被りが何人もいたので、百万円のルイ十三世をおろした直後だった。

「どうなのよ？　正直に言って」

ブラフにもかかわらず、ユーセイは顔色を失っていた。ほんの一瞬だったが、表情の抜け落ちた幽霊のような顔になった。

「ちょっといいですか……」

店の外に連れだされた。緑色の誘導灯のある非常口を出て、ビルとビルの間にある外階段へ――〈カプリコーン〉は五階にあった。歌舞伎町の喧噪が近くて遠かった。

「俺が客と寝るのは仕事ですよ」

今度は瑠依が表情を失う番だった。あっさり浮気を認められ、さらに開き直られている。信じられない……。

「たしかに昔は、枕営業とかしているホストを軽蔑してましたよ。でもそれは、俺自身にそういうチャンスがなかったからで、本当は嫉妬してたんでしょうね。売れてる人たちが羨ましかった……」

ユーセイは珍しく饒舌だった。

「ホストなんて稼いでナンボ、ナンバーになってナンボです。上に立って、それが初めてわかりました。売れると売れないとじゃ、見えてる景色が全然違うんだって。だから俺は、誰になにを言われても客と寝ます。そうしてほしいお客さんとはね。客の中に好きな人はいないけど、感謝の気持ちをもってない人もいない。本当にありがたい……」

「ご立派な意見だけど……」

瑠依はアメリカンスピリットに火をつけ、夜闇に紫煙を吐きだした。

「わたしの気持ちはどうしてくれるの？」

ユーセイは言葉を返してこなかった。黙ってこちらを睨んでいた。瑠依も睨み返した。同棲相手を安心させるやさしい嘘すらつけないで、客に感謝とは笑わせる。

ユーセイが黙ったままなので、

「今日は帰る」

吐き捨てるように言って、煙草を足元に落とした。ハイヒールの爪先で思いきり踏み潰してやろうと思ったが、その前にユーセイが拾った。煙草を右手に持って、左の手のひらに押しつけた。火がついているほうをだ。

「ぐっ……」

薄化粧をした綺麗な顔を歪め、声をこらえた。火が消えるまで、離さなかった。歯を食いしばって揉み消し、最後は左手で握りつぶした。

瑠依はなにも言えなくなった。大人の男になったんだな、と思った。ファンシーな服を着た可愛い系ホストの寵児でも、いま目の前にいるのは大人の男だった。

言い訳をせず、自傷パフォーマンスをしたから、ではない。

ユーセイには、カウンターパンチの選択肢もあったのだ。「自分はどうなんですか？」と言い返されたら、瑠依は黙るしかなかった。

瑠依がセックスワーカーであることを、ユーセイはおそらく知っている。エステサロンで働いているなんて、長くつき通せる嘘ではない。ひと月やふた月ならともかく、その時点で七カ月も一緒に暮らしていた。

だいたい、彼とセックスするのは、常に他の男に抱かれた後なのだ。三人、四人と相手にしてくたくたに疲れきっているときでも、ユーセイとベッドインできるチャンスは貴重だから、瑠依は絶対に逃さない。ユーセイに抱かれたほうが疲れが吹っ飛ぶと思って応じるし、実際そうなる。

気をつけているつもりでも、ユーセイが抱いたこの体にはきっと、他の男の痕跡が残っていただろう。素肌を穢すキスマークや緊縛の痕に気づいて青ざめたことは、一度や二度ではない。それらに気づくことは、相手が自分の長身をもてあましていると感じるより、ずっと容易《たやす》いに違いない。

見て見ぬふりをしてくれたのである。

見え透いた嘘で浮気を否定するより、よほど大きな嘘をついたと言ってもいい。

大人になったユーセイは、それがやさしさだと考えた。

関係の継続を望んでいる、ということだろう。

文句なんか言えなかった。

*

「……まいったな」

瑠依は根元近くまで吸ったアメリカンスピリットを、陶器の灰皿で揉み消した。約束の五時をもう三十分もまわっているのに、待ち人が姿を現さない。初めての客だった。メールで連絡もない。今日は空振り、ということらしい。

店内にかかっているレコードが、エリック・ドルフィーからジョン・コルトレーンに変わった。この店によく来るようになって、ジャズメンに詳しくなった自分がおかしい。曲がかかっている間、大きなレコードジャケットがフロアに向けて飾られるので、なんとなく覚えてしまった。

風俗店に籍を置かないでやってるんだから、空振りのリスクはしようがないよ——そんなふうに自分を慰めてみる。それにしても、今月はこれで三回目だ。以前は月に一度あるかないかだったのに……。

初めての客でも、会う前に何度かメールでやりとりしている。相手を見極める力が鈍ってきたのかと思うとゾッとしてしまう。

それ以上に恐ろしいこともある。去年の末、ついに三十歳の大台に乗ってしまった。この一年で、体重も七キロ増えた。間違っても健康的とは言えない生活をしているうえ、煙草まで吸いはじめたので、肌の調子は最悪だ。自分の市場価値が落ちてきたのかもしれないと思うと、ゾッとするくらいではすまなかった。

コルトレーンの『オーレ！』を最後まで聴いてから、ジャズ喫茶を出た。前の大通りでタクシーをつかまえ、「富久町」と運転手に行き先を告げる。

こんなに早く帰宅するのは珍しいが、ひどく疲れていた。昼過ぎに会った客に、浣腸をされたせいだろうか？　お湯で充分だと言っているのに、グリセリンを入れられた。激しい腹痛が起こり、脂汗がとまらなかった。

自宅に到着すると、手早く化粧を落として冷蔵庫を開けた。風呂に入るのも面倒なくらいだるかったので、缶酎ハイでも飲んで寝てしまうつもりだったが、数日前に飲み残した赤ワインのボトルを発見した。

昔「日をまたぐとワインは死んでしまう」と言っていた女優がいた。酸化して味が落ちるという意味だが、三、四日も置いたので、このワインは完全に死んでいる。だが、死んでもアルコール成分がなくなるわけではない。それさえあればいいと、瑠依は鼻歌まじりで睡眠薬を口に放りこみ、ワインと一緒に飲んだ。さっさと酔っ払い、気絶するように眠りに落ちてしまいたかった。

ワインをグラスに三杯とマイスリー八錠で、上半身が揺れはじめた。自分の部屋に行って服を脱いだ。昼間の客にもらった黄色い下着を着けていた。淡いレモン色のブラジャーとショーツだ。自分じゃ絶対に買わない色なので、舌打ちをしてそれも脱ぐ。

このところ、全裸でベッドに入ることが珍しくない。結婚していたころは、自慰をするためにそうしていた。いまは浮腫《むく》みやすくなった体に下着の痕をつけないためだ。

さあ寝るぞ、と照明を消したものの、ベッドには入らなかった。

ふと思いついてユーセイの部屋に行った。全裸のままだった。なんとなく、ユーセイのベッドで眠りたくなったのだ。

セックスをするのはいつも瑠依の部屋なので、ユーセイのベッドで眠ったことはない。たまには彼の部屋でしたいなと思わないこともなかったが、ユーセイが瑠依の部屋に誘いにきて始まるのが常なので、あなたの部屋でしましょうよ、というチャンスがなかった。

「これじゃあ……まあ、しかたがないか……」

照明をつけると、足の踏み場もなかった。ユーセイは片付けが苦手なのだ。仕事柄、大量の服を持っているのだが、購入時それに付属してくる紙袋、包装紙、ビニール袋などが乱雑に散らかり、脱いだ服も脱ぎっぱなし。瑠依は壁の調光器で天井の照明を常夜灯くらいに絞ると、唯一ぽっかりとスペースが空いているベッドの上を目指した。行く手には足の踏み場もないから、深雪の中を歩くようにして向かう。

ベッドの側まで来ると、うつ伏せでダイブした。枕からユーセイの匂いが漂ってきたので、抱きしめて胸いっぱいに吸いこんだ。

部屋を掃除してあげると言っても、ユーセイは頑なに拒否する。そんな暇があるならセックスがしたいと言われると、瑠依も抵抗できない。

だが、明日は半ば強引にでも掃除をしよう。こんなところで寝起きしているなんて、だらしないにもほどがある。同居人として情けなくなってくる。

「汚部屋に住んでるってバレたら、客が引くよ」

眼をつぶってニヤニヤ笑いながら、独りごちた。瞼の裏で、ユーセイが口を尖らせて反論する。バレるわけないでしょ、見せないもん……。

「そういう問題じゃないの……汚部屋に住んでいると、人間が汚れてくるの……とにかく、あんたはお風呂にでも入ってきなさい……あとはわたしが……」

瑠依は眼を見開いた。枕に顔をこすりつけていたら、口の中に髪の毛が入ってきたからだ。やっぱり明日は大掃除だ。枕カバーも布団カバーもシーツも全部洗濯してやろうと思いながら、口の中に入った毛を指でつまみ出す。

なんとも言えない違和感を覚えた。指でつまんでいる髪の毛が長かった。ユーセイはいま、ひよこみたいなベリィショートなのに……。

しかも、薄暗い中、眼を凝らして見ていると色が赤いようだった。このヴィヴィッドな色合いは、ヘアマニキュアではないか？

ユーセイも髪を染めているが、だいたい茶系で、赤なんて見たことがない。

慌てて起きあがり、また深雪の中を歩くように調光器のある壁に向かった。照明を明るくして、まじまじと髪の毛を見る。やっぱり赤い。女の髪にしか見えない。

ベッドに戻り、枕を確認した。なにもなかったが、布団をめくるとシーツの上に赤い髪が十本くらいの束で見つかった。

（まったく……）

天を仰ぎたくなる。ＳＮＳや匿名掲示板で「匂わせ」をする女が、いかにもやりそうな陰険な嫌がらせである。

被りの中に、赤い髪の女はいた。あいつじゃないか？　と顔を思い浮かべ、「ペッ」とシーツに唾を吐いた。赤かった。口の中に赤ワインが残っていたのならいいが、最近、歯茎からよく血が出る。

それにしても、ユーセイはいつ、この部屋に女を連れこんだのだろう？

そういう気配を感じたことはなかった。連れこんで、声をあげさせていれば気づきそうなものだが、昼間も含め、瑠依の不在時だけを狙っているのだろうか？

すぐに腑に落ちた。赤ワインとマイスリーのマリアージュが効いてきて、立っていられないほどの睡魔が襲いかかってきた。体がぐらぐら揺れはじめ、不本意ながら目の前のベッドに倒れるしかなかった。

他の女がセックスしたベッドなんて、吐きそうなくらい気持ちが悪かった。それでも、三つ数える前に意識は黒い闇に吸いこまれていくだろう。そして、約八時間はなにがあっても眼を覚ますことがない。なるほど、毎日こんなふうに眠っていたら、隣の部屋でなにが起きようと気づくはずがなかった。

眼を覚ますと、動悸がひどかった。眼に映った景色に見覚えがなかったので、冷たい汗までかいてしまう。

ここがユーセイの部屋であることをなんとか思いだしたのと、耳障りな声が隣から聞こえてきたのが、ほぼ同時だった。

動悸がますますひどくなっていく。聞こえてきたのは、女のしゃべり声だった。話の内容まではわからなかったが、間違いない。

瑠依は、コンクリート漬けにされたように重い体をなんとか起こし、ベッドからおりた。全裸だった。扉に辿りつくまでに二度転んだ。汚部屋も悪いことだけではなかった。転んだところに二度とも服の山があったので、怪我もしなかったし、音もたたなかった。

瑠依の部屋は扉が引き戸だった。慎重に一センチほど開けた。黒いワンピースの女が立っていた。被りの地雷系だ。黒革のハーネスをはじめ、これでもかと安っぽいゴシック・アイテムを身につけている。頭には白いレースのヘッドドレス。そして、背中まであるツインテール――血の色に染められている。

「じゃあ、気をつけてな……」

ベッドに寝転んだまま、ユーセイが言った。情事が終わり、女が服を着て帰るというシチュエーションらしい。ユーセイは布団を被っていたが、下は裸だろう。布団から出ている肩が剝きだしなので、少なくとも上半身は裸だ。

「隣の女、ホントに起きてこなかったね」

女がクスクスと笑う。

「あたし、起きてきたら楽しいって思ってたのに」

「実は俺も」

ユーセイも笑う。瑠依が見たこともないような悪い顔で……。

「癇癪もちのヒステリーババアだからさ。眼ぇ覚まして大騒ぎしてくれれば、同棲解消できるのになって」

「次に期待する」

「いつ来るの？」

「来週」

「リシャールおろしてよ」

「えー、二百万？」

「俺のエースになりたいんだよね？　一緒に頑張ろう」

「……そだね」

女は意味ありげにニヤッと笑うと、

「推ししか勝たん」

ユーセイにバイバイと手を振った。知性のなさそうなメスガキのくせに、部屋から出てくる前に照明を消す気遣いを見せた。瑠依は冷蔵庫の陰に隠れた。

家の中なので当たり前だが、赤髪ツインテールは靴を履いていなかった。思っていたより、ずっと小柄だった。身長一五〇センチちょっと。しかも、手脚が針金のように細い。体重は間違いなく、三〇キロ台だ。

彼女が厚底パンプスを履いて玄関から出ていくのを見届けると、瑠依はキッチンに向かい、包丁スタンドからシェフズナイフを抜いた。

刃渡り二〇センチくらいか？　ポルシェ・デザインなので、ものすごくカッコいい。この部屋に越してきたとき、ちょっとは料理も頑張ろうと思って買った。結局、まともな料理を一度もユーセイに振る舞えなかったのが残念だ。

シェフズナイフを右手に持ち、自分の部屋に向かう。物音をたてずに引き戸を開け、中に入っていく。照明はつけなかった。引き戸を開けっ放しにしておけば、キッチンからもれてくる光が入ってくるので、真っ暗闇にはならない。

　ユーセイは早くも寝息をたてていた。精根尽き果てるまで、赤髪ツインテールを可愛がってあげたせいか？　そうであるなら、情けをかける必要はないだろう。瑠依はシェフズナイフの切っ先を下に向け、ハンドルを両手で握りしめると、盛りあがった布団を刺した。お腹を狙ったつもりだが、意外にもユーセイは悲鳴をあげなかった。

　刺さっていないのだろうか？　慌てて布団をめくった。ユーセイは黒いブリーフを穿いていた。その少し上、ウエストの横のあたりに血がついていた。傷が浅かった、ということらしい。

　もう一度、刺した。今度は手応えがあり、悲鳴があがった。薄闇の中でも、ユーセイが眼を見開いているのがわかる。瑠依は冷めた眼つきでそれを見ている。

　大切な推しを、あんな女に渡すわけにはいかなかった。いまならまだ、自分のほうがたくさんの思い出をもっている。〈スターランド〉の人間はもちろん、〈カプリコーン〉の同僚やスタッフだって、瑠依のことを担当のエースとして認識しているだろう。いまユーセイが死ねば、自分がユーセイの女でいられる。

　未来にはなにも期待できなかった。三十歳になってしまったので、これから容姿は劣化していく一方だろう。そうなると当然、稼ぎも悪くなる。酒量は増えるばかりで、煙草もやめられず、睡眠薬はもはや中毒と言っていい。体重増加と体調不良は、正視することができないくらいひどい。明るい兆しがひとつも見えない。

「なっ、なにするんですか……」

ユーセイが言った。気の毒なくらい声が濁っていた。

「わたし、癇癪もちのヒステリーババアなんでしょ？　これくらい、するよ」

「……聞いてました？」

「聞かせたかったんじゃないの？」

「仕事じゃないですか……」

ユーセイは泣き笑いのように顔を歪めた。

「客はみんな綺麗な嘘が欲しいんですよ。俺は欲しいものを与えてるだけ。全部嘘ですよ、真っ赤な嘘。映画やドラマで役者が本音なんて言わないでしょう？」

うめきながら立ちあがろうとした。その腹部にシェフズナイフは刺さっており、瑠依が両手でハンドルを握っていた。

「どけっ！」

ユーセイに肩を突き飛ばされ、瑠依は後退った。シェフズナイフは離さなかったので、ユーセイの体から抜けた。血が噴きだし、先ほどより大きな悲鳴があがった。瑠依はかまわず、ユーセイに斬りかかった。綺麗な顔を狙った。きっちり傷を入れてやった。ユーセイが「ぎゃっ！」と言って右眼を押さえた。

してやったり、だ。隻眼ではホストは務まらない。だが安心していい。顔に傷がつこうが、片眼が潰れようが、この胸にある愛は永遠に変わらない。

死んだところで、推しは推しだ。

早く楽にしてやろうと、シェフズナイフを心臓に刺そうとした。かわされて、瑠依はベッドにうつ伏せで倒れた。ベッドというより、真っ赤な水たまりだ。血の臭いにむせると、後頭部の髪をつかまれ、ひきずり起こされた。頭に衝撃があった。ユーセイがなにかで殴ってきた。バカラのパッションだ。ナンバーワンホストがどこかの馬鹿からもらってきた、シャンパンデカンタである。

硬質を誇るクリスタルは砕けなかった。かわりに頭蓋骨が砕けたかと思った。悲鳴はこらえたが、シェフズナイフは床に落ちた。ユーセイが逃げていく。血の噴きだしている腹を押さえ、身を屈めて部屋から出ていく。

瑠依はシェフズナイフを拾って追った。玄関の前で追いつき、背中に斬りかかった。致命傷には至らなかった。足元のフローリングが血まみれで、斬る直前に転んだせいだ。体中がヌルヌルした。ユーセイの血だけではなく、瑠依の頭からも血が噴きだしている。ふたりの血が重なりあい、混じりあっている。ぼんやりと見つめてしまう。

ユーセイがドアを開け、玄関から出ていった。頭が痛くてしようがなかったが、瑠依は歯を食いしばって立ちあがった。ドアを開けて外に出た。全裸で血まみれだった。それでも、部屋に戻って服を着る気にはなれなかった。

部屋は八階にあり、玄関を出ると外廊下だった。群青色の空が見えた。夜が明けようとしていた。西新宿の高層ビル群が、夜の終わりを名残惜しむように輝いている。ふたりが出会った歌舞伎町は、その手前にある。あの街にも、夜の終わりを惜しんでいる人間がいるのだろうか？　歌舞伎町のホスクラは、夜が明ければ朝の部が始まる。

よろめきながらエレベーターホールに辿りついたが、一基しかないエレベーターは降下中だった。待っているのも面倒くさく、非常口の扉を開けた。

その古いマンションは、非常階段もまた、外にあった。鉄が赤茶色く錆び、ところどころボロボロに剝げて、溜息をつきたくなるほどみすぼらしい。それはともかく、頭から血を流しながら八階分の階段をおりていくのは、どうやら無理がありそうだった。何度も転げ落ちそうになり、汚れた手すりにしがみつかなければならなかった。

それでも頑張っておりていった。ホストは女に「頑張る」と言われるのが大好きな生き物だが、生まれてからいちばん頑張ったかもしれない。

三階くらいで、地上にいる人間がこちらを見ていることに気づいた。街中のゴミ置き場から空き缶を盗んでいるホームレスだ。もうひとりいた。隣のコンビニの従業員だろう。制服を着ている。こちらを指差してなにか言っているが、無視した。もっとも、なにか言おうにも息も絶えだえで、声なんか出そうになかった。

ハアハア、ゼイゼイ言いながら、なんとか一階まで辿りついた。這ってでもユーセイを追うつもりだったが、まだ二本足で立っているのがちょっと誇らしい。

とはいえ、もう追う必要はなさそうだった。マンションのエントランス——出入り口の手前、ポストが並んだ下に、ユーセイは倒れていた。黒いブリーフ一枚の裸身をとりまく血の海が、ゆっくりとひろがっていく。

瑠依はシェフズナイフを床に落とし、推しに近づいていった。事切れているようだった。ストンと腰が抜けて、尻餅をつくようにして床に座った。あぐらをかき、両手を後ろについた。天井を見上げると、誰かが後ろから顔をのぞきこんできた。築三十年以上のマンションなので、オートロックの防犯システムがない。誰でも自由に入ってこられる。

「ひゃ、一一〇番しますよ?」

コンビニの従業員だった。声が情けないほど上ずっていた。しばらく視線と視線をぶつけあっていたが、なにしろ天地が逆なので、感情がうまく読みとれない。彼はいま、どんな気分で警察を呼ぼうとしているのか？　できれば知りたかったが、諦める。

「煙草、ないですか？」

瑠依は言った。自分の声が、自分の声ではないみたいだった。金魚鉢でも被ってしゃべっているように、わんわんと反響する。

「煙草持ってるなら、一本くれません？」

コンビニの従業員は困惑顔で首を横に振った。持っていないらしい。だったらコンビニで買ってきて！　と叫ぼうとすると、ホームレスがトボトボと近づいてきた。薄汚れた上着のポケットを探り、セブンスターを差しだしてきた。

開封されていたが、パッケージがやたらと綺麗で白く輝いて見えた。憐れな路上生活者は拾ったシケモクを吸っているものだとばかり思っていたので、なにげに感動してしまう。一本抜いて咥えると、ホームレスが百円ライターで火をつけてくれた。

ぽっかりと穴の空いた胸の中に、時間をかけて煙を吸いこんでいった。慣れない味だが、まずくはなかった。しばらく味わってから、天井に向かって吐きだした。

バカラで殴られた頭が、ズキズキ疼いてしようがなかった。痛くて我慢できない。号泣してやろうかと思ったが、涙を流すべき場所には先客がいた。

頭から流れてきた血が眼の中に入りこんで、視界を真っ赤に染めている。殺風景なエントランスが、紅蓮の炎に包みこまれているように見える。見とれてしまうほど美しい景色だった。先客を追いだすのも忍びなく、涙をこらえた。

自分もこのまま死ぬのかもしれなかった。それならそれでいいと胸底でつぶやき、ふた口目の煙草を吸った。吐きだした白い煙が、体から抜けだしていく魂に見えた。

やっぱり死ぬみたいだった。

推しと一緒に死ねると思うと、口許に自然と笑みがこぼれた。

この作品は書き下ろしです。

幻冬舎アウトロー文庫

●好評既刊
嘘だらけでも、恋は恋。
草凪　優

元ヤクザ・崎谷の前に突然下着姿で現れた場末のホステス・カンナ。魂をさらけ出すような彼女のセックスに溺れていく崎谷だが、やがて不信感を覚え始め――。刹那的官能ダークロマン。

●好評既刊
愛でも恋でもない、ただ狂おしいほどの絶頂
草凪　優

恋愛できない憂さを晴らすために、秘密の会員制買春サロンを訪れた女子アナの紗奈子。しかし冷たい眼をした男娼・貴島のプレイは想像を絶していた。紗奈子は果てしない肉欲の沼に溺れていく。

●好評既刊
奴隷夫妻
草凪　優

「わたしが実はマゾだったら、どうする?」妻・貴子に告げられ、SM愛好家の家に連れていかれた竜平。目の前で繰り広げられる妻の痴態に竜平は怒り狂いながらも勃起し――。圧倒的SM官能。

●好評既刊
奴隷島
草凪　優

令嬢・櫻子と執事の間宮が二人だけで暮らす孤島の洋館。その地下室に忍び込んだ嘉一が目にしたのは、裸で天井から吊るされている櫻子に乗馬鞭をふるう間宮の姿だった。匂い立つ官能小説。

●好評既刊
黄昏に君にまみれて
草凪　優

ベテランソープ嬢・聡子の白魚の指が、独居老人・善治郎の首筋、胸、腋窩、脇腹を、ヌルリ、ヌルリと這い回る。浅草で昼酒を嗜み、吉原で女体にまみれる、善治郎の「孤独のエロス」な日々。

GENTOSHA OUTLAW BUNKO

歌舞伎町《かぶきちょう》の沼《ぬま》

草凪優《くさなぎゆう》

令和4年11月10日　初版発行

発行人――石原正康
編集人――高部真人
発行所――株式会社幻冬舎
〒151-0051東京都渋谷区千駄ヶ谷4-9-7
電話　03(5411)6222(営業)
　　　03(5411)6211(編集)
公式HP　https://www.gentosha.co.jp/
印刷・製本―株式会社　光邦
装丁者――高橋雅之

幻冬舎アウトロー文庫

ISBN978-4-344-43246-8　C0193　O-83-14